下一个天亮

典藏版

云葭 著

Xia Yi Ge Tian Liang

山东画报出版社

无论爱带来多少伤害，

我都将之熬成 **勇气** 的源泉，

在下一个天亮，

用以遇见更美好的人。

唐韵之

目录 CONTENTS

第一章

一曲新词

//////////

“他真是个执着的人。”

“是的。而他最执着的一件事，就是爱你。”

1

机场大厅人来人往，挥泪送别者有之，久别重逢者有之。唐韵之想起了杨晟曾对自己说过的一句话：人生不过迎来送往。的确如此，就像自己和他，相爱时恨不得生生世世永不分离，真到了分开的那一天，也就是分开了。

她从包里翻出手机，拨通了孙轻扬的电话。孙轻扬迷迷糊糊接起电话，语气不善："谁啊，我正忙着呢。喂？怎么不说话……"

"轻扬，是我。"她的声音很轻。

"咣……"

电话里传来东西摔碎的声音，然后是一阵窸窸窣窣的杂音。半晌，孙轻扬急促道："韵之？韵之你先等会儿，我在跟孙子凡抢厕所呢，你先别挂……"

孙子凡是孙轻扬的亲弟弟，也是她的死对头。

约一分钟后，孙轻扬的声音再度从电话那头传来："韵之你还在听电话吗？现在可以说了。"

唐韵之说："轻扬，我在机场。"

又是"咣"的一声，孙轻扬的声音陡然提高了八个分贝："你回国了？你在原地别动，等我四十分钟，我和朱帅马上冲过去接你。待在原地不要动！"

"轻扬？"唐韵之蹙眉。

手机里传来一阵忙音。

孙轻扬的父母说得对，这对姐弟哪天不吵架，那一定是世界末日。唐韵之还记得，向她吐槽弟弟是孙轻扬每天必做的事情之一，就跟吃饭洗脸睡觉一样平常。她曾经还嫌孙轻扬太唠叨，可后来耳边没了这种唠叨，她反而觉得不习惯。

这一个月来，她在大洋彼岸游走了一大圈。外面的世界很精彩，也很吸引她，她曾考虑过留学，可最终还是选择了回到这里。虽然失去了刻骨铭心的爱情，但是她还有孙轻扬，还有朱帅，还有值得她惦记的亲人。

沉思良久，唐韵之发现有人在看她。她这才反应过来，自己竟然拿着手机一直站在旅客出口发呆。她拖过行李箱，走到一旁的椅子坐下。

其实昨天上午唐韵之就打过孙轻扬的电话，只是莫名其妙地被按掉了，她猜那肯定是孙轻扬在睡梦中做的，这种事以前不是没有发生过。

孙轻扬有个很不好的习惯，若是第二天上午有事，晚上睡觉前她会设闹铃，但是到了闹铃响起的时候，她会在毫不知情的情况下按掉，为此还错过不少事。唐韵之出国那天，她就因此错过了送机。

唐韵之也打过朱帅的电话，得到的却只是一遍又一遍的"您所拨打的电话已关机"。她不相信自己的运气这么差，本想接着打孙轻扬家的座机，翻开通讯录她才发现自己一个号码都没存。这个硕大的iPhone6 plus是她叔叔唐泽辉刚给她买的，她一直很嫌弃，太大了拿着不顺手。

分手那天，唐韵之把她原来的手机，还有其他所有能勾起她对杨晟的回忆的东西，毫不留情地全扔进了垃圾桶。在国外这一个月她一直是用唐泽辉的手机联系别人——她需要联系的人太少了，除了远在维也纳的父母，也就只有和她从小一起长大的孙轻扬。

唐泽辉曾不止一次说过要给她买个新手机，她都拒绝了。她不希望像风筝一样总是被别人牵着，她想躲起来，让大家都找不到她。

一年前唐韵之过生日，杨晟送她的生日礼物是一个"土豪金"苹果手机。她笑他俗气，一点都不浪漫，因为她最想要的礼物是一大束鲜花。杨晟却头头是道地说，送手机实在，不论她到哪里，只要拨一串数字就能听到她的声音，知道她在什么地方，过得好不好……

三百六十五天。唐韵之算过，从确认关系到确定分手，她和杨晟总共在一起三百六十五天，不多不少，整整一年。

她试图从脑海中赶跑这些。她开始东张西望，希望能找到可以吸引她视线的东西。

机场的壁挂电视里正在播放一则新闻，国内知名传媒公司华昌被美国企业投资控股的凌川集团收购。这已经是三天前的事了，不算新鲜，唐韵之在国外就听说了，但媒体对此事的报道依然层出不穷。做出收购华昌这一决定的是凌川集团董事长叶荣光的独子叶宙，但作为这则新闻的中心人物，他却至今未露过面。

看到叶宙这个名字，唐韵之的心一紧。除了杨晟，叶宙大概是她最唯恐避之不及的人了吧。

“表哥，我在这里。”

一个熟悉的女声忽然闯入，打断了唐韵之的思绪。她转头一看，愕然：“萧凝？”

机场很吵，唐韵之这声“萧凝”相当于自言自语，除了她之外没人听得见。

萧凝正拖着一个几乎比她还大的行李箱从出口走出，边走边兴高采烈地向前方挥着手。

唐韵之好奇，她顺着萧凝的目光看过去。猛然，她的心咯噔一下，瞬间沉到谷底。

居然是杨晟！她现在才知道，萧凝的表哥居然是杨晟。

世界真的好小，她一心想和杨晟撇清关系，可她身边的人一个个都和杨晟有着这样那样的关系，就连相识十几年的萧凝也是。她的心此刻间一团乱麻。

唐韵之出生在一个艺术世家，爷爷唐奎是知名国画家，叔叔唐泽辉是拿过国际大奖的海洋摄影师，妈妈宋扬之是钢琴家，爸爸唐泽凯是指挥家。而萧凝正是宋扬之的入室弟子，她三岁那年就和唐韵之一起跟着宋扬之学钢琴了。

唐韵之虽然天赋高，但她并不怎么喜欢钢琴这门高雅的艺术。宋扬之看出了她的排斥心理，因此放弃了要把她培养成自己接班人的想法，转而把所有心思都花在了萧凝身上。

唐韵之八岁那年，父母带着萧凝一起去了维也纳，把她托付给姑姑照顾。

这十几年来，唐韵之每次见父母的时候萧凝总是跟在他们身边。她觉得萧凝比她更像爸爸妈妈的亲生女儿，所以她不喜欢萧凝，甚至可以说是讨厌。可偏偏萧凝很黏她，每次见面都拉着她一口一个姐姐，好像她们真的是亲姐妹似的。

自上次维也纳一别，唐韵之已经两年没有见过萧凝了，她万万没想到再次看见萧凝会是这种情况。萧凝摇身一变，变成了杨晟的表妹。

杨晟看到了萧凝，忙不迭上前帮她拿行李。两个人头凑得很近，有说有笑，不知道的或许还会以为他们是久别重逢的小情侣。

唐韵之刻意转过身不去看他们，也不想让他们看见自己。直到他们走到前面几米远了，她才松了一口气。

“韵之——”

孙轻扬一开口召唤，唐韵之刚放下的心又悬得高高的。她无奈地抬头，不出她所料，萧凝和杨晟都回头了。

孙轻扬没发现有什么不对劲，她和朱帅一前一后朝唐韵之跑去。她抓住唐韵之的肩膀，略有些激动：“你瘦了好多！”

唐韵之不说话，头往下埋了一点。

“怎么了？出国一趟你怎么变矜持了？”孙轻扬依旧没发现异常。

朱帅察觉到了唐韵之的不对劲，他拍了拍孙轻扬的胳膊，朝她使了个眼色，示意她往后看。在他们身后不远处，杨晟和萧凝正看着他们。

孙轻扬大变，她睨着杨晟，嘲讽道：“几个月没见，你怎么换新欢了？这位妹妹长得蛮水灵，比赵祈颜看着顺眼多了，眼光不错啊。”

赵祈颜是唐韵之从小一起长大的好友，杨晟正是为了她才和唐韵之分手的。

“轻扬别理他们，我们走吧。”唐韵之赶紧拉住孙轻扬的手臂。她是出了名的刀子嘴，此时若不阻止她，她可是什么话都说得出来的。

谁知孙轻扬还没再度开口，萧凝却兴奋了：“姐姐？真的是你呀姐姐！”

孙轻扬先是一愣，随后皮笑肉不笑地开口：“我们才第一次见面，你可别乱认姐姐啊。你别误会，我们不认识你男朋友，真的不认识。”

说完，她拉起唐韵之就走，同时不忘回头吩咐朱帅：“拎行李！”

朱帅二话不说，拉起行李跟了上去。孙轻扬正在气头上，他除了乖乖听指挥没有其他选择。

萧凝飞奔过来挡在他们前面，她激动地拉住唐韵之的手：“姐姐你瘦了，不过也更漂亮了。听说你刚去过欧洲，怎么不去维也纳看我啊。”

“我很忙的，而且我跟你也没那么熟。”唐韵之没好气地回了一句。她对萧凝说话从来都是这样，一点都不客气，更多的时候还是夹枪带棒的。

萧凝也不生气，显然是习惯了她的说话方式：“你要去哪里，要不我跟你们一起去吧。”

“你烦不烦，都说我很忙。”

“没关系，我不忙啊。我可以去找你玩。”

“你不用练琴？好好练琴去吧，别找我玩了。”

“那你留一个电话号码给我，我下次去看你。”

唐韵之对萧凝这块牛皮糖彻底无语了，她叹一口气，伸手：“手机给我。”

萧凝眉开眼笑，乖乖把手机递了过去。

唐韵之按了一连串数字，把手机还给萧凝：“我可以走了吗？”

萧凝笑着点点头：“姐姐再见。”

一直在旁边看着她们的孙轻扬目瞪口呆，她指指唐韵之，又指指萧凝：“你……你们……姐姐？”

“走吧。”唐韵之并不想解释。

朱帅回头对萧凝露出一个大笑脸，说了句“美女再见”，结果被孙轻扬拍了一下脑袋。

萧凝忍俊不禁，她问杨晟：“你也认识他们？”

直到唐韵之三人的背影消失在机场大厅门口，杨晟才回过神来。他点头：“算认识吧。我们该回去了。”

“去你家？”萧凝吐了吐舌头，“介绍嫂子给我认识吗？”

“下次吧，她今天有事来不了。不过希雅在家，我不在的时候她可以陪你玩。”

“桑希雅？”萧凝的态度来了个大转变，浑身带刺，“算了吧，我可讨厌她了。你陪你女朋友的时候我去找我姐姐玩，我和她好久没见了。”

“你一直跟我说的姐姐就是韵之？”

说起唐韵之，萧凝脸色缓和了不少，她点头：“韵之姐姐是我老师的女儿，你别看她凶巴巴的，她其实对我可好了。”

杨晟勉强一笑：“回家再说吧。”

2

“什么？”孙轻扬从沙发上站起，“你妈妈的入室弟子，那个女孩，是杨晟的表妹？”

唐韵之点头。

“什么乱七八糟的！我看你以后也别理那个萧凝了，她跟块牛皮糖似的扯都扯不掉。再这样下去，你和杨晟迟早又会重新在一块儿。”

“就你脑洞大。我和杨晟早就分手了，就算你用铁链把我们绑在一起，我们都出不了事。”

孙轻扬一脸不信。她扭头问朱帅：“昨天赵祈颜那小贱人找你干什么？”

“祈颜找过你？”唐韵之一颤。赵祈颜和杨晟在一起后，他们四个人算是彻底闹翻了，她想不出赵祈颜还有什么理由找朱帅。

朱帅坦白：“也没什么，叙叙旧而已。毕竟大家是老相识。”

“你怎么这么天真！赵祈颜不是个省油的灯，看看我的下场你就知道了。”唐韵之奚落一句，往椅背上一靠。她故意把话说这么刻薄其实另有目的，她不希望朱帅再次被赵祈颜算计。

孙轻扬趁热打铁：“韵之说得对！你忘了当初她和她继父是怎么把你爸在远扬的股份吞掉的吗？她大学还没毕业呢，也是够毒的！你最好离她远点啊。”

孙轻扬和唐韵之左右夹击，朱帅自认理亏。要是被他爸妈知道他和赵祈颜还有来往，非把他赶出门不可。他心里明白，赵祈颜已经不是当年那个天真的女孩了，现在的她就像是一只老鹰，一旦瞄准猎物就不会轻易松口。

三个人又聊了一会儿，说的都是唐韵之在国外的一些见闻。唐韵之心情还不错，孙轻扬和朱帅被她感染，慢慢地也就忘了在机场碰见杨晟的事。

客厅开着空调，门窗紧闭，可还是能听见外面树上的蝉鸣。唐韵之住的是小区的独栋房的一楼，外面是绿化带，虽然空气很好，但是夏天聒噪的蝉鸣一直困扰着她。有几次她心情不好，随手拿起离自己最近的东西往窗外扔，尽管她知道肯定是砸不到什么的。

“你们先坐一会儿，我打电话叫水。”唐韵之走开了。

她一个月不在家，冰箱里什么都没有，饮水机里也半滴水都没剩。叫水的电话号码是存在她原来的手机里的，手机没了，她只能翻箱倒柜去找小区送水处的名片。

孙轻扬看见她乱翻一通，问她："你找什么？"

"小区送水处的名片，我忘记放哪了。"

"我帮你找找。"

"不用了……啊，我找到了。"唐韵之扬了扬手里的名片。

随着她的手从抽屉伸出的动作，一张照片被带了出来。她弯下腰去捡，看清照片的刹那，脸色忽然变了。

"怎么了？"孙轻扬接过唐韵之手上的照片，然后她的脸色也变了。

照片上是三个梳马尾的女孩，很稚气，她们对着镜头青涩地笑着，露出一排小白牙。

那是小时候的唐韵之、孙轻扬和赵祈颜，照片的背景正是她们从小到大生活的地方——阳光小区。唐韵之印象最深的是背后那棵银杏树，一到秋天就满树金黄，非常好看。她记得朱帅曾经有一次因为贪玩爬树的时候摔断了腿；她记得她和孙轻扬、赵祈颜总是喜欢在树下的石桌上写作业；她记得她曾经在这里吓跑了她暗恋了很久的校草沈翀……

"你们怎么了？"朱帅走了过来，"什么东西，拿来我看看。"

孙轻扬一把夺过照片撕成粉碎："没什么好看的。"

朱帅一脸不信，可他一向拿孙轻扬没辙，也只好坐回去靠在沙发上继续看电视。

唐韵之闷闷不乐地回房，站在阳台上发呆。外面的蝉鸣声依旧很大，入耳却似乎不那么聒噪了。如今她反倒希望它们叫得再大声一些，掩盖住她心底的酸涩。

门被推开了，孙轻扬走了进来，唐韵之没有回头，她淡淡地开口："我不怪她抢走杨晟。也不能说抢吧，杨晟喜欢的本来就是她。我只是不明白，她为什么要那样对朱帅的父母。"

"她本来就是这样的人，只怪我们没早点认清楚她的真面目。算了，都过去了，你还想这些做什么。"孙轻扬安慰道。

不是她刻意去想，而是这些事时时刻刻停留在她的脑子里。她怎么可能忘记朱帅妈妈当着那么多人的面给赵祈颜下跪的场景，这件事她根本不敢告诉朱帅，朱帅一直很珍视他们之间的友谊。她不敢想象，朱帅若是知道赵祈颜曾经这么羞辱他妈妈，他会有什么反应？如果她没猜错的话，朱帅对赵祈颜……

他为人敦厚，即便赵祈颜对他们家做过不好的事，他也没记恨过她。他还曾开孙轻扬的玩笑："韵之好歹被祈颜撬了墙脚，她生气是应该的。祈颜好像没怎么得罪你吧，你至于这么耿耿于怀吗？”

孙轻扬被他气得半死，差点就想告诉他真相，好在唐韵之阻止了她。但孙轻扬还是当场发了一通脾气，无论他怎么道歉孙轻扬就是不理他。

那一次，孙轻扬是真生气了，连着一个星期都没和朱帅说话。最后唐韵之做了和事佬，好不容易才把孙大小姐的怒气打消。

唐韵之刻意换了个话题：“你不是要去鸿盛集团实习吗，怎么还没去？”

“别提了，”孙轻扬脸色不太好看，“你知道我在鸿盛碰见谁了吗？”

“谁？”

“赵祈颜！”

“哦，是吗。”唐韵之倒是没觉得意外。

孙轻扬把前些天在鸿盛碰见赵祈颜的事大致说了一遍。

当时，赵祈颜这样问她：“我们四个人从小一起长大，为什么你和朱帅都帮着唐韵之？”

她很恼火：“想让我和朱帅站在你这边？可以啊。你马上到韵之面前磕头认错，承认你是小三，或许我可以考虑。”

说完她头也不回地离开了。

“就因为这事，我妈念了我一晚上，说我不该拿自己的前途开玩笑，说她好不容易才托关系帮我弄到这个实习名额。还有那个孙子凡，一直煽风点火，唯恐天下不乱，我真想离家出走。”

“你别说气话，我想听我爸妈念叨还听不到呢。你妈说得没错，为什么拿自己的前途开玩笑？凭什么你见到赵祈颜就要走？你没做亏心事，该走的人是她。我要是你，我才不走呢。”唐韵之愤愤不平道。

“你？算了吧，也不知道是谁，被人家一气就跑到国外去了。”孙轻扬为这事本来心里就不大高兴，想也没想就脱口而出。

气氛一下子变得尴尬。

孙轻扬瞬间意识到自己刚刚说错话，赶紧补救：“你不是说想在国外多待一阵子散散心的吗，怎么这么快就回来了？”

“为了我叔叔啊。Flying杂志社旗下那本很有名的旅游杂志《云游》要改版，总编和我叔叔是好朋友，她想请我叔叔当摄影顾问，我叔叔不能不给她面子。哦对，你一定听说过总编的名字——叶嘉言，著名女作家。”

孙轻扬很激动：“叶嘉言？天啦，我可喜欢她写的散文了。她女儿也很有名，长得可漂亮了，刚嫁给号称‘本市第一贵公子’的陆西城。那可是陆西城欸！寰宇集团的少东，著名建筑师，我男神！”

“你别扯歪了，我还没说完呢！”

“好的，你继续。”

“我叔叔最近有点懒，正好我是学广告的，他让我回来帮忙做新版杂志的宣传设计。反正我也需要写暑期实习报告，开学了好拿学分。”

“你暑假会在《云游》杂志实习？”孙轻扬两眼发光。

“算是吧，比实习稍微高那么一点点档次。我叔叔回国后要和Flying杂志社合作办一个摄影展，我给他当助理。当初在学校办校刊，我也是一直给杨晟当助理，这些工作我很熟悉……”唐韵之忽然停住，讪讪地笑，“说好了不提他的。我们出去吧，别让朱帅一个人坐着。”

孙轻扬拉住唐韵之的手不放：“以我们的关系，你不要见死不救啊。要不暑假我跟着你混？Flying杂志社隶属于叶氏集团，听说最近声名鹊起的华昌集团也投了一大笔资金进去。叶氏集团和华昌集团，不论哪一家都比鸿盛名头大多了！你就让我给你跑腿吧，一来堵住我爸妈的嘴，二来也好让我在实习报告上盖个章。”

“随便你吧，不过我可告诉你啊，没工资的。”

“倒贴都行！”

两人从房间出来，只见朱帅抱着双膝窝在沙发上看电视看得起劲，两眼一动不动地盯着电视屏幕，连她们走到身边都没察觉。孙轻扬好奇，走过去看电视屏幕。

电视里正在播凌川集团收购华昌的新闻。屏幕上，华昌新任总裁叶宙正面对媒体侃侃而谈，从容不迫。他看上去很年轻，却有一种独特的魄力，仿佛天生就有一股王者之气，让人不敢直视他的眼睛。

“太不公平了，你们说，为什么现在的有钱人都长得这么好看！”孙轻扬若有所思，“不过这样也好，我前男神陆西城结婚了，叶宙以后就是我的新男神了！”孙轻扬盯着电视屏幕两眼放光。

朱帅点头：“真是青年才俊啊！羡慕嫉妒恨啊！”

“他可是叶荣光的儿子，有其父必有其子。我爸要是像叶荣光那么有钱，说不定我也能成青年才俊。”孙轻扬撇撇嘴道。

“光有钱是不够的，你还不够狠。凌川虽是跨国企业，但主力还是在美国。两年前叶宙不顾董事会反对，大力进军国内市场，先后收购了腾越、先辉、鸿盛三家私企，我爸上班的远扬集团是隶属先辉旗下的，也是由凌川控股。现在连华昌这样的大型集团都被收购了，这叶宙还真够狠！”

“你看他不苟言笑的样子，光是从电视上看见他我都觉得冷。不过我喜欢，男神就是霸气！”孙轻扬看得下巴都快掉了。

朱帅和孙轻扬你一言我一语，讨论得津津有味，一旁的唐韵之始终没有开口。她盯着电视屏幕看了几眼，然后装作不经意地说了句：“我想去‘北极星’吃甜品，你们去吗？”

“当然去。”孙轻扬拍了拍朱帅的肩膀，“你请客。”

“下次吧，我得回家了，我爸还等着用车呢。”

“那好吧，先放过你了。下次我们逛街你出来拎东西吧。”

朱帅：“……”

3

唐韵之和孙轻扬坐在靠窗的老地方，老板Tina和唐韵之是老相识，得知她刚从国外回来，Tina笑着说为她接风，她们想吃多少点多少，分文不收。两人也不客气，点了满满一桌。

这家名叫北极星的甜品店离唐韵之家很近，因为Tina别出心裁的创意而客似云来。唐韵之和杨晟还在恋爱的时候，天天光顾，俨然把这里当成了约会基地。一来二去，Tina和他们成了朋友，窗户边的座位也经常给他们预留着。

唐韵之怎么都不会忘记，分手那天，那一个漫漫长夜，她就是在这里度过的。

深夜一点半，杨晟对她提出了分手。从他家里出来的时候，她一滴眼泪都没有流，而是很潇洒地将他送给她的手机扔进了门口的垃圾桶。

出了小区大门，她心灰意冷地在大街上游荡，几个小混混开着摩托车从她身边飞快地擦过，把她的包抢走了。她连生气的力气都没有，只是自嘲地笑了笑，继续失魂落魄地往前走。

她身无分文，钥匙放在包里一并被抢了去，有家不能回，但她还是习惯性地往家的方向走。到了北极星门口，她也不知道自己是怎么了，明知里面不可能有人，却还是不由自主地走上去敲门。

或许是上天可怜她，在关上了一扇门之后给她留了一扇窗。看到Tina睡眼惺忪地开门站在她面前，她吃了一惊。Tina笑称自己累得趴在桌上睡着了，要不是唐韵之敲门，恐怕她会在里面睡到天亮。

看到她郁郁寡欢，Tina看似不经意地调侃她怎么没和她的小男友在一起，她勉强笑了笑。

Tina给她做了一份杨枝甘露，上面加了个香草冰激凌球，那是她以前最喜欢点的。她坐在她和杨晟曾坐过无数次的桌子旁，默默流眼泪。滚烫的泪水滴到碗里，上面的冰激凌球化开了，乳白色的汁液沿着碗沿一直往下流，就像她的眼泪一样。Tina不声不响地坐在旁边陪着她，一坐就是一整晚。

傻子也看得出来发生了什么事，Tina什么都没问她，天亮后帮她叫了开锁匠。

她的家很大，很宽敞。她不想一个人待在空荡荡的房子里，草草收拾了一下就回学校了。

孙轻扬知道后，狠狠骂了她一顿，质问她怎么不打电话给自己。其实她只是不想孙轻扬因为她和赵祈颜闹僵，她们从小一起长大，孙轻扬不是她一个人的，她不能这么自私。可她万万没想到，第二天晚上赵祈颜也回学校了。

纸包不住火，三个人见了面，终于还是闹翻。

S大是四人宿舍，唐韵之和孙轻扬、赵祈颜都是学广告专业的，又好得如胶似漆，自然也就住在了同一个宿舍。恰好那天同宿舍的另一个女孩夏彤回家过双休，她们三个关着门大吵了一架，后来又从学校后街的小店搬来一箱啤酒，喝得烂醉如泥。

借着酒劲，孙轻扬把敲碎的啤酒瓶放到赵祈颜的脖子上，逼她承认自己是第三者。赵祈颜死都不肯开口，两个人僵持了好久，赵祈颜白皙的脖子被划开了一道小口子，鲜血渗出。好在唐韵之及时制止，事情才没有闹大。

不知是哪个多事的人告到了宿管阿姨那里，说304宿舍在酗酒。自大一开始，304宿舍一度被评为优秀文明宿舍，所以宿管阿姨没有难为她们，只没收了剩下没喝完的几瓶啤酒。

赵祈颜面红耳赤，她指着孙轻扬道：“我们三个人从小一起长大，为什么你总是帮着她？我不是第三者，是我先认识杨晟的，也是我先喜欢杨晟的！凭什么她唐韵之可以霸占杨晟那么久，我就不可以抢回来？他们还没结婚，杨晟不是她的私有财产！”

不待孙轻扬发飙，唐韵之二话没说先扇赵祈颜一个耳光，那是她第一次出手打人。她力气不大，那一巴掌并不疼，却把赵祈颜的火气全打了出来。

赵祈颜捂着脸，狠狠回了她一句："你打我这一巴掌，我们算是扯平了，我也不再欠你什么，你以后少在别人面前装无辜。"

唐韵之本以为她们会大打出手，可事实比她想得要简单得多，甚至连疾恶如仇的孙轻扬也没有再多说什么，她们三个人就这么靠着墙壁坐了一夜。

"韵之你发什么呆，上面的冰激凌都化了！"孙轻扬张开手掌在唐韵之面前挥了挥。

"没什么，我忽然很想试试自己做一份甜品。"

"当然可以啊，"Tina接过话茬，"反正今天店里比较空，你们想怎么闹都可以。"

得到批准，孙轻扬兴奋地从椅子上站起来，却被唐韵之一把按住："你乖乖等着，我去做给你吃。"

谁知唐韵之进去很久都没出来，孙轻扬按捺不住，想进去看看，Tina制止了她："再等等吧，让她一个人……"

话还没说完，Tina忽然脸色大变，她看着孙轻扬背后某处，眼中尽是讶异。

孙轻扬好奇地转身，也愣住了，表情和Tina的如出一辙。

门口，杨晟和赵祈颜并肩站在一起，脸上都带着微笑。见到孙轻扬，杨晟脸色一下就变了，赵祈颜却笑得很开心，她刻意挽起杨晟的手臂撒娇："我们点一个情侣杯好不好？"

"对不起，情侣杯卖完了。"Tina语气不善。

赵祈颜也不生气："那就来两份最贵的吧。"

"轻扬，你看我做得……"唐韵之刚出来，还没来得及向孙轻扬炫耀自己的作品，却看到这样一幅画面。她的话卡在嗓子眼儿，怎么都咽不下去。

赵祈颜微笑："韵之？没想到你这么快就回国了，我还以为你会躲一辈子。"

唐韵之也笑了："我没做错什么，为什么要躲？"

赵祈颜脸色有些难看，杨晟低声对她说："要不我们换个地方吧。"

"不要，我就是喜欢在这里吃。老板，你就这样招待客人？我要两份最贵的甜品。"

Tina想拒绝，唐韵之却说：“Tina，有钱为什么不赚，快给他们做吧。”

Tina看唐韵之一脸认真，转身往里间去了。

唐韵之把她刚做完的芒果班戟放在孙轻扬面前：“这是特意为你做的，一定要吃完。”

“这么多！”

“吃不下就打包。”

两个人调笑着，根本不把杨晟和赵祈颜当回事。赵祈颜心里不是滋味，故意挑了个挨着她们的桌子。杨晟坐的位子恰好在唐韵之斜对角，稍一抬头就能捕捉到她的每一个表情。

唐韵之心里明白，赵祈颜是故意这么做的。

Tina把甜品放在赵祈颜和杨晟面前，赵祈颜挖了一勺放进嘴里，食不知味。杨晟皱着眉，似乎也不怎么开心。反倒是一旁的唐韵之和孙轻扬有说有笑，眉飞色舞。

赵祈颜本想让唐韵之难堪，顺便秀一下恩爱，谁知适得其反。她的表情很尴尬。

Tina嘴角露出一丝笑意。

恰在这时，唐韵之的手机响了。她看见屏幕上显示的号码，脸上的笑容消失了，取而代之的是一种难以名状的神情。不是惊，不是喜，也不是忧……

她刚换的手机号，他居然知道？那么，他肯定也知道她今天回国吧。

她盯着手机看了好久，不知道该不该接。就算接了，她能说些什么？她一向对他无话可说。

“谁啊？”孙轻扬一脸好奇。

唐韵之没有回答，她似乎下了很大的决心，终于划开接听键。

电话那头传来磁性却没什么温度的男声：“今天回国的？”

“嗯。”唐韵之的声音小得只有她自己能听见。

“晚上一起吃饭。”

“不太方便……我跟朋友在一起呢。在，在外面。”

“在哪儿？我让司机去接你。给我发个定位。”

“那好吧。就在我家附近。挂了电话给你发地址。”

“知道了。你等十五分钟。”

唐韵之还想说什么，对方却很快挂了电话，她耳边只有一阵忙音。她很不满，自言自语抱怨：“每次都这样，挂电话挂得比我还快，简直了。”

“韵之你嘀咕什么呢？”孙轻扬更好奇了，“打电话的是谁啊？你好像很怕他啊。”

唐韵之揶揄：“我欠了高利贷，一直被人追着要债呢。你还不知道吧，我出国的真正目的其实是为了躲债。”

孙轻扬皱起眉头，表示不信。

唐韵之见她这样，忍不住发笑：“好啦，别瞎猜了。说了你不认识，以后有机会我会慢慢告诉你的。来，先吃东西。”

从唐韵之接电话开始，杨晟一直留意着她的表情。唐韵之的性子他再清楚不过，可她刚才如此低声下气。

赵祈颜察觉到了杨晟的不对劲，故意撒娇：“杨晟，我要你喂我吃。”

杨晟无奈，只得挖了一小勺送到赵祈颜嘴边，赵祈颜张开嘴巴含住，满意地笑了。她回头看唐韵之，谁知唐韵之正盯着手机屏幕发呆，根本就没有注意她和杨晟在干什么。

Tina忍不住笑出声来，赵祈颜瞪了她一眼。

过了没多久，门外响起了车子的喇叭声。唐韵之低头一看手机，正好十五分钟，不多也不少，很符合他的作风。

停在门口的是一辆阿斯顿·马丁，司机以前见过唐韵之，一眼就认出了她。他下车给唐韵之开门，顺便打了招呼：“唐小姐，又见面了。”

唐韵之站起来正要出门，孙轻扬拦住她：“等等，你要去见谁啊？你不会真的被人追债了吧？”

Tina笑出了声：“你见过哪个债主会用豪车来接欠债的人？”

孙轻扬一想，也对。她稍稍放下心来。

唐韵之走出去朝她挥了挥手：“轻扬你先回家吧，有空我会向你解释的。”

车子扬尘而去，消失在众人的视线中。

杨晟看不出是什么表情，赵祈颜则百感交集，一直盯着车子开走的方向。

孙轻扬很得意：“早就走远了，还看？香车配美人，小人呢，就只配坐三轮车。”

“你——”赵祈颜的脸红一阵白一阵，拉起杨晟的手，“我们走。”

Tina笑得不能自已。等到他们离开，她忽然想起什么：“你们还没给钱呢，喂……”

4

车停在华昌总部大门口。唐韵之踌躇不前，她还没想好怎么面对叶宙。

作为A市首屈一指的传媒集团，华昌的实力和鸿盛不相上下，而华昌之所以能超越并取代鸿盛，是因为其业务范围涉及的不仅是传媒界，在房产界也有着举足轻重的地位。多年来华昌运营得一直很好，甚至没传出一丁点股票下跌的消息，如今突然被凌川收购，确实有点匪夷所思。

不过唐韵之一点都不惊讶，在她眼里，叶宙一向为达目的不择手段，没有什么是他办不到的。

至今，华昌被收购已经整整三天，各大媒体对此事争相报道，消息荣登各大报纸版面头条，电视新闻播报不断。叶宙也成了媒体津津乐道的新一代传奇人物。之前他人在美国，一直没露面，直到今天下午才正式接受媒体采访，也就是唐韵之回到家后在电视上看到的那一幕。

唐韵之是第一时间知道华昌被收购的事的，她还知道华昌前任总裁钱国肇的别墅门前每天被一大群记者蜂拥围堵，追问他有什么不可告人的内幕。钱国肇为了躲避记者，携家眷连夜飞往澳大利亚。

刚才在车上，司机告诉唐韵之，叶宙昨晚从美国回来就一直在办公室翻查华昌旧账，一整夜都没合眼。唐韵之不置一词，她并不觉得叶宙的事跟她有关系。

她慢悠悠走进大门，却被前台制止了。前台女孩上上下下打量了她好几眼：“不好意思，请问你找谁？”

她穿着一身棉布格子连衣裙，扎着马尾，活脱脱像个高中生。也难怪人家会用这种眼神看她。堂堂传媒集团，确实不应该是她这种打扮的人该来的地方。

“我找叶宙。”唐韵之昂起头，以证明自己并不是在开玩笑。

前台女孩一愣，没想到唐韵之如此随意地直呼叶宙的大名。不过她还是好脾气地问了一句：“请问您有预约吗？”

这下轮到唐韵之愣住了。并非她想找叶宙，她犯得着跟他预约吗？不过她转念一想，叶宙不像是做事这么不干脆的人，她试着报上自己的姓名。前台女孩一听，果然，态度马上变了。

“原来是唐小姐，总裁在办公室等您呢，您请。”

“谢谢。”她在前台女孩的指点下，顺利找到了电梯。

她一遍又一遍地告诫自己，遇事要沉着冷静，要忍辱负重，不论叶宙说什么都不能和他一般见识。

“叮”的一声响，唐韵之回神，电梯门已经开了。

叶宙的办公室很好认，她一出电梯，左右稍一观望就看到了。门很大，上面的字也很醒目。

她的脚跟像是被固定在原地一般，怎么都提不起步子。她很清楚，她是发自内心抵触叶宙的。或者，说害怕更加贴切。

她深呼吸一口，一步一步走了过去，伸手准备敲门。可是还没等她的手碰到门，“嗒”地响了一声，门忽然开了一条缝。似乎之前就没关紧。

叶宙充满威慑力的声音从里面传出来：“对，先冻结资金，具体事宜我会让秘书整理一份文件发给你……”

他在打电话。

唐韵之不敢出声，生怕打扰了他办公。没准这一个电话就是几个亿的合同，搞砸了她可赔不起。

她一直站了五分钟左右，叶宙没有一点要挂电话的意思，依旧如此这般讲个没完。唐韵之穿的是高跟鞋，这么一站她脚都酸了。她小心翼翼地推开一条缝，侧着身子进去，又悄悄把门关好。

叶宙还在讲电话，没注意唐韵之。她偷偷看了他一眼，惊讶地发现他今天居然戴了一副黑框眼镜。他一边讲电话，一边在电脑键盘上敲着什么。而她之所以感到奇怪，是因为叶宙平时是不戴眼镜的，甚至连太阳镜也很少戴，他嫌鼻梁上架着一个东西太累人。

她才知道，原来叶宙也是近视眼。她猜测，或许他只有在办公的时候才会戴眼镜吧。

“你是打算一直这么站着？”

唐韵之回神，这才意识到叶宙已经挂了电话。很显然，这句话是对她说的。

她没有回答，走过去往沙发上一坐。

沙发前的茶几上放着一杯刚泡好的拿铁，而叶宙一般只喝美式咖啡。

“喝吧，给你准备的。”叶宙轻描淡写地说了句，眼睛还是盯着电脑屏幕。

大约二十分钟过去了，唐韵之杯中的咖啡已经见底，叶宙还是雷打不动地坐在电脑前，也不和她说话，自顾自地做他的事。

唐韵之如坐针毡，想马上站起来走人，可是她没这个胆子。

约莫又过了五分钟，唐韵之终于看见叶宙摘下眼镜，她心里直呼谢天谢地，她可没心情继续陪他干坐着。

叶宙站起身来，他慢慢走近唐韵之，唐韵之本能地想往后挪，奈何身子不听使唤，愣是坐在原地一动不动。

他在她身边坐下，问她：“出去玩得开心吗？”

“开心啊。”

“去了哪些地方？”

“大西洋上的一些岛屿。”

“没去看你父母？”

“没有。”

唐韵之就像小时候回答老师提问一样，叶宙问一句她答一句，也不多说一个字。谁知叶宙忽然托住她的下巴，吻了一下她的额头。她倒吸了一口凉气，手心握成了拳头。

“怎么了？”叶宙察觉到了她的不自然，“我有那么可怕？”

“没……你怎么会可怕呢……”

噢，谢谢他了，千万别侮辱“可怕”这个词。

叶宙不置一词。他摸了摸她的头发，忽然拆开了束发的皮筋。三千青丝一泻而下，如同高山上飞流直下的瀑布。他还记得第一次见她的时候，她的头发还不长，在脑后束着干净利落的小马尾，稚气未脱。

几年前的画面从眼前匆匆闪过。叶宙眼底浮起一丝异样的柔和，可是他没注意到，唐韵之的脸色越来越难看了。他自然不会知道，唐韵之最讨厌别人动她的头发，就连孙轻扬都不能碰。

然而，不论她再怎么抗拒，她还是不敢反抗叶宙。

终于，叶宙对她的头发失去了兴趣，他从沙发上站起来：“走，陪我吃晚饭。”

“还没到吃完饭的时间。”

“先去做个头发，再买身像样的衣服。你觉得我们还有多余的时间？”叶宙的语气不容否定。

唐韵之愕然：“就我们俩吃晚饭，不用这么麻烦吧。”

“我爸爸也在，他要出发去日本办事顺便过来看我们。”

“……”

“走吧。”叶宙丢下一脸不情愿的唐韵之，开门出去了。

唐韵之唯唯诺诺地跟在后面，不敢说一个不字。

司机在华昌大门口的停车位候着，看见叶宙和唐韵之走出玻璃旋转门，下车打开了后座的车门。

叶宙：“我自己开车去。”

“可是……”司机有些奇怪。叶宙很少自己开车，他嫌麻烦。

司机看了唐韵之一眼，很识相地朝叶宙欠了欠身，转身走了。

唐韵之看着司机的背影，忽然觉得很可悲。现在的她和叶宙的司机没什么两样，身份不同，却是一样的谦卑。她也希望自己在叶宙面前能强势一点，至少不要他说什么她除了点头说是之外什么都不会。然而事实却是，每次见到叶宙她都会被他身上那种气势震慑住。

车开得很快，唐韵之提心吊胆。她知道叶宙开车从来都是随心所欲，在不撞到人的前提下他能让你被车速吓得尖叫。一年前的那一天，叶宙不管她愿不愿意，把她推到了副驾驶座，连系安全带的时间都没有给她就加足马力疯狂驰骋，她吓得大哭。

那一次虽然没发生什么意外，可是唐韵之从此对副驾驶座有了恐惧。她现在坐的是后座，因为叶宙知道她有这个阴影，开车门的时候他没有征求她的意见，直接给她开了后门。

从后视镜中，唐韵之刚好能看见叶宙的半张脸。他轮廓很分明，是那种一看就让人觉得很冷的男人。杨晟和他不一样，杨晟是那种典型的阳光男孩，可以给人阳光般的暖意。唐韵之不禁嘲笑自己，她就是被杨晟的外表给骗了。

“后面有矿泉水，自己拿。”叶宙不冷不热地丢了一句话过来，把唐韵之给弄糊涂了。她好像没有说她口渴了吧？

唐韵之抬头，看到了后视镜中的自己，心中了然。定是刚才她咬牙的小动作被他看见了，他以为她是在舔嘴唇。她知道叶宙做事情从来都是一丝不苟的，开车的时候竟然开小差，实在是犯了他自己的大忌。她冷笑，他对她看得可真是紧！

她当然不能说她一点都不渴，只是想到杨晟所以恨得咬牙。叶宙要是知道她还在想杨晟，肯定不会给她好果子吃。既然他以为她口渴，那她就当自己是真口渴了吧，她只能顺着他。

她左右看了看，果然在座位的最左边找到了一瓶依云。叶宙在国外长大，他喜欢喝依云的水。可是他并不知道，她一向不喜欢喝依云。

算了，只能将就了，谁让这是叶宙买的水。

唐韵之打开瓶盖，正抬头喝第一口，叶宙猛地急刹车。她没控制住，一股脑儿呛进了气管。顿时，一种难以言说的难受感堆积在她的胸腔，她捂着嘴巴，咳得停不下来。

叶宙抽出纸巾递给她："到了，下车。"

唐韵之很生气，脱口而出："你停车前说一句会死吗？我衣服全湿了。"

"湿了就湿了，反正一会儿要换。"

唐韵之斜眼看他，没有要下车的意思。

"你是想让我抱你下来吗？"叶宙说这话的语气不像开玩笑。

果然，这句话很管用，唐韵之开门，下车，关车门，动作连贯又利落。

叶宙是什么人她再清楚不过了，她有理由相信，叶宙真的可以做到在大庭广众之下抱她下车，她曾经就吃过他的亏。

叶宙对她的表现很满意，看他的表情就知道。

唐韵之时常怀疑，对叶宙来说她大概就是个不怎么听话的宠物。正因为她不听话，他才那么强烈地想要驯服她。

第二章

一怀愁绪

//////////

他的爱情从来都不自私。

即便他们不能在一起，他还是希望她能幸福。

1

唐韵之做头发，叶宙坐在她身后的沙发上看报纸。

大约过了一个半小时，唐韵之腰酸背痛，就差没站起来走人了。当发型师说了句OK，她像是被卸下枷锁的囚犯，一时间神清气爽。

叶宙放下报纸，盯着唐韵之上下打量："还不错，总算没那么幼稚了。"

"谢谢你噢。"唐韵之不冷不热。

她的头发被烫卷了，松松散散披在脑后，看似凌乱却有一种别样的气质。而她在暗自庆幸折磨终于结束的同时，不得不准备接受新一轮的折磨。

几年前，唐韵之和叶宙一起买过衣服。叶宙的口味刁钻得不得了，简直就能磨死人。虽然她爱逛街爱试穿名牌，但前提绝对是在没有叶宙陪同的情况下。

叶宙似乎看出了她的心思，轻笑："知道你不喜欢我挑剔你。放心，衣服鞋子我已经给你选好了，去换吧。"

唐韵之这才注意到，叶宙身后两个穿着商场服务员衣服的女人正拎着纸袋，对她和颜微笑。

“谢谢。”唐韵之松了一口气，难得真心诚意地对叶宙露一个笑脸。

刚刚给她做发型的设计师指了指里面的更衣室，唐韵之点头，从服务员手中接过纸袋子走了进去。她不知道这纸袋里的两条裙子是叶宙亲自选的还是他直接打电话让人家选好送过来的，刚才她坐得浑身不自在，没注意叶宙是否离开过。

所幸，这身衣服很好看，一看就是叶宙喜欢的风格。他是那种在商场上算计惯了的人，见的人多了，品位跟尚在学校里蹉跎光阴的唐韵之不一样。他不止一次嫌唐韵之的穿着太稚气，而唐韵之通常都是以“我是学生”来搪塞他。

唐韵之在这两套裙子之间犹豫了一会儿，最后选了黑色的。叶宙喜欢成熟的感觉，他喜欢，她就配合，这是她的义务。

当唐韵之踩着高跟鞋从更衣室出来，叶宙多看她一眼，眼神中就多一分扑朔迷离。

“怎么样？”唐韵之忍不住发问。尽管看他的表情她已经料到，他不怎么喜欢。

果然，叶宙吩咐：“去换一件，黑色不适合你。”

……

唐韵之的内心是崩溃的。她悻悻而回，换了另外一件嫩黄色的裙子，一边换一边在心里吐槽叶宙难伺候。她穿什么衣服跟他有一毛钱关系吗？一分钱都没有！

她真的是很讨厌他。

当她再次换好衣服出来，叶宙扫了一眼，似乎还算满意。他随手递给她一个链子：“戴上这个。”

很不起眼的一个链子，四叶草的吊坠，上面镶着碎钻，一看就知道不是真正的钻石。

唐韵之觉得奇怪，送这么不起眼的东西，不符合他叶少的身份啊。她不明白叶宙是什么意思，但也只能乖乖照她说的做。

“OK，走吧。”折腾了这么久，叶少总算肯点头走人了。

唐韵之被折腾得筋疲力尽，只想快点结束这一切然后回家一觉睡到明天中午。她和叶宙见面的次数不算多，但每见一次面后她至少要花上三倍的时间来养精蓄锐以便再次满血复活。叶宙在美国的时候还好，她眼不见为净。如今他要回国长住，她的好日子也算到头了。

“很累？”叶宙问她。

唐韵之实话实说：“坐了那么长时间的飞机，我的生物钟还没调整过来。”

“见过他了吧。”

唐韵之的心一震，脑子里嗡的一下。她明知道叶宙指的是杨晟，却故意装傻：“见过了。我下飞机见到的第一个人就是轻扬，她和朱帅一起来机场接我的。”

说这句话的时候，她看不到叶宙的脸，不知道他是什么表情，不过他没有要揭穿她的意思，她也就没再多说什么。

叶宙想了想，又说：“韵之，等你毕业我们就结婚吧。”

唐韵之一愣，不小心咬到了自己的嘴唇。她被叶宙这句话吓坏了，从认识他到现在，她从没想过要嫁给他。哪怕他们曾经有过婚约，哪怕她现在不得已成了他的女朋友。

“到了，下车吧。”唐韵之欣喜地看着窗外。

她很庆幸到了目的地，否则她还真不知道该找什么借口来拒绝，毕竟这件事是她亲口承诺的。当初她信誓旦旦地表示绝不后悔，可不到半年她已经后悔莫及。

车一停下来，酒店门口的服务生过来帮他们开车门。叶宙先下车，他站在唐韵之面前盯着她看，就像猎人盯着即将到手的猎物，那种心满意足，旁人怕是无法理解。

唐韵之咬着嘴唇，虽然心不甘情不愿，但还是把手伸向了叶宙。

这一招对他很管用，屡试不爽。每次惹他不高兴，她只要一伸手，以示妥协，他从来不会为难她。

这次也一样，叶宙静默三秒钟，然后很绅士地拉起她的手，二人肩并肩走进了酒店。无论怎么看，他们俨然就是一对热恋中的情侣，不会有人知道，他们一直都貌合神离。

酒店墙壁上的挂钟指向七点半，比约定的时间早了半个小时。可等他们走进豪华包间的时候，叶荣光已经在了。

唐韵之不由得一愣，据她所知，他们这些生意人把时间看得比金子都贵。孙轻扬曾开玩笑对她说过这样的话：有钱人丢一百块钱都不愿意浪费时间去捡，因为在他弯腰的那么一丁点时间，他有可能赚回一千甚至一万块。话虽然夸张，道理却真是这样。

“爸，你来了。”叶宙的态度很冷淡。

叶荣光微微点头："事情已经处理完了，所以早点过来等你们。"

他朝唐韵之招招手："韵之，过来坐。"

唐韵之回以礼节性的微笑，在他旁边坐了下来。

这是唐韵之第三次见到叶荣光。中间隔了两年，这两年间发生了太多事，她对叶荣光的态度也变了。

叶荣光是唐韵之爷爷唐奎的朋友。如果按照辈分来算，叶宙应该是她叔叔辈的。可不知道爷爷打的什么主意，在她儿时便和叶荣光开玩笑，口头约定了她和叶宙的婚事。

两年前，她去美国参加父母的交响乐演奏会，爷爷顺道带她去拜访叶荣光。他们在她面前笑着提起婚约一事，她觉得莫名其妙，当场拒绝。她知道这么冒失地拒绝长辈很不礼貌，于是搬出了一堆大道理，比如没有感情的婚姻是不会幸福的；比如强扭的瓜不甜；比如她根本就没见过叶宙，草率决定婚姻大事对双方都不会有好处……

眼巴巴想当凌川集团儿媳妇的人从美国排队排到中国都排不完，叶荣光却没有觉得唐韵之不识抬举。对于唐韵之的拒绝，他也没有表现出一丝愤怒，反而很欣赏她的直爽。最终，唐韵之的抗拒并没有得到什么实质性的成果。

唐奎非常喜欢叶宙，孙女婿这个位置大有非叶宙不可的意思。不久之后，他带唐韵之去了她最向往的尼亚加拉大瀑布，然后很"凑巧"地遇见了正忙里偷闲在那儿旅行的叶宙。

唐韵之和叶宙的初见，便是在尼亚加拉河畔。

那天的天气很好。那时候的叶宙还没有现在这么不近人情，刚从哈佛大学拿到硕士学位的他身上依然有着学生的影子，几分青涩，几分青春。叶荣光想让他尽快接手凌川集团的生意，但他似乎并没有那么强烈的继承父业的意愿。

一番嘘寒问暖之后，叶宙告诉他们，自己准备沿着尼亚加拉河徒步旅行。

唐奎夸赞了叶宙一番，说年轻人就是要多走动多见识，他还建议唐韵之跟着叶宙一起旅行，开开眼界。

唐韵之明知爷爷故意想给他们制造机会，但她不想拂了爷爷的意，免得惹他老人家不高兴，只得假装很高兴接受他的提议。

第二天一早，她和叶宙结伴出发，沿着尼亚加拉河一路前往尼亚加拉大瀑布，一边走一边饱览两岸风光。那条路好像永远没有尽头，他们就那么一直走着，话不多，鲜有交流。

她原以为，她并没有把叶宙当回事。孰料，半年前她和杨晟分手，她好几次哭着睡着，梦见的却是她和叶宙沿着尼亚加拉河徒步的场景。黄昏的河面上倒映着夕阳，晚风拂过，吹起粼粼波光，一辆越野车不紧不慢地跟在他们后面……

那时候她赌气地想，失去了杨晟，她还有叶宙；杨晟不爱她了，叶宙却是想娶她的。尽管她心里清楚，叶宙不过是听从了叶荣光的安排，而不是真心喜欢她。

“韵之？”叶荣光叫了她一声。

唐韵之回神，她意识到自己失礼了，抱歉地一笑：“不好意思叶伯伯，我下飞机以后没有好好休息，可能是有点累了。”

“不碍事，都是一家人，你也不用紧张。”叶荣光笑得很和蔼。他回头，责问叶宙，“你怎么不让韵之好好休息一下就带她出来了。”

叶宙没有回答，晃了晃杯子里的红酒，一饮而尽。

叶荣光继续对唐韵之道：“叶宙以后会经常待在国内，你们相处的时间就更多了。等你毕业，我帮你们安排婚礼吧。你觉得怎么样？”

她觉得不怎么样……

这父子俩，不愧是亲父子俩。

唐韵之还没想好怎么回答，叶宙先开口了：“她还小，再等等吧。”

叶荣光点头：“也好，这是你们两个人的事，你们商量着决定。”

唐韵之生怕他反悔，赶紧附和：“叶伯伯放心，我们会好好考虑的。”

她只想赶紧把这事翻篇。不过，叶宙的回答倒是出乎她的意料。他刚刚还向她提过结婚的事，为什么一转眼就改变主意了？还是说，他根本就是一时兴起？

菜一会儿就上齐了，唐韵之实在没什么胃口。有这两尊佛在旁边，她不免紧张。她不是傻子，叶荣光虽然看上去和蔼可亲，对她也挺好，可他毕竟是凌川集团的董事长。能生出叶宙这么不近人情的儿子，他这个做父亲的能简单到哪里去！

“秘书给我订的是晚上十点的机票，我该走了，你们慢慢吃。”叶荣光站起来，理理衣服准备走。

唐韵之很乖巧地站起来鞠了个躬：“叶伯伯再见，常回来，我们都会想你的。”

叶宙不可思议地回头看了唐韵之一眼，眼神复杂。唐韵之当没看见，她猜得到，叶宙肯定在鄙夷她。

叶荣光倒是很吃唐韵之这一套，他笑容满面，走到门口，忽然又停了下来。他盯着唐韵之的手腕，语气有些飘忽：“韵之，保管好这个手链，别弄丢了。”

这句话很莫名其妙，唐韵之不明白他是什么意思。她回头看叶宙，一脸疑惑。叶宙转移话题：“吃饭吧，吃完我送你回家。”

“我……”唐韵之吞吞吐吐，话卡在喉咙里。

“有什么话直说。”

“这可是你让我说的啊。”唐韵之大胆开口，“我见过你爸爸三次了，可我还没见过你妈妈，他们不在一起生活？”

“我妈妈在意大利。”

“她去意大利旅行还是……常住？”

“常住。”

唐韵之猜到了是怎么回事，但涉及人家的隐私，她不便多问。她和叶宙认识的时间不短，对他家里的事却知之甚少。好像除了他们家坐拥凌川集团，家财万贯之外，其他的她一无所知。

叶宙很少提到他妈妈，唐韵之也只在照片上见过她。

她是在叶宙的钱包里无意中发现那张照片的。照片上的女人长得很漂亮，眉眼和叶宙有三分相似，她第一眼就猜到那就是传说中凌川集团美丽端庄的董事长夫人。翻过照片，背面写着“妈妈我爱你”五个漂亮的字，是叶宙的笔迹。

这种煽情的事唐韵之也做过，不过是在她上中学的时候。彼时，她被学校的校草沈翀迷得不要不要的，还花了五十块“巨款”从别人手里买了沈翀的照片，在照片背后写下“沈翀我喜欢你”，天天放在床头花痴。

后来想起这事，唐韵之一直觉得自己很幼稚。所以她对叶宙很好奇，但好奇的同时她也觉得，叶宙是真的很爱他的妈妈。如若不然，叶宙这么大的人了，怎么会做这种小孩子才会做的事。

唐韵之不免对叶宙的妈妈产生了极大的兴趣，有叶宙这样的儿子和叶荣光这样的丈夫，那位叶夫人究竟是个什么样的人？她一直想亲眼见一见，却一直不得见。

饭菜可口，唐韵之却吃得索然无味。

叶宙看出了她食不下咽，提醒她：“没胃口的话，不用勉强自己。”

“我想吃泡面。”

叶宙瞪她一眼："泡面没营养，你还是吃饭吧。"

"可是我想吃，你买不买？"

"不买。"

"不买拉倒。"唐韵之也没指望他会真的去给她买泡面，她放下筷子，"那你送我回去吧，我没胃口，不想勉强自己了。"

"我可以理解为你是在生气吗？"

"是啊，你不给我买泡面，我生气了呗。"

唐韵之没有发现，连叶宙自己都没有发现，他们的相处氛围已经悄悄发生了变化。

2

房间内冷气开得足，唐韵之裹着厚厚的被子睡得正香。

敲门声一直在响，丝毫没有要停下来的意思。唐韵之迷迷糊糊听到了，她置若罔闻，翻了个身继续睡。她实在是太累了，昨天一下飞机就没好好休息，再加上被叶宙折腾了一番，她连呼吸的力气都快失去了。

"唐韵之你开门啊，我知道你在家！"孙轻扬在她家阳台下喊。

唐韵之尚在梦中，恍恍惚惚。她往被子里缩了缩，眼睛都懒得睁开。

"韵之你快开门，再不开门我找人拆你房子了啊！"

孙轻扬的分贝越来越大，唐韵之勉强苏醒过来。她只好使劲睁开惺忪的睡眼，抱着枕头梦游似的"飘"下楼。

门开了，孙轻扬一进来就大口大口地喘气。她好几次想开口，但因为喘得太厉害了，什么话都说不出来。她定了定神，冲到饮水机前面接了满满一杯水，一饮而尽。

"你们小区谁家养的哈士奇，好讨厌！一直追着我跑！"孙轻扬一脸不满。

唐韵之顿觉意外。难不成孙大小姐一早来找她，就是为了要告诉她这个？

"然后呢？"唐韵之问，"它咬你了？"

"没有。"

"那你这么早来找我，有什么事吗？"

"你家的门铃坏了多久了？貌似你出国前就坏掉了吧，你怎么也不找人来修一下，我刚才敲门敲得很累啊！"

“嗯，知道了，我一会儿就找人来修。然后呢？”

“然后？然后什么啊？”孙轻扬一下子蒙了，她眨巴眨巴眼睛。过了半晌，她猛然想起她来找唐韵之的真正目的，“噢，对了，差点忘了，我有事问你。”

她扬起手中的八卦杂志，就像妈妈训女儿一样：“这是怎么回事？你是不是应该给我一个合理的解释？”

唐韵之瞄了一眼杂志，压根就没看清楚什么。她有气无力道：“给我半个小时，我睡醒再跟你说吧。”

“回来——”孙轻扬一把拽住她，“不说清楚不许睡。”

孙轻扬的力道很大，唐韵之被她拽得胳膊疼，睡意一下子没了，人也清醒了不少。

“什么事这么着急，非要现在说不可？”唐韵之一边埋怨，一边翻开杂志仔细看。

这一看，唐韵之顿时去了三魂七魄，像是被雷劈中了一般，傻站着一动不动。

叶宙这回可把她害惨了。她该怎么解释？她根本就百口莫辩！

她和叶宙手挽手走进酒店的照片占了整个版面，背景就是叶宙那辆阿斯顿·马丁豪华车。好在照相机是从侧面拍的，她的脸被叶宙挡住了一半，看得不是很分明。但孙轻扬和她是十几年的交情了，别说半个侧脸了，就算是一个背影也能认出来。

照片下面，红色的大标题格外醒目：叶宙的真命天女浮出水面。

“报纸上的车就是昨天来接你的那辆吧？”孙轻扬往沙发上一靠，一副兴师问罪的模样。

“嗯。”

“你什么时候认识叶宙的？”

“我和他……其实也没什么。”

唐韵之从来没跟任何人说过她和叶宙的事，包括她最好的朋友孙轻扬和朱帅。她不想让他们替她担心，更不想让他们知道那件事。

孙轻扬突然从沙发上站起，盯着唐韵之的眼睛道：“别告诉我你心里还有杨晟。如果是这样，我会看不起你的。”

“没，和他无关。”唐韵之打断了孙轻扬，“你等我一会儿，我去刷个牙再跟你解释。”

她从小就有个毛病，起床以后不刷牙几乎就不开口说话，刚才是被杂志上的消息震撼住了，这才不自觉破了例。

等到唐韵之从卫生间里出来，孙轻扬已经按捺不住了。她的好奇心如燎原之火，熊熊燃烧着。唐韵之的绯闻男友居然是美籍华裔大财团凌川集团的总裁叶宙！这简直不可思议。叶宙之名她早有耳闻，可她岂会想到，鼎鼎有名的商界奇才叶宙会和她身边的人有瓜葛。

“快说快说，到底是怎么回事？”孙轻扬两眼放光。

唐韵之意兴阑珊：“没什么大不了的，我爷爷和叶宙的爸爸是朋友，不过是一时意气许下了姻亲之约。我也是两年前才知道的，那个时候我还不认识叶宙……”

唐韵之把事情经过大致讲了一遍，包括她一开始态度很坚定地拒绝，包括她和叶宙沿着尼亚加拉河徒步旅行。

孙轻扬点评：“原来是父母之命媒妁之言啊。挺俗气的故事，不过还算浪漫。”

“浪漫？”唐韵之不这么认为，“哪儿浪漫了？我怎么没觉得。”

“别打岔，继续说啊。照你刚才所说，你不是已经拒绝叶宙他爸了吗，你们怎么又走到一起了？”

唐韵之语塞。命中注定的，哪能这么轻易躲过。

叶荣光曾经对她说过，她注定是叶宙的妻子，这将会成为永远无法改变的事实。起初她不以为然，并且天真地觉得，她的命运是由自己掌握的。可到头来呢……

那个时候，她还年轻，对爱情的认知不够深刻。

那个时候，叶宙虽然不热情，但也不至于那么讨厌，对她也还算照顾。他又是凌川集团的继承者，英俊多金，哪个女孩子不想嫁给他？

那个时候，杨晟这个人还没有闯进她的生命，除了中学时期曾经懵懂暗恋过校草沈翀，她的感情可谓一片空白。她也没指望自己能够有一段轰轰烈烈的爱情。宋扬之曾对她说过，平平淡淡才是真实，细水长流的幸福才能够长久。

所以，那个时候她觉得，嫁给叶宙不算一件太坏的事，就算没有感情，至少衣食无忧。哪怕是离了婚，她还能拿到一大笔财产，怎么想怎么划算。她的心开始有一点点动摇。

回国后，她的父母意外地从维也纳回来了。她不傻，她当然猜得到，他们回来是为了她和叶宙的事。妈妈整天在她耳边唠叨，叶宙这样那样好，恨不得立刻让她和叶宙领证。她本来还只有一点点动摇，经不住她妈妈这么一烦，竟然鬼使神差地一不小心就点头答应了。她那不厚道的父母见她点头，马上收拾东西欢天喜地地回了维也纳。

事后静下心来仔细想想，她难免后悔。她越想越不甘心——不甘心自己的一生就这么轻易被决定了。她本想找孙轻扬诉苦，可是定娃娃亲这种荒唐的事向来只有在八点档电视剧和狗血小言情里才会发生，孙轻扬若是知道了，不笑掉大牙才怪。她摇摆不定，最终还是把这件事藏在了自己肚子里。

如果说一开始她只是有一点点后悔，那么认识杨晟以后她就是悔得肠子都青了。杨晟帅气，体贴，笑起来能给人一种沐浴在阳光下的温暖，岂是不苟言笑不近人情的叶宙能比的。在她眼里，除了家里有钱生来自带光环，叶宙真是没有一点比得上杨晟。

唐韵之和杨晟是通过赵祈颜认识的。没闹翻之前，她和赵祈颜、孙轻扬三人一直是公认的好闺密。赵祈颜的母亲改嫁以后，她们的来往依然没有断，连大学也报了同一所。

杨晟的父母和赵祈颜的继父是世交，逢年过节都有来往，唐韵之就是在赵祈颜家第一次见到了杨晟，当时她就对杨晟有种似曾相识的感觉。不过唐韵之并没有多想，他们都在S大念广告系，但不在一个班，大学里的学生基本上都比较独立，同班同学有时候还不认识，或许他们曾经见过也不一定。

后来，唐韵之经常被孙轻扬拉进学生会跑腿，和身为学生会主席的杨晟有了更深一步的接触。理所当然的，他们俩在一起了。赵祈颜知道这件事，没少取笑他们，说什么两个人都是她的好朋友，将来结婚她可以省下一半的红包钱了。

“结婚”这个敏感的词就像一根刺深深刺进唐韵之的心中，时刻提醒着她，她和叶宙是有婚约的。于是趁着元旦放假，唐韵之瞒着身边所有人去了趟美国，准备解除她和叶宙的婚约。

她一下飞机就直接去凌川总部找了叶荣光，开门见山地说出了自己的目的，言辞恳切，态度决绝。叶荣光刚开完年终总结大会，尚沉浸在一大堆数据中没有缓过神来，乍一听她的话，有点不明所以。

叶荣光问她：“想嫁给叶宙的人有很多，我有点不明白，你为什么三番两次拒绝？叶宙哪里不好吗？”

“叶宙很好，我很喜欢他，我想我们可能会成为很好的朋友，但是我并不爱他。我不能因为您和爷爷的一句玩笑话就把一辈子的事给定了，这是对我自己不负责，对叶宙也不公平。而且我觉得，没有感情的婚姻是不会幸福的，我不希望将来我和叶宙过得都不幸福。”唐韵之说得头头是道，至于她和杨晟的事，她只字未提，以免旁生枝节。

不知为何，叶荣光听到她这么一番话，像是被触动了，沉默了好一会儿。不过他没有承诺她什么，而是和她定下了一个三年之约：三年之后如果她还是坚持不肯嫁给叶宙，他绝不勉强她。

唐韵之满心欢喜地答应了。别说三年，就算三十年她的心意也都不会改变，天真的她坚信，她和杨晟一定可以一起走到生命的尽头。

解决完这件事，唐韵之心中的大石头也就落了地，走路的脚步也轻快了不少。可是她万万没想到，她刚踏出凌川办公大楼就被叶宙堵上了。

叶宙二话不说，一见唐韵之出来就强行把她拉上车，加足马力在路上疯狂驰骋。唐韵之吓得尖叫不已，连呼停车，叶宙置若罔闻，反而开得更快。后面的车子才一会儿就被他甩得远远的。

“快停车！你疯了吗？”唐韵之吓得眼泪都出来了，生怕叶宙一气之下拉着她同归于尽，她还不想死。

大约过了半个小时，叶宙终于把车停在了路边。他转过头，很不友善地盯着唐韵之看，就像是发怒的狮子，下一秒会将她吞进腹中。

唐韵之自知理亏，咬了半天嘴唇，然后很小声地说了句对不起。

叶宙并没有理会，从他的眼神中就能看出，他已经失去理智了。唐韵之以为他只是生气，谁知他忽然扑上前按住她，疯狂地吻她，舌尖在她嘴里肆意舔舐，和她的缠在了一起。她吓坏了，拼命把他往外推。可是娇小的她根本敌不过叶宙的力气，无论她再怎么努力，始终动不了他半分。

当叶宙的手不安分地伸进她的内衣里，她终于忍不住大哭起来，泪水沿着脸颊往下流，流进了嘴里，又咸又涩。

叶宙猛然清醒过来，他放开了她，恢复了以往的冷漠。

“下车！”他开口吩咐。

唐韵之如获大赦，逃命似的开门下了车。叶宙看都不看她一眼，开着车子扬长而去，要多高冷有多高冷，好似刚才是她强吻了他一样。

车子来来往往，唐韵之一个人站在路边上，看着四处都是金发碧眼的外国人，茫然不知所措。

“叶宙你混蛋，欺负我人生地不熟把我扔在路边，你算什么男人！”她咽不下这口气。她从小就是父母和爷爷的心头宝，何曾被这样粗暴地对待过！

她在路边踟蹰良久，却根本分不清方向。到后来她实在没办法了，只得脱下高跟短靴，抹着眼泪往回走。

时值冬季，尽管穿了厚厚的羊绒袜她还是觉得冷，那股子寒意仿佛从脚底心钻进来，她很后悔出门前没换平底鞋。

也不知道究竟走了多长时间，唐韵之感觉双脚都已经不是自己的了，冻得一点知觉都没有。她战栗着，一边走一边在心底骂叶宙。

一辆车子停在她的身边，按了两下喇叭。她抬头一看，车窗玻璃正慢慢往下移，叶宙寒冰一样的眼睛盯着她看："上车。"

"刚才赶我下车的人也是你，现在心情好了又让我上车？"

"外面冷，你先上车再说。"

"叶宙你把我当什么人了，呼之则来挥之则去？"她又好气又好笑，"对不起噢，你是大少爷，我也是大小姐，不是只有你有生气的权利。本小姐现在生气了，不想玩了，不伺候了。"

她的分贝越来越高。她以为，以叶宙的臭脾气，听到这样一番话肯定气得踩油门飙车走人。谁知他轻描淡写地说："你再不上来，我就抱你上车。"

唐韵之嗤之以鼻，瞥了叶宙一眼，高冷地继续往前走。然而就在这个时候，叶宙开门下车，三两步走到她跟前，将她打横抱了起来。

她吓得大叫："你？放我下去！"

叶宙不理她，强行把她塞进副驾驶座，给她系上安全带，然后用和开飞机差不多的速度一路飙车。伴随着的是唐韵之的一路尖叫。

"啊……啊……"

3

听唐韵之慢悠悠地说完她和叶宙的那段血泪史，孙轻扬恨铁不成钢："你是智障吗？放着帅气多金的青年才俊叶宙不要，倒喜欢和赵祈颜争杨晟那个墙头草，你怎么想的？"

唐韵之不说话。那个时候她和杨晟正爱得死去活来，莫说是叶宙了，就算让她去当王妃她也不乐意。

"那后来呢，你怎么又和叶宙纠缠在一起了？"

"后来，后来你知道的啊，叶宙回国了，先后收购了腾越、先辉、鸿盛，慢慢在国内建立他叶家的商业帝国呗。”

孙轻扬拿抱枕丢她：“别转移话题，没让你写励志小说。我是问你怎么和叶宙重新纠缠在一起的，不是问你叶宙怎么变成商业奇才！”

唐韵之的脸色一下子变了，她犹豫良久，不知道该如何开口。这件事天知，地知，她知，叶宙知，她不想再让第三个人知道。

“难道……难道你和他已经……”孙轻扬凝视她的表情，大胆猜测，“天哪，不是吧，韵之你才多大啊，你们不会是要奉子成婚吧？那是电视里才有的情节啊，天哪！”

“瞎说什么呢！”唐韵之把抱枕丢回去砸她。

孙轻扬笑得在沙发上打滚：“那到底是怎么一回事，你不说我只能瞎猜啊。”

“半年前我和他做了一个交易，我有求于他。”唐韵之支支吾吾开口，“作为交换条件，我……我必须得嫁给他。”

半年前，那是她和杨晟刚分手的时候。

“半年前？这么说，你是为了……”孙轻扬隐约猜到了什么，“是为了……”

唐韵之点点头。

孙轻扬猛地起身：“我去找赵祈颜算账，都是她惹出来的事！”

“别去，你听我说！”唐韵之好不容易才拉住她，“听我说，我不想再和她扯上任何关系，归根到底这件事是因我而起的，我不想再节外生枝。再说了，和叶宙在一起不是很好吗？我现在是堂堂华昌总裁的未婚妻，有钱有势，多了不起啊。你说是不是？”

孙轻扬被她弄得哭笑不得：“算了，怕了你了。你说得对，你还得感谢人家赵祈颜，她让你因祸得福。杨晟怎么能跟叶宙相比，差远了！”

一提起杨晟，孙轻扬一肚子气。

唐韵之打了个哈欠：“说完了？我可以继续睡觉了吗？”

她没等孙轻扬回答，撂下话就上楼，一边走一边揉眼睛，一副没睡醒的样子。

孙轻扬太了解唐韵之了，她每天至少要睡十二个小时，少一分钟都不行。上课睡懒觉的习惯是幼儿园养成的，一直到现在都没改过来。

“等一下，我也睡会儿去。”孙轻扬跟着上楼。

她也是一大早就被孙子凡从床上拖了起来，非逼着她看八卦杂志。她睡眼惺忪，眼皮都懒得抬一下。孙子凡硬是翻到印着唐韵之和叶宙照片的那一页，拼命塞到她眼皮底下。她应付地看了一眼，顿时睡意全无。对她来说，挖掘唐韵之和叶宙的八卦比睡觉更有吸引力。

两人一碰枕头便迅速入睡，不省人事。

恍恍惚惚，唐韵之梦到了小时候的自己，还有孙轻扬、赵祈颜、朱帅。他们四个人一起在小区的石桌上写作业。那个时候没有杨晟，没有叶宙，没有利益之争，没有钩心斗角。他们只是单纯的好朋友，瞒着父母互相抄作业，互相模仿家长的笔迹在分数很不可观的试卷上签名……

“哎呀，糟了！”唐韵之从睡梦中惊醒，她拿起床头的手机一看，急了，“怎么办怎么办，我要迟到了！”

孙轻扬悠悠醒转：“怎么了？我还困着呢，我们再睡会儿吧。”

“快起来！一点半了！叔叔让我两点之前把一包资料送到Flying杂志社去。”

唐韵之从行李箱里面随便翻出一件衣服换上：“你也快点，陪我一起过去。我好跟总编打个招呼，帮你争取一下实习名额。”

一听这话，刚刚还半死不活的孙轻扬起得比谁都快。她们几乎是一路从床上跑出门的。

上车后，唐韵之从包里拿出随身携带的梳子和镜子开始整理头发。司机从后视镜看到这场景，笑着说：“现在的小姑娘是真能睡啊！”

“谁说我能睡，我明明早睡早起。”唐韵之不服气，“我只是在睡午觉而已。”

司机忍不住笑了，没有再说话。

孙轻扬以为他不相信，理直气壮地补充道：“吃完中饭睡半个小时，不过分吧。”

一说到吃中饭，唐韵之和孙轻扬很默契地相视一眼。她们今天还没吃过东西，实在好饿……

在路上的时候唐韵之给总编打过电话，等她们到杂志社门口的时候，已经有人等在那里了。那人唐韵之认得，她上次和叔叔一起来杂志社的时候见过，是杂志社总编叶嘉言的秘书小文。

唐韵之以为她是沾了叔叔唐泽辉的光，来送个资料还有人迎接。她又怎么会知道，她沾的其实是叶宙的光，这一切根本就是叶宙的安排。华昌在Flying杂志社投了不少钱，这里自然有他的眼线，以后唐韵之在这儿工作，一举一动都瞒不过他的眼睛。

“唐小姐，你终于来了。”小文笑得一脸灿烂。

唐韵之拿出手机一看，还好，刚过两点，总算赶上了。她把手上的一大包资料交给小文：“麻烦你帮我交给叶总编吧，我和叔叔这次去大西洋那些岛上转了一圈，收集到的资料全在这里了。文件太大不方便发邮件，希望没耽误你们的事。”

“哪里，唐小姐太客气了。我们总编让你亲自过去一趟，说有事和你商量。”

“现在？那……好吧。”唐韵之一脸认命的表情。

她本想把东西送到就找个地方好好吃一顿，从昨晚到现在她几乎没吃什么东西。昨晚有叶宙在场，她对着一桌子山珍海味却食不知味。回想起那些菜，她很后悔当时没有多吃一点。

二人跟在小文后面进了总编室。

唐韵之本以为总编找她不过是象征性地问几句她对这本旅游杂志的看法，顺便让她配合做一下改版的广告宣传方案。她如何能猜到，她会在这里碰见杨晟呢！

那个她一辈子都不想再看见的人，此刻正坐在叶总编对面的椅子上，二人相谈甚欢。

“韵之你来啦。”叶总编看见唐韵之来了，笑得非常优雅，“我来介绍，这是S大广告系的高才生杨晟，我一位知名广告设计师朋友推荐他帮忙做新版杂志的宣传推广，你们熟悉一下，好好合作。”

唐韵之很尴尬，她还没想好该说什么，叶总编又道：“我怎么忘了，韵之你好像也是S大的学生？杨晟是你们学校出了名的才子，去年A市广告设计大赛青年组的冠军就是他，你应该认识他吧？”

叶总编不知道的是，杨晟获奖的那个广告是唐韵之给他的灵感。

唐韵之勉强保持微笑：“杨晟在我们S大才名远播，我怎么会不认识呢。只不过我认识他，他不认识我罢了。”

杨晟顿时僵住，他看唐韵之一眼，似乎不敢相信她会说出这样的话。唐韵之毫不畏惧，很大方地看回去，仿佛他们真的只是初次见面。

孙轻扬一直默默在旁边站着。她暗自感叹自己的运气太背，好不容易争取到了鸿盛的实习名额，结果冤家路窄碰见赵祈颜。现在更背，居然碰见了杨晟。

叶总编没察觉到气氛不对，回头对杨晟说：“韵之是国际摄影大师唐泽辉的侄女，她……”

“我知道，”杨晟接话，“享誉国际的著名钢琴家宋扬之的女儿，对吧。”

宋扬之是唐韵之的妈妈。

宋扬之的名气比唐韵之的父亲唐泽凯要大得多，别人提到唐韵之，总会说“这是著名钢琴家宋扬之的女儿”，就连她的名字“韵之”也是宋扬之自恋地根据自己的名字取的，以证明自己是个有韵味的女人。

叶总编对这样的局面很满意：“既然二位认识，又是校友，那就好办了。《云游》杂志这次改版意义重大，我们追求的就是突破和创新。韵之你也知道，我和你叔叔是多年的好友，很荣幸能争取到他的独家合作，新版的《云游》杂志将会大量采用他的摄影作品。”

唐韵之点头：“叔叔跟我详细说过这事。能和《云游》合作，他也很高兴。”

“你这孩子真会说话。”叶总编很开心，“对了，你叔叔的摄影展当天，我们杂志社准备联合举办一次酒会，庆祝新版杂志的发行。摄影展的宣传方案就交给二位了，我对你们很有信心。”

唐韵之内心一万个不愿意，但这件事已成定局，躲也不是办法。此刻她若是拒绝，反而显得她不够大气。再说了，做亏心事的是他，凭什么她要躲着！

她承诺：“叶总编你放心，我一定竭尽所能，不会让你和叔叔失望的。”

孙轻扬听她这么说，没经过大脑思考就喊了出来：“韵之你怎么……”

唐韵之急忙拉拉她的衣角，阻止她继续说下去。

叶总编这才注意到孙轻扬，皱了皱眉：“这位是？”

“这是我的朋友孙轻扬，也是S大广告系的学生。我和轻扬经常合作，设计风格也比较相似。这次的宣传比较着急，我怕一个人忙不过来，所以想让她助我一臂之力。不知方不方便？”

“当然，你觉得合适就行。”叶总编点头，她喊了小文进来，“你带这位同学去人事部注册一下实习证。”

Flying的规矩很严，就算是实习生也要有证件才能在办公楼里行走。

小文和孙轻扬出去后，叶总编看了看墙上的时钟，对杨晟说：“我还有个重要的会议，杨晟，那就麻烦你给韵之讲讲这次设计的主题吧，有什么问题回头我们再聊。”

门一关，办公室里外俨然就是两个世界。唐韵之不说话，杨晟也不说话，两个人就那么傻站着，气氛顿时变得很奇怪。

过了好久，杨晟打破沉默：“韵之，你还好吗？”

“我不想跟你说话。”唐韵之回答得很直接，“关于这次方案的主题，你整理成资料交给我吧。谢谢。”

撂下话，唐韵之转身就要朝门口走。

杨晟伸手拦住了她的去路：“我们之间真的没有什么话好说了吗？”

“那你觉得我应该对你说什么？”

“你为什么不肯听我解释？那天晚上如此，现在也是如此。”

杨晟所说的那个晚上，就是他们分手的那个晚上。

唐韵之听到他提出分手，二话没说扭头就走，他在身后大声喊她的名字，她也不理。走到小区门口，她的手机响了，她一看屏幕上显示的是他的号码，想都没想，直接往垃圾桶一扔。

在唐韵之看来，分手无非就是不爱了，根本不需要什么借口。言情小说她看得多了，男主角要和女主角分手，说得最多的无非就是“你太好了，我觉得我配不上你”，要么就是“我很爱你，可是我觉得我们的性格不适合当恋人，我们以后还是当朋友吧”。

杨晟若是开口说这样的话，她不能保证自己不会扇他耳光，所以她不想听他解释。

唐韵之不屑道：“现在说这些还有什么用，分了就分了。我不介意承认自己眼瞎，请你也有担当一点。”

“祈颜得了很严重的病，医生说……治愈的概率不大。我妈妈很喜欢祈颜，她拜托我务必要陪祈颜最后一程。”杨晟的表情很无奈，“这些话听着很不真实，但是我没骗你。韵之，我们的运气不太好。”

唐韵之脚底不稳，险些栽倒。

4

唐韵之此时大脑一片空白。

杨晟重复了一遍：“祈颜得了威尔森氏症。我现在很难跟你说清楚事情的来龙去脉，但是我真的不希望你恨我。”

“你说的可是真的？”

杨晟点头。

“那她……”

“我妈妈很喜欢祈颜，她一直希望我能和祈颜在一起。”

“我知道。”

杨晟的妈妈喜欢赵祈颜，这一点唐韵之比谁都清楚。往事如流水，细细淌出，她想起了第一次去杨晟家的情形。

第一次见男朋友的妈妈，唐韵之虽然紧张，心情却是极好的。哪知道见了面以后，杨晟妈妈不仅没给她好脸色看，还一个劲地在她面前夸赵祈颜。唐韵之不是傻子，她看得出来，杨晟妈妈希望赵祈颜当儿媳妇。

“唐小姐，听说你是著名钢琴家宋扬之的独生女，为什么你没有继承你母亲的衣钵？”杨晟妈妈这样问她。

“阿姨，你可以叫我韵之。”唐韵之很有礼貌地回答，“小时候我跟着妈妈学过钢琴，可是我不大喜欢，就放弃了。”

杨晟妈妈不屑地看她一眼：“不喜欢就放弃了？半途而废，这种处事态度可不好，我若是你母亲，肯定不会这么纵容你的。你和祈颜不是好朋友吗，你呀，要向她好好学习。祈颜可是个有始有终的好孩子，对我们晟儿也好。可惜，哎！”

唐韵之脸色很不好看，从小到大她哪里受过这样的气。她一时没忍住，反驳道：“阿姨您说得对，对于我喜欢做的事，我肯定会坚持到底的。我妈妈是个开明的家长，她不会强迫我做我不喜欢的事。”

“你的意思是，我很古板？”

杨晟急忙打圆场：“妈，韵之她不是这个意思，她只是……”

“怎么，她还没过门呢，你就帮着她对付你妈了？”杨晟妈妈干脆撕破脸，“我是个直肠子，不会说话，今天我就把话挑明了，祈颜才是我认定的儿媳妇，其他人免谈，你自己看着办吧。”

没等杨晟反驳，她又对唐韵之说：“唐小姐，你出身艺术世家，是名门之后，岂是我们这种充满铜臭味的商人家庭能够高攀得上的，齐大非偶，这样的说法你应该听说过吧。何况你长得那么漂亮，想嫁什么样的人没有，又何必在一棵树上吊死？”

唐韵之也不是那种脾气好得可以任人欺负的人，听了杨晟妈妈那一番话，憋在胸口的那股怒火终于还是烧了起来。她实在没忍住，脱口道：“阿姨您说得对，我会好好考虑的，谢谢您提醒。”

说完，她头也不回地走了。

杨晟追了出去："韵之你去哪里？"

"我去找棵比你高的树上吊！"唐韵之气急败坏，拦到一辆出租车就上，把杨晟远远地丢在后面。

那件事只是唐韵之和杨晟恋爱史中的一个小插曲，第二天他们就和好如初了。唐韵之的脾气来得快，去得也快，杨晟三两句好话就把她哄住了，她早就把他妈妈的刁难抛到了九霄云外。

现在回想起来，唐韵之觉得自己当时还真没骨气，一颗糖衣炮弹就能让她沦陷。

她重新调整好心情，问杨晟："她生病……是什么时候的事？"

"在我们分手的前一天查出来的，祈颜的妈妈看见诊断书当场就晕了过去。那天晚上祈颜一边哭一边对我说了很多她的心里话，我才知道……"

"你才知道，原来她喜欢你很久了。"唐韵之替他说出他说不出口的后半句话。

短短几句话，唐韵之却明白了很多。她一直以为她们是从小一起长大的好朋友，无话不谈。可是她错了，她一点都不了解赵祈颜。

赵祈颜三岁的时候，她爸爸就抛弃她们母女和别的女人走了。她在单亲家庭长大，内心比一般人脆弱得多。也许正是因为这样，她从小就喜欢把自己打扮得花枝招展，试图用艳丽的外表来掩盖内心的空虚。

杨晟的声音非常低沉："韵之，你能原谅祈颜吗？她本性并不坏，她只是太羡慕你，久而久之，这种羡慕就变成了嫉妒，所以她才会想要破坏你的幸福。"

"她说什么你都信？你又不是她肚子里的蛔虫！"孙轻扬突然闯了进来。刚才唐韵之和杨晟的对话她都听见了，本来不想进来的，可是她实在是看不下去了。

"你见过哪个得了不治之症的人这么生龙活虎？朱帅妈妈那么有名的一个泼妇都被赵祈颜逼得跪在地上哭，你相信她得了绝症，我可不信。请你用点脑子，好好想一想她做过的那些缺德事吧。"

"轻扬别说了，"唐韵之拉住她，"求你别说了！"

杨晟沉默了一会儿，转移话题："我先回去了。韵之你的新手机号可以告诉我吗，资料整理好了我给你打电话。"

唐韵之接过他递来的手机，把自己的号码输了进去。

杨晟走到办公室门口，转身，好像下了很大的决心才开口："你现在吊的这棵树的确比我高。我真心希望你能幸福。”

关门声响起，唐韵之忍了好久的眼泪哗啦落下。

他看见了，他果然看见了。

孙子凡看到那份杂志都能一眼认出是她，杨晟又怎么会认不出呢?

她一直以为杨晟说分手是因为他变心了，她宁愿他是真的变心了……可是乍一听赵祈颜的病情，她有点不能接受。

“哭什么，别丢人！”孙轻扬这么说，自己的眼眶却也红了。

十几年的友情，岂是说没有就没有的。她们都以为自己很恨赵祈颜，结果呢，听到她生病的消息，她们还是心软了。

“唐小姐，总编说……”小文进来看见唐韵之和孙轻扬眼睛都红红的，愣在原地。

唐韵之赶紧擦掉眼泪：“没事儿，我想起了去世的奶奶，有点伤感。叶总编说什么？”

“总编说她今天开会要开很久，让你们先回去，有事随时打她电话。”

“好的，那我们先走了。小文再见。”

“再见。”

唐韵之和孙轻扬一前一后出了办公室大门，经过走廊，上电梯，下电梯……一路上她们没说一句话，彼此都沉默着，各怀心事。

直到走出杂志社大门，孙轻扬才开口。她拍了拍低头没看路的唐韵之：“韵之你快看，快看啊。”

唐韵之抬头，浑身僵硬。

不过她仔细一想，华昌集团是Flying的股东之一，叶宙出现在这里并不奇怪，或许他只是来谈公事。

叶宙的车停在大门口，车窗往下移了三分之二。他的表情和往日没什么两样，一脸严肃，好像全世界都对不起他。他打量了唐韵之几眼，然后从口袋里拿出一支烟点上。

“你……”唐韵之欲言又止。她身边的孙轻扬比她还要紧张，甚至不敢直视叶宙。

孙轻扬觉得叶宙实在是太冷漠了，一看就不是好相处的人，难怪唐韵之那么怕他。

叶宙见唐韵之没有下文了，他掐灭烟头，开口：“陪我兜兜风吧。”

唐韵之为难：“你不用上班？”

“想见你，就出来了。”他说得轻描淡写，好像那是理所当然的事，不需要花时间解释太多。

孙轻扬有眼力见儿，忙说：“我还有事，你们好好玩。”

“轻扬，轻扬——”

唐韵之本来想拿孙轻扬当挡箭牌搪塞一下的，谁知这家伙一转眼就没影儿了，太不讲义气。她没办法，只好别别扭扭地去开车门。

她的手刚碰到后门的门把，叶宙阻止说：“坐前面来。”

“我不习惯坐副驾驶座。”

“放心，我会开慢点的。”

叶宙都这样要求了，唐韵之不敢不从。她不情不愿地上车，上车后第一件事就是系好安全带。悔婚那天的飙车事件已经令她产生了阴影，她觉得坐叶宙的车得先买保险，不然她很有可能会再次被吓死。

幸好，这一次叶宙没有要吓她的意思。他开得很慢，她用余光瞄了一眼，只有五十码。

“你哭过了。”这绝对是一个肯定句。

“没有，沙子进眼睛了。”这绝对是一个很蹩脚的借口。

叶宙忽略这句谎话：“为什么哭？是因为他吧。”

前半句是问句，后半句是肯定句，加在一起就是一个设问句。

唐韵之腹诽，明知故问。他显然是故意找茬，兴师问罪来了。看来她太小看叶宙，这里是他的地盘，还有什么事是他不知道的？

唐韵之顾左右而言他：“叶宙，我不喜欢你抽烟。”

“那我以后不在你面前抽烟。杨晟和你说了什么，如果你愿意，可以告诉我。”话题很成功地被叶宙绕了回来。

一提到这事，唐韵之马上沉默了，低着头，眼睛红红的。

如果可以选择的话，她根本不希望知道真相。她一直认为是杨晟和赵祈颜背叛了她，她也宁愿自己一直把这个错误继续下去。可上天好像故意要和她开玩笑似的，在她下定决心要忘记杨晟，并且差不多真的要忘记的节骨眼上把真相送到了她面前。

她该怎么办，她又能怎么办？

“你心里还有他。”又是一个肯定句。

叶宙的脸色开始变了，只不过正失魂落魄的唐韵之没有感觉到。她抽泣了几声，忽然扑到叶宙身上，抱住他哭了起来。

“祈颜……我一个朋友，就是后来闹翻的那个……她得了威尔森氏症，她喜欢杨晟……”

一番话讲得语无伦次，不清不楚，不过叶宙大致明白了她的意思。他猛地一踩刹车，双手抬起唐韵之的头：“把眼泪擦掉吧。”

唐韵之非但没有擦眼泪，反而哭得更凶了，眼泪全落在叶宙的衣服上。她本不是一个会轻易流眼泪的人，更不会哭得这么没形象。可她心里实在是堆积了太多事情，就像被大坝挡住的洪水，水位越涨越高，迟早会冲垮大坝，一泻千里。

在杨晟面前她得忍着，她不允许自己在他面前掉一滴泪；在孙轻扬面前她还是得忍着，她不想让好朋友再为她担心。可是现在她终于忍不下去了，叶宙不温柔，但是叶宙会纵容她。

果然，前一刻还一脸严肃命令她把眼泪擦掉的叶宙一见她这样，马上不说话了。他第一次看见唐韵之哭成这副鬼样子，眼泪擦了他一身，很不淑女，很不符合她一贯的作风。

“韵之，别忘了你答应过我什么，你说你会忘了他，一心一意待在我身边。你想食言？”叶宙很不厚道地开始翻旧账。

唐韵之依然大哭不止，浑身战栗。叶宙拿她没辙，只好任其趴在自己身上号啕大哭。

时间一分一秒过去，唐韵之的哭声渐渐变小，慢慢演变成了抽噎，最后变成了轻微的呼吸声。

她睡着了。

叶宙下车，打开后座的车门。他小心翼翼地把唐韵之抱起来，横放在后面的座位上，理了理她额前凌乱的头发。

他是第一次这么近距离看她。她的睫毛很长，上面还挂着晶莹的泪珠，宛如春天挂在花瓣上的露水。

他俯下身，在她的眉心亲了一下。

“杨晟，别闹……”唐韵之呓语。

他的心狠狠颤了一下，指甲陷进手心。

第三章

一如往昔

//////////

“想要得到什么就得全力以赴，哪怕不择手段。”

“你指的是？”

“你。”

1

“朱帅你小心点，你可别摔下来。”

“再高一点再高一点，摘上面那个最大的。”

“对，就是那个。”

突然，树枝断了，朱帅大叫一声，从树上摔了下来。

“啊——”

唐韵之一下子惊醒，猛然坐起身来。

她梦见了小时候朱帅爬树摘银杏果的情形。那一次朱帅把骨头摔断了，打了好久的石膏，养伤期间还是她帮他补的课。

她不知道自己睡了多久，昏昏沉沉的。她撑着额头，惊讶地发现自己在叶宙的车上，而让她感到更惊讶的是，叶宙的车竟然停在阳光小区，出现在她面前的正是那棵梦中的银杏树。

这……

她仔细把记忆梳理了一遍。

她记得自己好像是从杂志社出来，上了叶宙的车，然后趴在他身上哭着睡着了。她明明记得自己坐在副驾驶座的，可是现在……

“醒了？”叶宙云淡风轻地飘了一句话过来。

“我怎么会在这？你是怎么知道这里的？”

一说出口唐韵之就后悔了，这两个问题问了也等于白问。她怎么会在这？肯定是叶宙带她来的啊！叶宙怎么会知道这里的？开玩笑，叶宙肯定早就查清了她的底细。

“陪我下车走走。”叶宙打开车门走下去。

几秒钟后，唐韵之磨磨蹭蹭下了车：“我没事的，你不用把时间浪费在我身上，回公司去吧。”

“你没睡醒吗？我让你陪我走走，不是我陪你。”

一句话堵得唐韵之哑口无言，她无奈地跟上前。谁知才走了几步，叶宙就坐在石桌上不肯起来了。

今天是阴天，略有风轻轻吹过，很舒服。

叶宙心情似乎不错：“过来一起坐。”

“哦。”唐韵之乖乖上前。

“这就是你长大的地方？”

“嗯。我是在我姑姑家长大的。小时候，我经常在这张桌子上写作业，你坐的那条石凳就是我专用的。”唐韵之陷入了深深的回忆。

曾经的点点滴滴如细水长流，她脸上不知不觉绽放出了温柔的笑。

小时候，唐韵之、孙轻扬，还有赵祈颜，都是这阳光小区最让人头疼的孩子，而孙轻扬更是其中的“佼佼者”。她妈妈给她起这个名字，本意是想让她长成一个轻舞飞扬般美丽温柔的女孩，结果却适得其反，以至于她妈妈后来一度认为自己有罪，糟蹋了这个好名字。

唐韵之有生以来做过的第一件大事发生在她七岁那年，她和赵祈颜在孙轻扬的带领下把住在对面楼里的朱帅那张本来就不帅的脸打肿了，原因是朱帅嘲笑孙轻扬剪了短发像假小子。

小时候的朱帅特别没骨气，被三个比自己小的女孩子打，居然还有脸回家找他妈告状。朱帅的妈妈又胖又彪悍，是小区出了名的泼妇，见到宝贝儿子被打，当晚就拉着朱帅兴师问罪去了。

恰好当天晚上三家人都在楼下的花园乘凉，朱帅的妈妈双手叉腰冲着她们的家长道：“你们生的这都是些什么孩子啊，一个个比猴子还皮，你看都把我们家帅帅的脸打成什么样了！”

为了配合他妈妈兴师问罪的精彩画面，朱帅很动情地号啕大哭，用实际行动指责了唐韵之等人的“罪行”。三家的家长一边一个劲地道歉，一边数落自家孩子不懂事。朱帅见他们如此，哭得更放肆了，小区很多户人家被惊动了，有些好奇心重的还不忘打开窗户把脑袋伸出来看热闹。

孙轻扬的小拳头捏得关节发白，她不知道哪来的勇气，突然冲上前对朱帅喊了一声：“不许哭，再哭我就打死你！”

顿时，大人们蒙了，小孩子也蒙了，全都傻愣愣地站在原地不动。孙轻扬那一声狮子吼比起朱帅的鬼哭狼嚎有过之而无不及，楼上的窗户又开了不少。朱帅被孙轻扬一吼，竟然真的停止了号叫，惊恐地望着孙轻扬，一边发呆一边抽噎。

经过那件事，孙轻扬的恶名传遍了整个小区，连保安室的狼狗看见她都不敢乱吠了。最莫名其妙的是，朱帅竟然从此喜欢上了孙轻扬，每天跟在孙轻扬身后当小跟班，怎么赶都赶不走。这种情况一直持续到上高中，唐韵之和赵祈颜都被朱帅的执着给感动了，唯独孙轻扬的心比金刚钻还要硬。

以往朱帅每次提起孙轻扬，总是很自豪地说，我们家轻扬如何如何。而孙轻扬则会大声纠正他：“我不是你们家的！你再乱说小心我揍你！”

听唐韵之讲完这些，叶宙的心轻轻触动了一下。她的童年如此多姿多彩，可是他在和她一般大的时候，不仅要上各种各样的培训班，每天还要面对父母的吵架。

唐韵之很早就说过，她和他不合适，也许她是对的。他们的不合适是生下来就注定的，不同的生长环境，不同的处事方式，若是勉强在一起，结果很可能会像他父母一样。

她在梦中喊杨晟的名字。他知道，她还没有忘记那个伤害过她的人。

或许，他该放手。

“祈颜虽然做过很多错事，但十几年的情谊不是说忘就能忘的。她固然有错，可是上天给她的惩罚已经够了，医生说，她的病治愈的概率很小。”唐韵之一边说着，眼泪又掉了下来。

叶宙帮她擦眼泪，他问她：“他们三个人对你都很重要？”

“非常重要。”

“所以你甘愿牺牲自己来成全他们？”

“我没那么伟大。”唐韵之正视叶宙的眼睛，“你爸爸是什么样的人，难道你不知道？他既然跟我定下三年之约，一定是有必胜的把握。即使我那个时候不答应你，他也有办法在三年之内让我点头。”

“韵之，你比我想象得要聪明，或许这也是我爸爸看中你的原因。”叶宙忽然笑了。

唐韵之沉默。

叶宙又问：“你的初恋是谁，杨晟吗？”

“怎么？你吃醋了？”唐韵之狡黠地看着他笑，“我的初恋才不是杨晟呢。我长得这么美，我的情史怎么可能会不丰富，叶宙你也太小看我了！”

唐韵之的初恋是他们高中教导主任的儿子，叫沈翀，长得又高又帅，很像《流星花园》里的言承旭。其实她不过是在叶宙面前逞能而已，那个时候校风严谨，谈恋爱被抓住的人后果都很惨，她再花痴，最多也只是暗恋人家，比如说做操的时候多看一眼什么的，根本不敢有什么实际行动。

孙轻扬每次看见沈翀都会激动地提醒唐韵之：“快看快看，你的柏拉图男朋友。”然后赵祈颜会很配合地在一旁起哄，三个人瞎激动。

有一次她们八卦的时候不小心被沈翀听到了，不过人家没听清楚具体内容，他非常阳光地回头冲她们一笑。唐韵之开心极了，整整三个晚上没睡好觉，做梦都是沈翀对她微笑的场景。

世上没有不透风的墙，这件事后来被朱帅知道了，他自告奋勇地要给唐韵之当爱情军师，宣称一个月之内能帮她追到沈翀。唐韵之不屑地丢给他一句：“你要是真那么有能耐，怎么这么多年还是没有把某人搞定啊？”

朱帅尴尬道：“轻扬不一样，她是陨石做的堡垒，要一辈子去攻克。沈翀那小子不一样，你听我的，保证一个月拿下他。”

唐韵之翻着白眼表示不屑，孙轻扬不以为然：“韵之别听他的，这小子不安好心。”

“我不安好心？韵之，天地良心，我这可是为你好。”朱帅不服气。

为了防止唐韵之被朱帅带入歧途，孙轻扬揍了朱帅一顿，把唐韵之给带走了。

原本以为事情会就此结束，可是沈翀对唐韵之的诱惑太大了。当天晚上她很没出息地跑到朱帅家，问他究竟想到了什么好办法能一个月拿下沈翀。

朱帅贼兮兮地笑：“韵之，你觉不觉得，你身上有一种特殊的气质？你一叹息一皱眉，像极了古代那些多愁善感的大家闺秀。我早就看出了你有边吐血边咏白海棠的潜力，所以啊，你得走林妹妹路线，迷不死沈翀我负责！”

听他这么一说，唐韵之顿时血气上涌。孙轻扬说得对，朱帅的话不能相信。他明明比谁都清楚唐韵之的个性，可他最大的毛病就是喜欢睁眼说瞎话。他还曾经说赵祈颜是杨贵妃再世，把赵祈颜美得飘上了天。后来赵祈颜知道唐朝以胖为美，差点没把朱帅打残。

就像赵祈颜跟杨贵妃风马牛不相及一样，唐韵之觉得她跟林妹妹更是搭不上边。

朱帅看见唐韵之被他吓坏了，连忙改口：“刚才那些话是开玩笑的，开玩笑的！我这不是想弄个高级一点的开场白，活跃活跃气氛嘛。现在我们来说正经的，我教你怎么追沈翀。”

唐韵之听了朱帅给她提供的办法，狐疑：“能行吗，可别弄巧成拙啊！”

“听我的准没错。”朱帅拍胸脯保证。

唐韵之决定暂且听朱帅一回，她威胁朱帅：“不许跟轻扬还有祈颜说我找过你，她们要是问起，就说是你逼我用你的办法去追沈翀的，听到没有？！”

朱帅连连点头。

第二天唐韵之把朱帅的计划告诉了孙轻扬和赵祈颜，并且一口咬定是朱帅逼她这么做的。孙轻扬痛心疾首，揍了朱帅一顿，然后傻傻地和唐韵之回学校实施计划去了。

沈翀是个认真学习的好学生，每天下午活动课都会去图书馆看书。唐韵之按照朱帅的指示，抱着一大堆书在外面埋伏，只等沈翀出来就往他身上撞，制造亲密接触的机会。

现在想来，那真是个很纯也很蠢的办法，更蠢的是她还真这么去做了，不仅做了，而且出了意外。就在她准备去撞沈翀的时候，一辆自行车从旁边飞快地冲过来，估计是刹车失灵的缘故，那个骑车的男孩一边往前冲一边喊着：“让一让，让一让……”

当时唐韵之一心只想着借机认识沈翀，根本没注意到半路杀出的这辆自行车，等她听见骑车男孩的叫喊声，已经来不及了。一股巨大的冲劲把她掀翻，她惨叫一声，手上的书四处乱飞。

唐韵之顿时觉得自己的腿没了，她低头往下看，只见鲜血沿着小腿往下淌，血肉模糊。换作其他人，肯定是先去责备那个骑车撞人的人，可是唐韵之的第一反应却是张口大叫："朱帅你骗我！我要杀了你！"

与此同时，孙轻扬不知道从哪里冲了出来，她冲上去指责朱帅："都怪你，看把我们家倾城倾国的韵之美人害成什么样了，瞧那双纤纤玉腿啊！"

赵祈颜吓得都快哭出来了："韵之你，别吓我，你还能走吧？"

唐韵之气死了，她顾不得自己暗恋多时的帅哥沈翀正在一旁呆呆地看着她，不顾形象地冲朱帅道："都怪你出的馊主意，如果我瘸了，我要打断你的腿！"

朱帅早就吓傻了："对不起对不起，是我的错。你们消消气消消气，咱先送韵之去医院啊，不然她真瘸了。"

"对对对，先去医院。"赵祈颜附和。

话才说完，唐韵之刚想试着起身，孙轻扬他们竟然三个人全都扶着那个骑车撞她的男生一瘸一拐地走了，还美其名曰他伤得比唐韵之重，他们这么做是因为他们无私，说唐韵之是自己人没关系。唐韵之狠狠鄙视了他们一番，同时她发现那个撞她的男生也是个帅哥，她严重怀疑孙轻扬和赵祈颜重色轻友。朱帅就不用说了，他就是孙轻扬的跟屁虫。

好在人家沈翀厚道，主动背起唐韵之去了医务室包扎伤口，完事后又把唐韵之背回了家。

一个星期后，唐韵之的腿好得差不多了。为了庆祝她康复，他们异想天开，从小店借来了长线插座，在树底下煮火锅吃。唐韵之借口自己是伤患，啥都不干，坐在横着的树干上居高临下地指手画脚："牛肉切薄一点，五花肉要挑肥瘦相间的，娃娃菜只挑中间最嫩的菜心……"

唐韵之受伤期间耽误了不少课程，是沈翀帮她抄的笔记。当天晚上沈翀来送笔记本，恰好看见他心中的女神唐韵之穿着一身白色连衣裙坐在树上晃大腿。他傻了眼。

唐韵之看见沈翀，也傻了，要不是她承受能力够强，恐怕早就从树上摔下来了。

沈翀大概是被唐韵之给吓坏了，从那以后再也没找过她，在学校里见了面也是浅浅一笑，话不多。

直到今日，唐韵之想起那件事还是后悔得要死，眼看就要到手的帅哥愣是被她给吓跑了。

2

唐韵之壮起胆子问叶宙："你以前有喜欢的人吗？"

对于这个问题，她真的很好奇。叶宙就像一个谜一样，她觉得自己一点都不了解他。

叶宙很果断地回答："没有。"

叶宙和唐韵之不一样，他没有那么多精彩的回忆，更不会有心思去暗恋某一个女孩子。长这么大他也就只和一个女孩传过绯闻，那是他唯一的女性朋友，无关风月，只有友情。

很多年前叶荣光就明确告诉过他，他在外面谈恋爱可以，但决不能有进一步的关系，因为他有婚约，这辈子他能娶的人也只有一个。

那个时候叶荣光已经和叶宙的妈妈离婚。叶宙自小就和妈妈亲近，叶荣光的话他并不放在心上。甚至，他起初很讨厌唐韵之，从来没想过娶她。

为了使叶宙对唐韵之产生兴趣，叶荣光安排了私家侦探。他每周都会把唐韵之的相关资料发给叶宙，包括照片和其他琐事。叶宙每次都会把那些资料扔到一旁，漠不关心。

直到那次尼亚加拉河之行，叶宙才真正注意到唐韵之。她就像一团火焰，靠近她，他觉得温暖。这是母亲离开以后他从未有过的感觉。或许也是从那个时候开始，他慢慢接受了唐韵之将会成为他妻子这件事，他并不讨厌她。

可是，唐韵之却惹怒了他。身为凌川集团的继承人，他从来都是要风得风要雨得雨，还没有人敢跟他说个不字，除了唐韵之。在他面前，她就像一只刺猬，时刻竖起浑身的刺，把自己裹得严严实实的。

叶荣光对他说："如果你连自己的未婚妻都保不住，还有什么资格继承凌川这个庞大的王国。"

也就是在唐韵之悔婚之后，他不顾董事会反对，大举进军国内市场，先后收购腾越、先辉、鸿盛三大集团，成为继叶荣光之后又一商界传奇。他也不知道他究竟是为了证明自己给叶荣光看，还是为了离她更近。

叶宙回头看唐韵之，她也正在看他，眼睛里有亮晶晶的东西。

回忆起小时候的事，她的心情好了很多。看来，他带她来这里是对的。

"晚上陪我吃晚饭。"叶宙淡淡地开口，难得不是那种命令的语气。

唐韵之这才想起，起床以后她还没吃过东西。她用半撒娇的语气说："我饿了，现在就想吃。"

"现在才三点，你想吃点心？"

"我今天还没吃过东西，本来打算从杂志社回来就和轻扬一起去吃的，谁知道……"唐韵之意有所指，埋怨叶宙耽误她吃饭的大事。

叶宙握住她的手，顺势一拉，把她带进了自己怀中："我想吃你烧的菜，我们去别墅好不好？"

可是，唐韵之根本不会烧菜！

她很想推开叶宙，不过她很清楚，这种时候来软的比较管用。于是她巧笑嫣然："我们还是去餐厅吧。我知道一个地方，厨师手艺特别棒。"

"韵之？"有人叫了她一声。

唐韵之回头："姑姑？"

她这才发觉，她正靠在叶宙怀中。她脸上像是有一把火在燃烧，烧得她面红耳赤。

她急忙挣脱，勉强让自己看上去不那么窘迫。可是无论她怎么抽，叶宙就是捏着她的手指不肯放开。

唐丽影有些诧异，她没想到会在这里碰见唐韵之。她问："你不是跟你叔叔一起去了国外吗，什么时候回来的？"

"昨天下午回来的。姑姑你刚买菜回来？我帮你拎吧。"

"不用了，我自己来吧。这位是？"唐丽影打量着叶宙，"好像在哪见过啊，是你的同学？"

"不是不是，他是……"唐韵之舌头打结。

他是谁？怎么介绍比较好？朋友？不行不行，要是这么说，叶宙肯定不乐意。她可是亲口允诺婚约的。

男朋友？未婚夫？也不行！打死她都说不出口！

好在唐丽影没有多问。她似乎看出了唐韵之的尴尬："既然来了，那就上去坐一会儿吧。留下来吃晚饭。"

唐韵之看看叶宙，发现他没有要拒绝的意思，遂点头："好啊，我好久没吃过姑姑烧的菜了，做梦都想着那个味道呢。"

在这里吃总比两个人去别墅好，她可不指望自己能做出让叶宙满意的菜来。

唐丽影看上去很开心，眼角都溢出了笑容。

唐韵之八岁的时候就寄养在姑姑家，一直到十八岁。唐丽影年轻的时候生了一场重病，失去了生育能力，唐韵之的到来恰好弥补了她的遗憾。整整十年，她把唐韵之当亲生女儿一样抚养长大。对唐韵之而言也一样，她对姑姑姑父的感情不亚于亲生父母。

重新回到自己长大的地方，唐韵之的心情也是极好的。她抛下叶宙，挽着唐丽影的手进了电梯，一如小时候跟着姑姑去买菜一样，满载而归。

满载的不仅仅是买的东西，还有内心深处的温暖。那是家的温暖。

唐丽影很热情，一进门就招呼叶宙坐，要给他泡茶，一点都不像出生在艺术世家的人，那份热情和真诚根本就是普通的家庭主妇。

“姑姑你别忙活，他在国外长大，不习惯喝茶。”唐韵之一点都不客气，她吩咐叶宙，“饮水机在那儿，你自己倒水吧，茶几下面的抽屉里有杯子。”

回到这里，唐韵之俨然变了一个人，就像还没长大的邻家小妹妹，纯真、朴实。

叶宙忽然觉得，他带她回来是对的。他从未见过这么真实的她，此刻的她已然摘下面具，不再对他虚与委蛇。

“你在找什么？”叶宙看见唐韵之满屋子翻来翻去，忍不住问她。

“我饿了，找点东西填肚子。”唐韵之没有回头，一边回话一边继续翻着抽屉，“咦，找到了。”

她拿着一包饼干，仿佛找到宝贝一样：“你要吃吗？”

叶宙摇头。

“哦，那你看电视吧。”

唐韵之把遥控器丢给他，很没形象地斜靠在沙发上开始吃饼干。她从小就这样，端端正正坐在沙发上的时间不会超过一分钟，为此唐丽影可没少说过她，她依然我行我素，一直改不掉这个坏习惯。

叶宙盯着唐韵之看，按着遥控器的手忘了放下来，电视屏幕上的画面很快地跳着。唐韵之喊了一声：“停停停……你干吗？哪有你这样看电视的，存心跟我姑姑家的电视过不去吗？”

叶宙一愣，唐韵之也一愣。

天啦。她怎么能对叶宙这么说话！

她一脸尴尬：“你……你继续换台吧。”

叶宙没有生气：“你平常就是这个样子的？”

"……"

唐丽影拿着报纸从房间走出来:"我就说怎么看你这朋友这么眼熟呢,原来他就是……"

说到这里,唐丽影顿住,她低头看看报纸,又看看唐韵之:"韵之,报纸上的人是你?"

"……"

"他是你的新男朋友吧?怎么不早说啊,姑姑又不是外人。"唐丽影看出了她的尴尬,刻意缓和气氛。

唐韵之不得不坦白:"爷爷没跟你说过?叶宙是我的未婚夫啊,反正……爷爷很喜欢他。"

"那杨晟呢?"唐丽影一时没注意就讲了出来。唐韵之和杨晟的事她是知道的,而且她还一直以为他们会有结果,不曾料到结果会是这样。

话一出口,唐丽影就后悔了,叶宙在场,她不应该说这话。

不过这一次唐韵之没有表现出尴尬的样子,她轻轻一笑:"姑姑,我和杨晟半年前就分手了,他现在和祈颜在一起。"

"什么?祈颜?"

"嗯。我帮你洗菜去吧,姑父下班回来正好能赶上晚饭。"

唐丽影被唐韵之半推着进了厨房,她还是没有能消化刚才听到的话。她还记得,上一次唐韵之和杨晟一起来看她的时候,他们还好好的。他们分手本就出人意料,更出人意料的是,杨晟竟然和赵祈颜在一起了。

唐丽影摇摇头。这些年轻人之间的感情问题她还真是无法理解。

唐韵之从菜篮子里拿出芹菜,择掉了上面的老叶子,打开水龙头细细冲洗。唐丽影站在旁边看着她眼眶慢慢变红,不由得哀叹了一声。

"姑姑,我们都长大了,该忘记的事就要忘记,对不对?"唐韵之的声音很小,只有她们两个人能听见,"叶宙对我挺好的。爷爷喜欢的人,我也放心。"

"你开心就好。来,帮我把这些豆芽也洗洗。"

"把围裙给我吧。"

客厅很大,电视里放着广告,叶宙听不见唐韵之她们在讲些什么。他反复想起唐韵之刚才训他的样子,随性、真实,有点小暴躁,和两年前他们初次见面时一样。他喜欢的正是这样的她，最真实的她。

这两年来，她要么一脸忧郁，要么对他虚与委蛇，总是以各种面具来掩饰自己。直到今天，他似乎找回了他最珍视的，那个会哭会笑，会发脾气会使小性子的她。

叶宙还在分神，客厅里的电话响了，或许是电视声音太大的缘故，唐韵之和唐丽影都没有听到。

“韵之，电话响了。”叶宙觉得他现在的样子很滑稽。提醒别人接电话……他从没做过这样的事。

唐韵之的声音从厨房里传出来：“什么？”

“电话响了。”

“我忙着呢，你帮着接一下。”

叶宙静默三秒钟，然后站起来，不紧不慢走过去接电话。

“喂，丽影啊，公司今天有应酬，我就不回家吃饭了。就这样吧，再见。”

叶宙根本就没有开口，对方就匆忙挂断了电话，整个过程不超过十秒。听语气应该是唐韵之的姑父打来的。他挂了电话，重新坐到沙发上。

在这里，他觉得变了的不仅仅是唐韵之，今天的他也有些奇怪。

“谁啊？”唐韵之从厨房出来，身上还沾着几片芹菜叶子，“谁的电话？”

“是你姑父，他说公司有应酬，今晚不回来吃饭了。”

等他把话讲完，唐韵之才意识到她是在跟叶宙讲话。她勉强一笑：“谢谢。”说完又钻进厨房。

她不是没有对他说过谢谢，只有这一次让他感到真实、亲切。

他有些犹豫自己的决定，真的要放手？

晚饭很快就烧好了，桌子上就只有他们三个人。唐韵之一直在和唐丽影说话，讲她在国外的见闻，讲她叔叔即将在A市开画展，讲她小时候的事，偶尔还埋怨几句她远在国外的父母。

叶宙默默地吃着饭，他插不进话，也不想说话。

因为叶宙在场，晚饭后唐丽影也没留唐韵之，只说了让她有空回来玩。

出了那扇门，一切又回到了原点。唐韵之表情冷淡了下来，电梯从十五楼到一楼，她一句话都没说。

“是不是只有在我面前你才会不开心？”叶宙忍不住问了一句。

“没有，你想多了。”唐韵之挤出一个微笑，“怕我反悔？放心吧，我既然答应你一心一意待在你身边，就不会食言。其实我觉得我们挺相配的，以前我总觉得你很自私，我又何尝不是！我们都是自私的人。”

“人都是自私的。”

“是啊，人都是自私的。”唐韵之自嘲，“送我回家吧，谢谢。”

3

回到家，唐韵之直接上了二楼，灯也没打开就往床上一躺。

她习惯在睡觉前洗澡，可现在她累得连洗澡的力气都没有了，唯一的念头就是赶紧睡着。睡着了，她就可以把今天发生的一切忘掉。

她一直认为床是世界上最安全的地方，小时候，一打雷她就往被子里钻。她以为这样就可以不用受到伤害，尽管现在的她明白，这样做根本就徒劳无功。但她还是继续保持着这个习惯。如果作茧自缚能让她得到片刻的宁静，那也是好的。

路灯的光透过窗帘，隐隐透进房间。唐韵之翻了个身，背对窗闭上眼。

时值八月，眼下正是一年中最热的时候，即便只有薄薄的一层毯子盖在身上，她也觉得很燥热。她瞥了一眼书架上的空调遥控器，慢悠悠下床。

唐韵之有一个毛病是被孙轻扬传染的。一到夏天，她总喜欢把空调温度调得很低，然后裹着棉被睡觉。想当初她还冠冕堂皇地谴责孙轻扬浪费电太可耻，谁知潜移默化之下，她也染上了这一“恶习”，再也没有改过来。

嘀嘀几声响，空调里吹出来的风越来越冷。由于没开灯，唐韵之看不清楚遥控器上显示的温度是多少，想来应是二十度左右。

她随手把遥控器往书架上一搁，然后去关窗户。

哗啦——

窗帘一拉开，眼前的景象让她怔了一怔。

叶宙的车停在路灯下，黄色的灯光打在黑色的车上，反光，扎眼。

她的身子像是被钉在了原地，好久都没有动。

从姑姑家出来，叶宙没有马上送唐韵之回家。他突发奇想说要去看海，被她一口拒绝。刚从大西洋的海岛遛了一圈回来，她对那股夹杂着海水咸味的风已经有些过敏了。叶宙可不管她答不答应，上车后油门一踩，车速立刻飙升一百码以上。唐韵之心惊胆战，她早就对叶宙的车速有了恐惧症。

从海边吹完风回来，唐韵之累得站都站不稳，一下车就径直进屋，也没回头看叶宙的车是否开走。

这个点了，他竟然还在楼下！

对于叶宙，唐韵之是又惧又怕。不管她心情是好还是坏，她习惯了对他虚与委蛇。可是有一点她不可以否认，叶宙对她真的很好。

“叶宙，叶宙——”唐韵之打开纱窗，伸出头对着外面喊他的名字。

车窗慢慢下移，叶宙扫了她一眼：“有事？”

唐韵之一愣，其实她也不知道自己叫他有什么事。

她想了想：“没事，我是想提醒你，这下面不能停车的。”

叶宙笑了一声，开车走了。

黑色的车消失在夜幕中。唐韵之一直呆呆地站在窗前，空调里吹出的冷风让她哆嗦了一下，她回神，搓了搓手臂，赶紧从壁橱里拉了一条棉被出来。

也不知是被叶宙打搅了还是冻着了，她的睡意烟消云散。她身上黏糊糊的，她在洗澡和不洗澡之间徘徊了很久，最终还是乖乖拿了睡衣去浴室。

花洒的水哗啦啦往下流，伴随着水声，唐韵之耳边再度响起杨晟对她说过的话：祈颜得了很严重的病，医生说……治愈的概率不大。

她把水开到最大，可是水声越大，那句话却越清晰，无休止地折磨着她。

好不容易折腾完一切，她爬上床，浑浑噩噩地开始进入梦乡。

守着偌大的空房，一个人总是寂寞的。

唐韵之从来没有像现在这般想她的父母，她希望在梦中见到他们。然而她睡着后，出现在她梦中的却是杨晟。梦里杨晟骑着单车，她坐在后座，双手环着杨晟的腰，头贴在他的背上。杨晟身上那种熟悉的味道令她觉得很安心，一切仿佛回到了从前，回到了他们初识的那段日子。

“杨晟……”唐韵之呓语。她隐约感觉，杨晟身上的味道真真实实萦绕在她的周围。

唐韵之吃力地睁开眼睛。她看见杨晟坐在床前看着她，眼中尽是温柔和宠溺。他帮她掖被角，帮她理好额前的乱发……

这种感觉是那么真实，完全不像在做梦。

如果这真的是梦，她希望这个梦永远都不要醒来。

自赵祈颜的诊断书出来，她和他的缘分彻底宣告结束。从今往后他们就如同两条平行线，再也不会有交点。也只有在梦中，她才敢承认她心里还是有他的，她才敢贪恋他身上的温度。

手机一边响一边震动，唐韵之从梦中惊醒过来。

她瞥了一眼手机号，略有些生气："朱帅你有什么事这么重要？一大清早吵醒我！"

朱帅很无辜："我不是故意吵你睡觉的，暑假短学期收尾，齐教授开讲座呢，报过他这门课的人都要回来听。你快点，10号教学楼5201教室，别迟到啊。"

唐韵之不乐意："我不想去，点名的时候你帮我喊个到。就这样，我接着睡了。"

"别挂别挂，我还没说完呢。这次不点名，刷出勤卡，没到的人一律不给学分，你得亲自来一趟。"

"轻扬呢？"

"睡着了。"朱帅补充，"在我旁边趴着睡呢，她也是刚到。你要是没睡醒的话，可以来这儿一起睡。"

唐韵之哭笑不得。

挂了电话，手机上显示的时间是七点四十五，离上课只有十五分钟了。唐韵之叫苦连连，赶紧换衣服冲下楼。她家离S大说近不近说远不远，但十五分钟是绝对到不了的，除非她长出翅膀来。

她在楼下的各个抽屉里乱翻了一阵，好不容易才找到被她遗忘已久的出勤卡，夺门狂奔。跑进学校大门时，手机屏幕上显示的时间是八点二十。

唐韵之泄气。早知道拼死拼活地赶来还是迟到，她就应该悠闲一点，迟到一分钟和一个小时对她来说没什么区别。

S大有规定，广告系学生这个暑假有一个月的短学期，所有学生都要在A市找单位实习。这可苦了那些外地的学生，大热天的还要留在学校，宿舍条件并不好。而今齐教授今天临时决定开这个讲座，还要刷什么出勤卡，摆明了就是突击检查。

唐韵之庆幸自己提前回国了，要不然这个学分可能就白白丢了。

走到门口，齐教授软绵绵的声音飘入唐韵之耳中。她不由得想起朱帅曾经评价这位老教授的一句话：整天像没吃饱的人一样。

任何时候，齐教授的声音都是软绵绵的，比催眠曲管用多了，也只有在他的课上才能看到一百来号人全体趴在桌上睡觉的壮观景象。

朱帅看见唐韵之，拼命朝她挥手。她从最边上的过道绕了过去，坐下来就对朱帅冷嘲热讽：“你真是个好学生啊，一百多个人，就你一个昂然挺立。值得鼓励，以后必成大器。”

“你以为我不想睡啊，我瞪着一双大眼睛时刻准备迎接你的到来，我容易吗！”

“你怎么不早点给我打电话？我可是跑了很远的路才拦到出租车的，差点没累死。”

“小姐，我七点就给你打电话了，你没接！”

“可能睡太熟了……”

大三下半学期，齐教授开设的课是中国编辑出版学。他是出版界的资深老前辈，唐韵之是抱着拓宽专业知识的目的报了这门课，顺便还可以膜拜一下老前辈。孰料什么都没学到不说，她的青春年华倒是被蹉跎了。

一旁的孙轻扬睡得正香，看样子似乎还在做美梦，唐韵之伸手拍拍她的脸颊，她稍微动了一下，照睡不误。

朱帅嗤笑：“你不会是想叫醒她吧？你觉得这有可能吗？”

唐韵之当然知道不可能。孙轻扬的作息规律和唐韵之的差不多，按照常理，差不多还要再过两个小时才到她们的起床时间。晚睡晚起是大学生的通病，尤其是女生。

唐韵之打了个哈欠，决定跟着集体的步伐，好好补充一下睡眠。

讲台上，齐教授正无比敬业地发表着他的长篇大论，从中国编辑出版历史一直讲到中国出版业的现状，滔滔不绝。下面的学生一如既往地趴在桌上，很不给面子。由于大家都聚集在教室靠后面的一块，齐教授戴着他那副啤酒瓶底一样厚的老花眼镜，根本看不清楚下面的人在干什么。

大学里有这么一个普遍的现象，先到教室的学生坐后排，后到的坐前排。也就是说，越靠近后面的座位就越宝贵，永远是众学生争相抢夺的黄金地段。

10号教学楼全是大教室，有三百多个座位，而齐教授开的这门选修课只报了一百三四十个人。每次上他的课，前半间教室永远是空空荡荡的，后半间则截然相反，睡觉的玩手机的看小说的比比皆是，要多热闹有多热闹。只有一个人不会随大流，那就是杨晟。

杨晟是属于好好学生中的佼佼者，每节课都认真听讲做笔记，俨然就是个备战高考的高中生。唐韵之经常取笑他太听话，甚至企图把他改造成一个“合格”的大学生。上大课的时候，她经常故意找他说话，逗他玩。时间一长，杨晟还没有被唐韵之改变，唐韵之就先泄气了。孙轻扬和赵祈颜笑她的时候，她只说了一句话："杨晟考上大学根本就是一个错误。"

唐韵之也试过要当一回好学生。在齐教授的课上，她强迫自己认真听课，可是没几分钟她就彻底打消了这个念头。齐教授讲话很慢，就像电视上的京剧节目一样，屏幕上面的字幕已经出来好久了，唱戏的人却咿咿呀呀半天不能把一句话结束掉，偏偏唐韵之又是个急性子，听得她直窝火。

算起来，唐韵之的课堂笔记几乎全是杨晟帮着做的。

唐韵之在桌上趴了十分钟，然而她根本睡不着。估计是太久没有趴在桌上睡了，她一时还不习惯。

一旁孙轻扬仍然睡着，朱帅在玩手机游戏。唐韵之无奈地托着下巴，勉强自己去听课。

齐教授缓缓讲课："现在市场上的畅销书基本上分两类，一种是内容畅销，一种是形式畅销。前者比如说《新华字典》。关于内容畅销，我推荐给大家的一本书是《梦的解析》……"

这时候朱帅忽然抬起头来，唐韵之颤了颤："你干吗？"

朱帅说："老头儿说的这本书我看过。"

"啊？"

"《梦的解析》啊，我还知道它有个别名叫《周公解梦》，小时候我就很喜欢看，一做梦我就去翻书……韵之你怎么了，发什么呆啊，怎么不说话？"

"……"唐韵之无语。

也只有朱帅会犯这种低级错误，居然把弗洛伊德的不朽之作《梦的解析》说成是《周公解梦》。唐韵之窃笑，齐教授要是听到朱帅这句话，会不会当场吐血？不管齐教授怎么想，唐韵之只知道，再不想办法离开这里，她就要吐血身亡了。

"朱帅，帮我个忙。"唐韵之把出勤卡塞到朱帅手里，"我要先闪人了，下课的时候你帮我刷卡。"

"可是……"

"可是什么呀可是！就这样说定了，谢谢啦。"

趁着齐教授转身在黑板上写字，唐韵之一溜烟似的跑了。齐教授感觉到了什么，回过头扶了扶眼镜，问大家：“刚才是不是有人出去了，好像门动了一下。”

“没有没有，教授你看错了，那是风。”有人起哄。

“哦，是风啊，那我们继续上课。”

齐教授又转过身去，教室里哄笑声一片。

这种情况不是第一次发生了，大家都很乐意帮逃课的同学掩饰，今天你帮了人家，下一次人家也会帮你。互相帮助，天天向上。

出了教室，唐韵之顿时豁然开朗。才坐了一会儿，她腰酸背痛，更别说认真听课了。不过她逃课还有其他目的，她叔叔就快从欧洲回来了，画展的广告设计却还是没谱，叶总编让她今天去杂志社一趟，大家坐下来商量商量。

唐韵之慢悠悠沿着湖走，她看见一个很熟悉的人影正朝她走来。仔细一看，竟然是杨晟。

唐韵之有些不自在。自从知道真相，她不知道该用怎样的心态去面对杨晟，说恨谈不上，说原谅她又没那么善良。

杨晟也看见了唐韵之，勉强微笑：“来上课？”

“嗯，逃课了。”唐韵之说，“你居然迟到？很难得啊。”

“我陪祈颜去复诊。”

简简单单七个字像七把刀捅在唐韵之的心里。她咬着嘴唇：“祈颜她还好吗？”

“不知道。她非要让我来刷出勤卡。我妈陪着她。”

唐韵之不知道接下去该说什么，她和他之间早已没有了共同话题。

“那……再见了。”

“再见。”

两个人朝着不同的方向走去。唐韵之咬着嘴唇不让自己哭出来，她只想快点离开这里。

她没有回头，所以她不知道杨晟一共回头看了她三次。

第四章

一晌贪欢

//////////

旁人都道是她上辈子拯救了银河系才能遇见他。

然而只有他知道，为了追求她，他付出了多大的努力。

1

暑假很空闲，时间相对过得比较慢。唐韵之觉得自己浑浑噩噩了好久，可一看日历，竟然才八月六号，也就是说她回国才八天。

在这过去的一周，唐韵之每天都会去杂志社报到，免不了要和杨晟打照面。然而除了工作需要，他们基本上不说多余的话。这种相处方式甚是尴尬，还好她身边有孙轻扬。孙轻扬是个合格的话痨，她三两句话就能把唐韵之的思维带跑。

唐韵之心里明白，孙轻扬只是不希望她胡思乱想。令她感到欣慰的是，画展的设计方案总算定下来了，基本上是采用了一个前辈的创意，她和杨晟只是帮着做策划宣传。

杨晟虽然是去年A市广告设计大赛的冠军，但毕竟还只是一个学生，初出茅庐，没什么名气。这次的画展实际上是《云游》杂志改版的前期宣传，起用杨晟不过也是借着他广告大赛冠军的头衔。

唐韵之不得不承认，杨晟提出的广告创意还是极好的，没被采用有些可惜。她也看得出来，杨晟表面上没什么，心里还是很失落。可社会就是这么复杂，好的不一定会得到认同。这一点唐韵之很早就清楚了，是叶宙教她的。

于唐韵之而言，不管结果怎么样，对她来说都是好事。因为方案确定下来了，她就不用那么忙碌了。她可以好好享受属于自己的时光，就像现在这样，喝喝茶，看看小说，又惬意又舒服。

昨天孙轻扬不知道发什么神经，拉着唐韵之逛了一下午的街，美其名曰庆祝杨晟的策划案被刷。唐韵之穿着高跟鞋，脚上磨出了好几个水泡，她身心疲惫，一回家就倒在床上不省人事，今天早上七点多就醒了。她闲着没事，把她妈妈去年回家时买的那张贵妃榻搬到了阳台上，躺在上面看小说。

天阴沉沉的，大雨将至，房间里很闷，室外反倒凉快，唐韵之甚是享受。她已经很长时间没有看过纸质版小说了，以往要么是对着电脑看，要么是在手机上看，很费神。

说起唐韵之看小说的历史，还得追溯到她上小学四五年级。当时言情小说非常流行，不仅女生爱看，男生也爱看。住在孙轻扬楼上的那位姐姐是言情小说迷，家里的书堆得像山一样。近朱者赤，近墨者黑，孙轻扬第一个被“荼毒”了，接下来就是唐韵之和赵祈颜，再接着是朱帅。想起朱帅那么一个男的居然也沉溺于小说中男女主人公的缠缠绵绵，唐韵之就忍不住毛骨悚然。

唐韵之的启蒙小说是香港女作家岑凯伦的《天鹅姑娘》，有一次她躲在房间偷偷看，不小心被唐丽影发现了。唐韵之以为会挨骂，结果得益于那个像童话一样的书名，唐丽影居然笑着冲她说了句“这么大还看童话啊”。唐韵之当场就愣了，她把这件事告诉了孙轻扬和赵祈颜，三个人笑得躺在床上打滚。

后来，她们就想出了一个很损的办法，给小说包上书皮，外面写上其他的书名，这招屡试不爽。不过纸包不住火，最终还是穿帮了。

她们三个人中，孙轻扬的胆子最大。她看琼瑶的小说，书皮上却写着“红楼梦”三个极其醒目的大字。不仅如此，她还坐在客厅的沙发上正大光明地看，唯恐她爸妈不知道她正沉醉于文学的海洋中。

孙鹏下班回家看见女儿这么认真地看《红楼梦》，无比自豪：“乖女儿，把《红楼梦》拿来借我看看。”

孙轻扬立马崩溃了，给也不是，不给也不是。孙鹏感到事情有些蹊跷，他夺过书一看，顿时火冒三丈，罚孙轻扬晚上不许吃饭。

拴在一条船上的蚂蚱，只要有一只掉水里，其他的也离淹死不远了。小孩子搞大联盟，家长也一样。孙轻扬一落网，唐韵之、赵祈颜、朱帅，一一曝光。其中要数朱帅最惨，被他妈罚跪了两个小时搓衣板。

后来孙轻扬的妈妈还找了住在他们家楼上的那个姐姐，让她以后不要把小说借给小孩子们看。

唐韵之正看到女主角被迫和男主角分开，高潮迭起，还没来得及心潮澎湃，就听见孙轻扬在阳台下喊她。

唐韵之探出头往下看："怎么这个时候来啊？"

"我敲了半天门你没反应。快给我开门！"

"自己开。"唐韵之把钥匙扔下去，继续埋头看小说。

不一会儿，楼梯上响起了很重的脚步声。孙轻扬似乎是想以此来宣泄她对唐韵之不给她开门这一行为的不满，不过唐韵之正沉浸在言情小说的世界无法自拔，压根没注意。

孙轻扬走到阳台，被眼前的一片狼藉震住了。满地的零食，满地的小说，伟大的唐韵之小姐就在零食和小说的包围中自得其乐，她身边的凳子上还放着一杯水和一盒话梅。

孙轻扬咽下一口气，拿了一颗话梅往嘴里放："我说韵之啊，虽然广告方案已经定了，可你也不能这么堕落吧。"

"把暑期实习表拿来，明天我去叶总编那儿帮你盖个章。没工资没福利，每天出卖廉价劳动力，还得赔笑脸，实习就不是人干的事儿，聪明的人才不会去折腾这些。只要能敲到章，张老爷子会不给我学分？"

唐韵之口中的张老爷子是广告系的导师张博士，暑期实习归他管。

以往每次暑假，唐韵之不是和孙轻扬、赵祈颜在一起疯，就是满世界旅行。学院刚下通知说有短学期并且算学分的时候，她差点抓狂。她刚失恋，本来是想跟着唐泽辉好好玩一阵子的。好在学院那些教授只认印章不认人，对她来说，盖个实习章根本不是难事。她早就想好了，实在不行就去找叶宙帮忙。她没有意识到，不知从何时开始，叶宙已经成了她最大的底气。

"你的意思是说，以后我们不用去杂志社，也不用再看见杨晟那张青蛙脸了？"孙轻扬很兴奋。

“差不多吧，除了画展当天去打打下手之外，停停停……你干吗呢，我就买了两包话梅，你给我留着点。想吃自己去买！”

之后两个人上演了一场零食争夺战。

闹了一会儿，唐韵之忽然道：“你别告诉我，你一大早跑来就是为了和我抢吃的吧？”

“你不说我都忘了，说正事儿。”

唐韵之眨巴眨巴眼睛，等着孙轻扬所谓的正事，等了半天，她却还在挠头，想开口却又顿住，如此反复好几遍，唐韵之终于不耐烦了。

“你倒是说啊！”

“你确定要我说？”

“你什么时候跟朱帅学得婆婆妈妈了，这不是你的风格啊孙轻扬小姐。”

孙轻扬清了清嗓子：“杨晟他……有新女朋友了。”

唐韵之用很奇怪的眼神看了孙轻扬一眼：“大小姐，今天是八月六号，不是四月一号，你要开这种玩笑也得挑准时间啊。”

“我没跟你开玩笑，你以为我像朱帅那么无聊啊。”孙轻扬的表情严肃起来，她捏着唐韵之的下巴，一字一句道，“杨晟有新女朋友了，我昨晚亲眼看见他们亲热地逛街呢。本来想打电话告诉你的，可是你手机关机。”

“你看错了吧，或许你看见的是萧凝。”

“萧凝？是机场那个可爱的妹子吧？我看见和杨晟在一起的是一个丑女，呃……算是丑女吧，五短身材，长得不咋样……韵之，韵之你怎么了，受刺激了？”

唐韵之一言不发。孙轻扬以为她中邪了，搬了张椅子坐在对面陪她发呆。

过了许久，唐韵之默默站起来，椅子和地面摩擦发出刺耳的声音。孙轻扬吓了一大跳：“韵之你干吗去？”

“手机响了。”唐韵之走进房间。

孙轻扬仔细一听，房间里果然传出了手机铃声，紧接着是唐韵之的声音。

“你们回来了？在机场？怎么不早说啊，我……”

孙轻扬进屋的时候，唐韵之已经挂了电话。她问：“怎么了？谁啊？”

“我爸妈，他们回来了，让我去机场接他们。”唐韵之急了，“怎么办啊？家里这么乱，我会被他们骂死的。”

“赶紧打扫一下再去机场呀。”

“来不及了，他们已经到了，让我马上过去。”唐韵之快哭出来了。

确实，家里被她搞得不是一般的乱。

恰在此时，朱帅在楼下敲门：“韵之你在不在？我有事找你。”

“救星来了！”唐韵之和孙轻扬异口同声。

下楼开了门，唐韵之没给朱帅开口的机会，抢先道：“帅哥，我爸妈回来了，我和轻扬要去机场接人，你帮忙打扫一下屋子，拜托了！”

“可是……”朱帅才开口，唐韵之和孙轻扬已经没影儿了。

孙轻扬一边跑一边喊唐韵之：“你慢点，我跑不动了。”

“来不及了，我爸是个守时派，去晚了他又要说我了。”

“以前也没见你这么怕你爸啊！”

“谁说我怕他了？我这是孝敬父母！”

出了小区大门口，一辆英菲尼迪迎面开来，车速很快，以至于唐韵之差点撞了上去。她一时情急，抱怨道：“有你这么开车的吗？”

喇叭响了两声，车窗的玻璃移了下来。

唐韵之悔得要死。开车的人居然是叶宙！他今天换了一辆车，她没认出来。

叶宙倒没有生气，他盯着唐韵之，淡淡地道：“上车。”

“不行，我要去接……”

“你想让你爸爸妈妈在机场多等一会儿？”

“你怎么知道我要去机场？”

孙轻扬实在看不下去了，她打开车门，把唐韵之推了进去：“有什么话上车再说，你爸妈还等着呢。”

唐韵之无法反驳，只好乖乖坐着。不一会儿，她伏在孙轻扬身上开始战栗——叶宙一如既往地保持着他那车速。对此，唐韵之一直心有余悸。

她问叶宙：“你怎么不开之前那辆车了？”

叶宙安静地开着车，根本不理她。唐韵之觉得特别没面子，她愤愤地想，叶宙一定是故意在孙轻扬面前让她难堪，一定是这样的！

孙轻扬努力缓和气氛：“呵呵，叶宙车比较多，想开什么就开什么呗，是吧？”

结果——叶宙也没有理她。

孙轻扬吃了瘪，和唐韵之你看我我看你，都不说话。

2

机场大厅人潮涌动，唐韵之东张西望，好半天都没见着她爸爸妈妈的人影儿。

孙轻扬拍了拍唐韵之的胳膊："你看那边，那么多记者围着在干什么？"

唐韵之不为所动："不知道，可能采访哪个明星吧。轻扬你快帮我找找，我妈很爱臭美，她肯定打扮得很惹眼。"

"在找呢。"

叶宙停车回来，看见唐韵之一脸愁容，问她："没找到？"

"不知道他们跑哪去了，说了在这里等我的……"

叶宙莞尔，他指了指那堆记者："没猜错的话，你爸妈应该在那里。"

记者们正举着相机话筒疯狂围在一起，里三层外三层，从唐韵之的角度看过去，根本看不清记者们围堵的是谁。

唐韵之狐疑地瞄了叶宙一眼，大步往前走。

"唐先生唐太太，请问你们这次回国有什么打算？"

"宋女士，听说你的爱徒前不久拿下了维也纳青少年艺术钢琴赛青年组的第三名，你对她的成绩还满意吗？"

"宋女士，为什么你没有让自己的女儿继承衣钵……"

"……"

一走近，听到记者问的这些问题，唐韵之可以肯定，被包围在人堆里的非她的爸爸妈妈莫属。她不想蹚这浑水，没准那些记者知道她是宋扬之的女儿，连她也不放过。她安静地站在一旁候着。

大约过了十几分钟，记者们总算有要走的意思了，唐韵之赶紧拉着叶宙和孙轻扬退到了隐蔽的地方。她爸爸妈妈惹眼，叶宙更惹眼，被他们看见她和叶宙在一起，她更加躲不过了。

待记者们走远，唐韵之立马迎了上去，给宋扬之一个拥抱："妈妈，你总算是回来了，我还以为你打算老死在维也纳了呢。"

"死丫头，我风华正茂呢，你咒我啊？"宋扬之点了一下唐韵之的额头，眼中满是宠溺的笑。

宋扬之长得很漂亮，唐韵之姣好的容貌就是遗传自她。不过唐韵之没能青出于蓝，所有见过她们母女的人都说唐韵之没有她妈妈漂亮。

此刻，宋扬之穿着一身宝蓝色的裙子，看上去也就三十五六岁。比起母亲这个身份，她更像是唐韵之的姐姐。

宋扬之往四周看了看：“咦，凝凝说会来接我们的，怎么还没来？”

唐韵之不高兴了：“妈妈，我是不是你亲生的？萧凝不会是你和我爸瞒着在外面偷偷生的吧？”

“你这丫头，尽说些瞎话！”宋扬之拍了一下唐韵之的脑袋，回头对叶宙说，“你以后可要好好管管她了，越大越不像话了。”

叶宙温和地微笑，并没有说多余的话。唐韵之尴尬极了，却又无法反驳。

宋扬之俨然把叶宙当成了准女婿，她奉行的是“全天下只有叶宙一人可以当她女婿”的原则，雷打不动。当初要不是她一再坚持，唐韵之也不会点头答应这门婚事。自然，也就不会有之后那些乱七八糟的事。

原本唐韵之还觉得奇怪，叶宙怎么会知道她爸爸妈妈在机场。现在看来，根本就是宋扬之计划好的，没准儿她还是先给叶宙打的电话。

“肯定是故意的。”唐韵之小声嘀咕。

唐泽凯狐疑：“韵之你说什么？”

“没什么没什么，我们还是先回家吧。”

“我们先……”宋扬之的话刚溜到嘴边，忽然转过头朝着前方挥手，“凝凝，这里。”

唐韵之不高兴，一猜就是她母亲大人的爱徒萧凝来了。宋扬之每次都是这样，一见到萧凝就把她这个正牌女儿抛到九霄云外了。

可是，唐韵之万万没想到，出现在她面前的不只是萧凝，还有她最不愿见到的杨晟。

“老师！”萧凝兴高采烈地跑到宋扬之面前给了她一个拥抱。宋扬之眉开眼笑，二人好像多年没见的母女俩。

孙轻扬在旁边看得分明，她总算明白唐韵之为什么不喜欢萧凝了。她回头看唐韵之的反应，却发现唐韵之压根没在看宋扬之和萧凝，唐韵之直直地盯着杨晟，目光像寒冰一般。

“韵之？”唐泽凯发现了女儿的不对劲，叫了一声，却不见唐韵之有任何反应。

这下不只是唐韵之，叶宙和孙轻扬的目光也全聚集在了杨晟的身上。孙轻扬的眼神和唐韵之的没什么两样，叶宙则云淡风轻的，似乎并没有在意，又似乎杨晟根本就没入他的眼。

“韵之？你怎么了？”宋扬之总算把注意力从爱徒的身上转移过来。

唐韵之依旧不声不响，眼神冰冷。

那一天，杨晟在办公室所说的话她还记得清清楚楚。她和他之间的一切因赵祈颜的病而改变，她也强迫自己放下了对赵祈颜的怨。可若真如孙轻扬所说，杨晟转眼竟然拉着别人的手上街……

唐韵之不知道，她是在替自己生气，还是替赵祈颜生气。

宋扬之和唐泽凯对眼下的氛围有些不明所以，他们不知道唐韵之和杨晟的事，也没见过杨晟。

宋扬之问萧凝：“凝凝，这位是？”

“我表哥杨晟，是他开车送我来机场的。”萧凝甜甜地回答。她不知道发生了什么事情，依旧笑容满面地作介绍。她指了指宋扬之，对杨晟道：“这位是我的老师，国际著名的钢琴大师宋扬之。”又指指唐泽凯，“这位是老师的先生，著名指挥家唐泽凯。他们是韵之姐姐的爸爸妈妈。”

“伯父伯母好。”杨晟鞠了个躬，极有礼貌。

唐韵之嗤之以鼻，她实在看不下去了，忙不迭地抢话：“妈妈，我们先回家吧。你让我陪你耗着不要紧，叶宙很忙，公司还有一堆的事呢。”

“还没嫁人就胳膊肘往外拐啦？”宋扬之嘴上这么说，心里还是很高兴的，“我们赶时间，就不回家了，找个地方吃顿饭就行。”

“啊？”

唐泽凯解释：“我和你妈妈要去新加坡参加演出，这次是顺路来看看你和凝凝的。下午一点的飞机飞新加坡。”

唐韵之的声音一下子就低下去八度：“不早说，害我把朱帅一个人丢在家里打扫卫生。”

她的声音很小，除了知情的孙轻扬，没有人知道她在嘀咕些什么。孙轻扬掩嘴偷笑，被唐韵之瞪了一眼，马上敛住了笑意。

一行人出了机场。宋扬之、唐泽凯、萧凝上了杨晟的车，唐韵之很自觉地上了叶宙的车，坐在副驾驶座上。孙轻扬自然是要跟着唐韵之的，对她来说，当电灯泡总比面对杨晟强。

谁知，孙轻扬的手刚放上车门，宋扬之便叫住了她："轻扬，过来这边坐。"

"阿姨，我……"

"快过来，好久不见，阿姨想和你好好聊聊。"宋扬之朝孙轻扬招招手，笑靥如花。

"哦。"孙轻扬一百个不情愿，别扭几下，终于还是慢慢挪到了宋扬之身边。

大家都是明白人，宋扬之不过是想给女儿和准女婿制造单独相处的机会。毕竟是自己身上掉下来的肉，宋扬之很清楚，唐韵之并没有多么喜欢叶宙，她常年不在国内，自然是能帮一点是一点。

"去龙廷大酒店。"宋扬之的声音和她的人一样美。

叶宙难得开慢车跟在杨晟后面。他身边的唐韵之一脸不高兴，心事重重。

"怎么了？"叶宙问她。

唐韵之问他："你说，我到底是不是我妈亲生的？她对萧凝比对我热情多了。还有啊，我长得和她一点都不像，别人都说她比我漂亮多了。没准儿我就是捡来的。"

"你像你奶奶。"

"我出生之前，我奶奶就去世了。你怎么知道我和她像？"

"我在我爸的影集中见过你爷爷奶奶年轻时候的照片，你和她很像，尤其是眉眼。"

这句话不假，唐韵之虽然没见过照片，但是爷爷曾和她提起，她的确长得很像她去世的奶奶。也是因为这样，爷爷自小就把她捧在手心里疼。

唐丽影失去了生育能力，唐泽辉沉迷于摄影，至今未婚。唐韵之身为唐家这一辈唯一的孩子，可谓万千宠爱集于一身。唐奎溺爱她，唐丽影夫妇把她当亲生女儿呵护，唐泽辉更是和她没大没小，不像叔侄而像朋友。唯独她的亲生父母好像不怎么把她当回事儿。

"算了，不说了，免得影响你开车。"唐韵之靠在椅背上闭目养神。

杨晟的车开得慢，叶宙也没有要超车的意思，他开得一直很稳。

叶宙和杨晟就像男人中的两个极端，从开车的习惯就可以看出来。他们一个冷酷铁血，一个温和体贴；一个像腊月里的寒冰，一个像春日里的阳光。谈恋爱之后，唐韵之完全被杨晟宠坏了，所以面对时刻都给她一种高高在上的感觉的叶宙，她怎么都喜欢不起来，尽管她曾认命地强迫自己去喜欢他。

车子开得很稳，很舒服，唐韵之差点睡过去。直到酒店的服务生来开车门，她才意识到已经到了龙廷大酒店，宋扬之应该提前在这里订了位子。

叶宙下车，谦和有礼地对宋扬之说："阿姨，五楼的三号包间。"

"还是你有心，有你照顾韵之，我和她爸爸也就放心了。"宋扬之说完便挽着萧凝的手往酒店大门走去。

唐韵之问叶宙："是你订的？"

叶宙点头。

唐韵之生气了，对着宋扬之的背影道："妈妈，你偏心！你怎么什么事都跟他说不跟我说啊！这次我是真生气了！"

3

唐韵之和叶宙挨着坐，她左手边是孙轻扬，正对面是杨晟。她没少给杨晟脸色看。

杨晟处境尴尬，他尽量避开唐韵之和孙轻扬的视线，时不时和一旁的萧凝说话，借此分散注意力。

"韵之，你前段时间跟着叔叔去欧洲，怎么也不来看我和你妈妈？"唐泽凯问她。

唐韵之心不在焉："你们太忙了，我不想打扰你们。"

宋扬之看了叶宙一眼，笑着接话："我和你爸爸常年见不到你，挺想你的。以后有空就多来看看我们，和叶宙一起来。"

"妈妈，叶宙很忙的，人家一秒钟赚几个亿呢。"唐韵之揶揄她。

宋扬之知道她是故意的，又道："那你可以和轻扬一起来。"

"轻扬谈恋爱都没时间，哪会有空。"

孙轻扬正在喝水，一不小心就呛住了，她急忙解释："我……我还没男朋友呢。"

"正因为没男朋友所以要找啊，难道你想孤独终老？"唐韵之呛她。

孙轻扬乖乖闭嘴。

宋扬之在女儿面前碰了钉子，僵笑几声，转过去和萧凝说话了。唐韵之见她们有说有笑，心里更是窝火，以前她吃杨晟醋的时候都没这么不痛快。

服务员上第一个菜的时候，唐韵之包里的手机响了，她一看，原来是朱帅打来的。

“喂，韵之啊，”朱帅气喘吁吁，“你们家真乱，我费了好大劲才打扫完，对了，你阳台上还有没吃完的零食，要扔吗？”

“别扔别扔，我还要吃呢！”唐韵之一激动，声音提高了好几分。

宋扬之打断她：“韵之，谁的电话？”

“朱帅打来的。”

“是帅帅啊。让他一起过来吧，我也好久没见到他了。”

“哦——朱帅，我妈妈让你过来吃饭，龙廷大酒店五楼三号包间，快点啊。”

挂了电话，唐韵之有些心虚。她的手机声音也开得挺大，朱帅说的话叶宙应该全听见了。她不死心，凑到孙轻扬耳边问：“刚才朱帅在电话里说的话，你听见了吗？”

“这么大声都听不见，你当我是聋的？”孙轻扬嘀咕。

“完了，你听见了，叶宙一定也听见了。真丢人！”

“……”

两人咬耳朵咬了一会儿，唐韵之偷偷打量叶宙，发现他并没有露出异样的神情。她松了一口气，或许叶宙没有孙轻扬那么无聊，或许叶宙并没有把她当回事儿，或许刚才叶宙在想公事分心了。

她是个死要面子的人，哪怕她不喜欢叶宙，她也不要在他面前丢人。

朱帅是在菜快要上齐之前到的，他开门进来，气喘吁吁，见到唐韵之第一句话就是：“韵之对不起，我不小心把你的瓜子给撒了，我去超市给你买了几包。”他边说着，边把手上的袋子递给唐韵之。

唐韵之没有伸手去接，她懊恼极了。

“怎么回事？”宋扬之发觉事情不对头，“什么瓜子撒了？”

朱帅特别实诚，开口道：“叔叔阿姨，韵之为了去机场接你，家里来不及打扫，我帮忙打扫卫生呢，结果不小心把韵之的瓜子给撒了。”

一句话说完，房间里静得连根针掉地上都听得见。唐韵之表情尴尬，孙轻扬眼神飘忽，萧凝忍不住笑了，宋扬之和唐泽凯面面相觑，只有叶宙和杨晟神色如常。

“唐韵之，你真是……是不是我亲生的。”宋扬之摇头叹息。

“我也纳闷我是不是你亲生的呢。”唐韵之压低声音。

为了避免这母女俩闹起来，孙轻扬岔开话题，她接过朱帅手中的袋子，难得热情一回：“朱帅你坐这里啊，辛苦你了。韵之啊，快给朱帅倒一杯饮料，他也累坏了。”

唐韵之咬了几下嘴唇，不情不愿地给朱帅倒满了一杯橙汁：“朱帅你辛苦了，来，别客气。”

“呵呵，韵之啊，你怎么变得这么客气了？”朱帅受宠若惊，难得见唐韵之对他热情一次。他的确很渴了，端起杯子就往嘴里灌去，可是当他的目光飘到叶宙身上，忽然就一口喷了出来。

“你干什么？！”孙轻扬跳了起来。朱帅坐在她旁边，这么一喷，刚好喷了她一身。

朱帅指着叶宙，声音颤抖：“叶叶叶叶……”

“你弄脏我衣服了！”孙轻扬很是恼火。

朱帅丝毫没意识到孙轻扬的不快，眼睛睁得老大：“叶……”

“耶什么啊？”

“叶宙！”

唐韵之看了他一眼，点头：“是啊，是叶宙啊。怎么了？”

“他，他怎么……”

在座的其他人都一笑了之，身为当事人的叶宙也没觉得有什么不对，他从容地举起杯子喝水，一副置身事外的样子。

唐韵之倒是有些意外，她试探性问了句：“朱帅，你不知道吗？”她一直以为朱帅已经知道她和叶宙的关系。

朱帅摇摇头：“不知道啊。怎么了？发生什么事了吗？”

“你居然不知道……”孙轻扬嘴快，“叶宙是韵之的男朋友啊，哦不，确切地说，应该是未婚夫。”

朱帅蒙了：“啊？可是韵之不是才和杨……”

“今天的月亮好圆！”唐韵之强行插话。

窗外艳阳高照的，明明是白天，何来月亮。

唐韵之尴尬不已：“今天的……太阳好圆啊……”

现场气氛再次陷入僵局。最后还是萧凝帮唐韵之解了围，她笑不露齿：“姐姐，这么久不见，你还是这么有意思。”

唐韵之瞥了她一眼：“谢谢你噢。”

朱帅还想说点什么，被孙轻扬拦住了。孙轻扬朝他使了好几个眼色，又在桌子底下踢了他几脚，他再迟钝也明白孙轻扬的意思，于是乖乖闭嘴了。饭桌上好不容易恢复了平静。

菜终于上齐了，大家开始动筷子。宋扬之夫妇和萧凝有说有笑，偶尔问唐韵之几句，唐韵之心不在焉，没怎么搭理。她夹了一块肉放进嘴里，食不知味。杨晟的目光若有似无地向她飘过来，她很不自在。

叶宙夹了一筷子青菜给唐韵之，唐韵之也没注意是谁夹给她的，甚至没注意那是什么菜，直接夹起来放进了嘴里，食不知味。

不知是谁的手机响了。由于iPhone的铃声一样，大家的本能反应都是低头看手机。而后唐韵之发现，是杨晟的电话。

杨晟的声音如清泉：“希雅？怎么了？”

希雅？唐韵之眉头一皱。她以前从未听说过这个名字，孙轻扬说杨晟有了新女朋友，难道是他口中的“希雅”？赵祈颜拆散了她和杨晟，可是这才多久的事，杨晟真的移情别恋了？

“好，你别急，我马上回去。”

杨晟挂了电话，还未来得及开口，萧凝抢先一步说：“你回去吧，我等会儿自己打车。”

“那好，路上注意安全。”

“知道了，我又不是小孩子。”萧凝的声音中似乎有一丝不悦。

“伯父伯母再见。”

“再见。”

杨晟从里面绕出来，经过唐韵之身边，唐韵之正好在给叶宙夹菜。她没看见，杨晟的身子微微颤抖了一下。

“韵之？”叶宙叫了唐韵之一声。

唐韵之反应过来，她夹给叶宙的是一片猪肝，而从小在国外长大的叶宙是不吃动物内脏的。

“哦，我忘了，你是不吃这个的。”唐韵之把猪肝放回自己碗中，又夹了一块鱼给叶宙，“小心鱼刺。”

“谢谢。”

看着女儿和准女婿“相亲相爱”，唐泽凯和宋扬之相视一笑。

都说女儿和爸爸亲，一点不假。比起宋扬之，唐泽凯更了解女儿的心思。他知道唐韵之不喜欢叶宙，一开始就知道。他也想过不逼她做不愿意做的事，可他实在太欣赏叶宙，他总觉得，只有叶宙这样的人才配得上自己的宝贝女儿。如今看到唐韵之能和叶宙相处得这么好，唐泽凯十分欣慰，总算了却了一桩心事。

除了朱帅总是带着探究的目光在唐韵之和叶宙之间来回扫视，这顿饭吃得还算平和。

叶宙看出来了，唐韵之和宋扬之的感情远不如她和姑姑唐丽影来得深厚。在宋扬之面前，她偶尔会拘谨，她总是笑着想让他们觉得自己过得很好。然而在唐丽影面前，她会使小性子，会撒娇，就像普通的母女一般。

叶宙不由得想起了自己远在国外的母亲，他下意识摸了摸口袋里的皮夹，那里面放着他妈妈的照片。

过了十二点，唐泽凯站了起来：“韵之，我和你妈妈就要走了，你好好照顾自己。”

唐韵之乖巧地点头，她回头对叶宙说：“你送我爸爸妈妈去机场吧，我们打车回去。”

她转身，手却被叶宙拉住了。她愣了一下，想把手抽出来，可是叶宙握住不让她走。

“一起去吧，下午陪我去个地方。”叶宙难得说话这么温和，不变的是话语中令人无法拒绝的威慑力。

孙轻扬赶紧说：“韵之你和叶宙一起去吧，我和朱帅还有事呢。”

“有事吗？”朱帅一开口就被孙轻扬踩了一脚，他吃痛闭嘴。

唐韵之也不好再说什么，叶宙让她一起去，她也只能去。

第五章

一梦相思

//////////

决定爱他的那一刻，她就已经做好了和他共同面对风雨的准备。

1

送唐泽凯和宋扬之过完安检，唐韵之才挣脱叶宙的手：“要我陪你去哪里？”

“去了就知道。”叶宙没有多说什么，转身走了。

唐韵之提步跟在后面。她清楚叶宙的脾气，一旦他决定了什么，由不得别人说不。

到了停车的地方，叶宙给唐韵之开了前面的车门，唐韵之说：“我想坐后面。”

“坐前面。”

叶宙不由分说地把唐韵之塞进车里，弯下腰，亲自给她系上了安全带。她知道叶宙是从来不用香水的，可他身上有种特别的味道，淡淡的，却让人忘不了。她忽然脸红了，双颊发烫。

“其实……我自己来就行。”唐韵之的声音细若蚊蝇。

这是她第一次在叶宙面前表现得如此娇羞。以前叶宙吻她或是抱她，她要么假装微笑，要么想办法抗拒，唯独这一次，她是真的不知所措了。

“啪”的一声，叶宙关上了车门。他没有直接开车，而是先打开音响放歌。这倒是令唐韵之意外，叶宙从来没有开车时听歌的习惯，他的车上也是从来不放CD的。

I guess our love story will never be seen
On the big wide silver screen
But it hurt just as badly
When I had to watch you go
Oh a kiss is still a kiss
In Casablanca
But a kiss is not a kiss without your sigh
Please come back to me
In Casablanca
……

熟悉的歌声飘进唐韵之耳中。那是她最喜欢的歌，贝特·希金斯的《卡萨布兰卡》。

很巧，叶宙居然放了她最喜欢的歌。

他们一路往前，唐韵之方向感不好，她猜不到叶宙要带她去什么地方。叶宙不说话，她觉得不自在，一时没忍住就说出了心中的疑问：“我记得你开车的时候从来不听歌的。”

“我没在听。”叶宙的回答很简洁，“这是放给你听的。”

“你知道我喜欢这首歌？”

“我知道你喜欢的一切。”

唐韵之不知该怎么接话，只能转移话题：“这辆车是你新买的？以前没见你开过。”

“嗯。”

“其实我觉得还是你那辆阿斯顿·马丁好看，坐着也舒服。”

“嗯。”

“你比较喜欢这辆车，还是那一辆？”

“差不多。”

唐韵之感觉叶宙不是很乐意陪她说话，也就不再自讨没趣。她放松下来，一边听歌一边闭目养神，不知不觉有了困意。她昨晚没睡好，总是做梦，至于梦见了什么她自己都忘记了。

“到了。”叶宙解开唐韵之的安全带，“下车。”

唐韵之睁开眼睛：“怎么是商场？你说带我去一个地方，就是来商场？”

“不是，但是要去那个地方就必须先来这里。”

“什么地方？”

“先下车。”

“哦。”

来商场无非是买东西，唐韵之隐隐猜到叶宙可能要带她去见什么人。叶荣光工作很忙，自然没空在短短的时间内就见他们两次，难道这次叶宙是想带她见他的妈妈？

这座商场是华昌旗下的，里面的工作人员大多都认识叶宙，叶宙和唐韵之一进门就不停地有人上来打招呼。

叶宙叫住了一个穿黑色工作套装的女人：“唐小姐要和我一起接受一个访谈，帮她挑身合适的衣服。”

“什么？访谈！”唐韵之觉得意外，“叶宙你开什么玩笑！”

叶宙说：“我没开玩笑。”

“我跟你的事公之于众了，我会被狗仔队围追堵截的！”

“这是迟早的事。”

“就当我求你，你别这么自私行吗？！”唐韵之豁出去了，“为什么你每次都要替我做决定，我又不是你的提线木偶！我是人，活生生的人！”

她本以为叶宙听了这话会勃然大怒，可是他没有，他很冷静地告诉她：“在你选择和我在一起的那一刻你就应该明白，做我的女朋友就必须要坦然面对那些该有的或是不该有的关注。”

“谁稀罕当你女朋友，反正那个什么访谈，我不去。”

时隔这么久，唐韵之的小脾气再次发作。她要拧的时候，叶宙根本拿她没办法，就像两年前的那次悔婚，连叶荣光也不得不对她妥协。

包里的手机响了，唐韵之一看是朱帅的名字，接起来说了句“有事晚点再说”就挂了，她继续瞪叶宙：“要去你自己去，我不去，我要回家了。”

她刚迈出一步，手机又响了，她以为是朱帅，结果一看竟然是杨晟。她犹豫了几秒钟，然后按了拒接，把手机塞进包里，潇洒地走了。

“站住。”叶宙的声音冷冰冰的。

唐韵之回头：“还有事？”

“送你回家。”

“你不是要去接受采访吗？”

“骗你的。”

“……”

“走，回家。”

“你都这么大的人了，还玩这种把戏？”

那位被叶宙叫住的工作人员从一开始就傻站在一旁，不明白这是什么样的情况。等叶宙和唐韵之离开，她低声问隔壁柜台的人：“这位唐小姐是叶总的女朋友？”

“敢这么和叶总讲话，八成错不了。”

“感觉他们不像恋人，像兄妹。”

“我想起来了，一个星期前网上不是爆出了叶总和他新女朋友的照片吗，照片虽然模糊，但是看背影好像就是这位唐小姐。”

“照你这么说，我也觉得像。”

上了车，唐韵之一直不讲话。她想不通叶宙为什么要跟她玩这种小把戏。

唐韵之问：“你下午真的没有访谈？”

“没有。”

“那你为什么跟我开这种玩笑？”

叶宙猛地踩下刹车，他低着头不说话，完美的侧脸像是画出来的一样精致。

“啊——”因为惯性，唐韵之身子猛然向前倾去，她怒了，“你今天是不是吃错药了！你是故意的吧？”

“你终于肯摘下面具了？”叶宙目光凌厉，“我以为你会永远在我面前装出一副唯唯诺诺的样子。”

“你什么意思？”

“从你求我帮你的那一刻开始，你就一直对我虚与委蛇。可是韵之，你知不知道，你的演技很差。”

“既然你知道我是虚与委蛇，为什么一再容忍我？你不就是喜欢别人对你卑躬屈膝吗！”

“那你呢，你就喜欢对人虚与委蛇？”

“是啊，我就是这样的人！在我不喜欢的人面前，我永远都做不到敞开心扉，这样的答案你满意吗？”

“唐韵之！”

“叶宙！”唐韵之不客气地瞪回去，索性撕破脸，反正她真的已经受够了。

“不要因为我喜欢你，你就觉得我会无底线地容忍你！”

“喜欢我？真好笑，你敢说你真的喜欢我？”唐韵之咄咄逼人，“你是堂堂凌川集团的少董，从小就习惯别人对你低眉顺眼卑躬屈膝。就因为我敢拒绝和你的婚事，你觉得新鲜、刺激，同时你也不甘心，你不过就是想征服我，以此证明自己。叶宙你醒醒吧，你根本不喜欢我，你所谓的喜欢只是你的虚荣心，你不允许别人违逆你！”

叶宙怔住。

“怎么不说话了？”唐韵之冷笑，“叶宙，你不爱我，你爱的只有你自己。”

车子停在路中间，后面的司机开始频繁地按喇叭，有些脾气不好的甚至伸出头叫骂了。叶宙一言不发地踩下油门，车速顿时飙升上去。

看见叶宙这样，唐韵之油然而生一股快感，可她同时又有一种难以名状的难受。她忽然有些不忍心，叶宙含着金汤匙长大，要风得风要雨得雨，是名副其实的太子爷。或许他并没有错，他只是习惯。

唐韵之语气缓和了很多：“对不起，我知道你对我好，也谢谢你为我做的一切，但我们真的不合适。你也看见了，如果我不对你虚与委蛇，不低声下气，我们可能会见一次吵一次，就算结婚也可能会很快离婚的。你说过，做你的女朋友就必须要坦然面对那些该有的或是不该有的关注。可是我不行，我讨厌这样的关注。”

“你什么意思？”

“没什么意思，只是说出我以前一直想说但是不敢说的话。”

叶宙踩下刹车，冷冰冰吐出两个字：“下车。”

唐韵之如获大赦。她开门下车，回头对叶宙说了句再见，谁知叶宙脾气大，根本不理她，直接开车走了。

唐韵之心里空荡荡的。两年前美国的那一幕重演了，只不过当时是在冬天，而现在是夏天。

太阳很大，地面被烤得火辣辣的。唐韵之顶着烈日在路上走，心里默默吐槽叶宙小心眼，一点绅士风度都没有。两年前他把她扔在半路上，两年后还是一样，只是这一次，恐怕他不会再回头了。

正在唐韵之心烦气躁时，包里的手机又响了。她拿出来一看，还是杨晟打来的。她犹豫了好久，她无数次对自己说过，不能再和杨晟有任何交集，可她的手不听使唤，终究还是接了起来。

电话那头传来的不是杨晟的声音，而是一个陌生的女人："请问是唐韵之小姐吗？"

"是的，你是？"

"这里是A市第一人民医院，我是这里的护士。你的朋友出车祸了，我们在他身上找不到任何证件，他的手机里有和你通过电话的记录，所以打扰你了。请问你能不能到医院来一趟？"

对方的话还没说完，唐韵之就像骤然被人当头浇了一盆冰水，那股子寒意从天灵盖一直往下渗透，深入骨髓。她失魂落魄："他伤得严重吗？"

"不确定，目前还在急救。"

"我马上过去。"

她明明那么恨杨晟，可是一听到他出车祸，她却急得呼吸都觉得困难。

她冲到路边挥手拦出租车，拦了好久，依旧一辆空车都没有。好不容易听到身后的喇叭声，她大喜，一回头却发现是叶宙的车。

"是你？"唐韵之无法措辞。

叶宙态度很冷淡："上车。"

两年后的今天，他同样把她丢在路边，同样返回来接她，同样是那么不可一世。

2

唐韵之难得没有埋怨叶宙的车速，她甚至恨不得他再开快一点，最好能让她马上飞到医院。一路上她心弦紧绷，脸色苍白如纸。叶宙看见她这失魂落魄的样子，居然也没问她发生了什么。

车停在医院大门口，唐韵之开门狂奔，把叶宙远远抛在身后。

"护士小姐，杨晟他怎么样了，他怎么样了……"刚跑到急救室的唐韵之像疯了一样，抓住一个经过的护士就问。

护士茫然：“杨晟？”

“就是刚才车祸送进来的那个，他怎么样了？”

“还在手术室抢救，小姑娘你别激动，一会儿就出来了。你去哪——”

唐韵之不等护士把话说完就直奔手术室而去。这家医院她来看过几次病，还算熟悉，不一会儿就找到手术室了。门顶上显示手术中的红灯还亮着，唐韵之咬着牙踱来踱去，一位好心的护士路过，劝她坐在椅子上耐心等，被她摇头婉拒了。

美好的回忆碎片一样撒向唐韵之，有杨晟逃课帮她去买早点的，有杨晟骑单车带她出去玩的，有他们夜晚躺在草地上看星星的……

昔日在阳光下对她微笑的男孩，一眨眼，物是人非。

灯灭了，唐韵之瞬间从回忆中挣脱出来，医生一出手术室她就迫不及待上前问：“医生，他怎么样了？”

为首的医生揭下口罩，就像狗血电视剧经常出现的套路一样，他对唐韵之说：“抱歉，我们已经尽力了。”

听到“抱歉”两个字的瞬间，唐韵之的魂魄仿佛完全被抽离了，只剩下一具没有知觉的躯壳。她很想号啕大哭，把这么久以来压抑在心中的酸楚全部发泄出来，可是当她准备大哭一场的时候，双目却似乎早已干涸。

“小姑娘，节哀吧。”医生安慰了唐韵之一句，叹着气走了。

杨晟躺在床上被推出手术室，身上盖着白布。唐韵之呆呆地走上前，她伸出手，想揭开白布看看他，见他最后一面。可是手停在半空中再也动弹不了，她在害怕。她心里还存着一丝侥幸，是护士弄错了，死的那个人不是杨晟。她很怕揭开白布之后见到的真是杨晟，那她就连最后一丝侥幸都没有了。

“小姐，请让一下，我们得把死者送到太平间去了。”护士催她。

“不，不要……”唐韵之声音沙哑，“求你……”

叶宙走到手术室门口，恰好看见唐韵之扑到杨晟身上，她没有哭，甚至可以说很平静。只有呆滞的双眼出卖了她，那样的神情已经不再是悲戚，而是绝望。

“小姐你别这样，先起来吧。”

护士伸手去扶唐韵之，她浑身软绵绵的，才被扶起来就一个踉跄，好在叶宙上前抱住了她。

此时的唐韵之就像刚淋完一场暴雨，她靠在叶宙怀里瑟瑟发抖，本来就很瘦弱的身躯显得更加单薄。

“不好意思，两位能不能让一让？”推着病床的护士小姐再次催促。

“让一让让一让，谢谢……”旁边一个手术室的护士推出了一张病床，说话的护士的声音听上去很着急。因为唐韵之和叶宙挡在中间的关系，那两张病床堵在了一起。

叶宙默默把唐韵之拉到一旁。发生这样的事，他也不好再说些什么，似乎他们俩都已经忘了，来医院之前他们还在怄气。

周围弥漫着一股消毒药水的味道，很难闻。唐韵之差点就呕了出来，她单手捂嘴，眼睁睁看着杨晟的病床被护士越推越远，胸口憋着的那股压抑了好久的淤气顿时挤出了喉咙，猝不及防就干呕起来。

“韵之……”细微的男声传进唐韵之的耳中，很熟悉的声音。

唐韵之怀疑自己听错了，蹙眉，可是那个声音又响起来。

“韵之？”

是杨晟的声音？是杨晟的声音！

“杨晟？”唐韵之一个哆嗦，开始向四周张望。她看见，杨晟正躺在后来被推出手术室的那张病床上，额头和手臂上都缠着绷带。他伤得不是很重，但看上去还是有些虚弱。

原来是她搞错了，先前被推出来的那个死者并非杨晟。

“韵之，你怎么了？”杨晟挣扎着想起来，被他身边的护士给阻止了。

护士小姐的声音甜甜的：“你刚醒来，还是不要乱动比较好。”

心头的乌云仿佛一瞬间被风吹得无影无踪，阳光划破了薄暮，丝丝光亮打进唐韵之心里。终于，雨过天晴了，可是她怎么也高兴不起来。

她一步一步走向杨晟，眼睛像坏掉的水龙头，不停地往外掉泪水。

她以为他死了，她没哭；看见他没死，她哭了。

叶宙依旧不发一言，他站在边上，俨然是一个局外人。杨晟没死，唐韵之也没事了，皆大欢喜，而接下来的一切也和他无关了。

原本想把病床推走的护士似乎被这生离死别的气氛所感染，她没有马上离开，而是把病床推到走廊的旁边，避开了过往行人。

唐韵之每一步都迈得很艰难，鞋子比灌了铅还重，当她走到杨晟身边，杨晟已经先她一步抬起手臂，紧紧抓住了她。

十指相扣的刹那，他们仿佛回到了从前，仿佛从未分过手，那一切不过是他们的一场噩梦。

“别哭，我没事的。”杨晟开口，说得很吃力。

唐韵之嘴唇动了动，却一个字都挤不出来，她只能抓住他的手，生怕一松开他就真的会死掉。

“傻瓜，快别哭了。”

杨晟强颜欢笑，他很想帮唐韵之把眼泪擦掉，但他起不了身。他努力抬起左手，不小心扯到了韧带，痛意随着手臂向全身蔓延，他嘴角抽搐了一下，手又掉了回去。

“你现在还不能乱动，我们先回病房吧。”护士好心提醒。

唐韵之点头：“护士小姐，麻烦你推他去病房吧。”

护士微微一笑，把病床推走了。

唐韵之跟了上去，这会儿她的心情不再像刚才那般沉重。她已经忘了得知杨晟死讯的那一瞬间，她是怎样的心如死灰。叶宙跟在她身后她也没注意到，她心里只有一个念头，那就是杨晟没有死。

到了病房，唐韵之一下子清醒了很多，她想起了自己和杨晟的关系，所以当杨晟再次碰到她的手指时，她触电般避开了：“你先休息吧。”

杨晟也恍然醒悟，尴尬一笑：“好，谢谢。”

“表哥你没事吧？”萧凝火急火燎冲进病房，打断了杨晟和唐韵之的对话，她一把抓住杨晟的手，“他们说你出车祸了，吓死我了。”

“我没事，你看我这不是好好的嘛。”杨晟勉强挤出笑容安慰萧凝，他的目光瞟到了病房门口，“希雅？你也来了？”

这一声“希雅”让唐韵之一怔，她回头顺着杨晟的目光向门口看去。只见一个其貌不扬的女孩站在那里，又担忧又生涩地搓着自己的衣角。

杨晟笑着招呼她：“希雅，进来吧。”

等她走近一点，唐韵之总算看清她的长相了。这个被杨晟称作“希雅”的女孩子看上去比自己要小，她长得矮矮胖胖的，脸有些婴儿肥，鼻子两侧零零散散分布着些许雀斑。客观地评价，她长得一点都不漂亮。

唐韵之不由得想起之前孙轻扬对她说过的八卦：杨晟的新女朋友是个五短身材的

丑女人。看杨晟的反应，这个希雅难道是他的新女朋友了？

“你没事就好。”希雅走到杨晟旁边，她的声音有些软绵绵的，像小孩子。

萧凝似乎不怎么喜欢希雅，她故意挤到杨晟和希雅中间，拉着杨晟的手说这说那：“表哥你怎么这么不小心啊，下次一定要注意，你要是出了什么事，姨妈以后还不得被人踩在头顶啊。”

听到这话，希雅脸色一僵。

杨晟嗔了萧凝一句：“凝凝，不要乱说话。”

“哼。”萧凝扭过头。

敲门声响了三下，唐韵之回头就看见杨晟的爸爸杨晋申走了进来。她忽然想起来，杨晋申正是这家医院的院长，难怪萧凝能这么快就得到了杨晟出车祸的消息。

“爸爸。”

“爸爸。”

杨晟和希雅同时开口。

唐韵之彻底蒙了。不是吧？竟然这么快就叫爸爸了，难道杨晟和希雅已经……

“没事了？”杨晋申的语气淡淡的。

杨晟摇摇头：“没事了。”

“那就好，以后开车注意点，不是每次都能这么走运的。”

“嗯。”

“韵之也在啊，好久不见，最近怎么样了？”

唐韵之这才反应过来杨晋申是在和她说话，讪讪道：“还好。”

杨晟和唐韵之的关系，杨晋申再清楚不过了，他和杨晟的妈妈方雪菲态度不一样，他非常喜欢唐韵之。当初唐韵之和方雪菲闹翻，杨晋申瞒着方雪菲找过她一次。他们约在S大附近的一家咖啡厅见面，杨晋申和她谈了很多。具体内容唐韵之已经忘了，不过在杨晋申找过她的第二天，她和杨晟就和好如初了。

“看见你现在过得好，我也就放心了。”杨晋申笑了笑，他的目光掠过唐韵之停在她身后的叶宙身上，迟疑了一下。

显然，杨晋申认出叶宙了。

出于礼貌，唐韵之还是补充了一句：“杨叔叔，这位是华昌集团的总裁叶宙。”

“嗯。”杨晋申点点头，表情有些异样，“你们聊，我还有事要处理。”

杨晋申出门的时候，恰好和刚进门的赵祈颜打了照面，赵祈颜跑得气喘吁吁的，看见杨晋申说了句“杨叔叔好”就直奔杨晟的病床了，连唐韵之在一旁她都没注意。

“杨晟你没事吧？怎么这么不小心啊。”赵祈颜扑在杨晟身上，眼睛红红的。

“不要紧，只是受了点皮外伤。”

“吓死我了，我还以为……”

这下子更乱了，杨晟不是和希雅在一起了吗，人家可是连爸爸都叫上了，赵祈颜怎么还……话说回来，看杨晟和赵祈颜的样子不像是已经分手了啊。难道杨晟怕刺激到赵祈颜，还没挑明？唐韵之心里一团乱麻，很不是滋味儿。

“韵之？”赵祈颜总算看见唐韵之了，“你怎么会在这里？”话说到一半她就停住了，她的目光落在叶宙身上，眉头蹙起。

“我该走了，再见。”不管他们这些人是怎么回事，反正和自己无关，唐韵之一刻也不想多待。

叶宙自然而然拉起唐韵之的手：“走吧，我送你回家。”

“等一下，”萧凝站起来打断他们，“姐姐，我也要回去了，你们可以送我一程吗？”

“嗯。”唐韵之点头。

有萧凝也好。她和叶宙刚吵完架，两个人单独相处反而尴尬。

“姐姐，你知道那个希雅是什么人吗？她是我姨父在外面的私生女，是杨晟同父异母的妹妹。”出了病房不远，萧凝对唐韵之如是说。

唐韵之的肩膀颤了一下：“什么，你说什么？”

“桑希雅是我姨父在外面的私生女。”萧凝重复了一遍。

怪不得她喊杨晋申爸爸。

3

桑希雅的母亲桑燕是杨晋申的大学同学，他们有过一段青涩而甜蜜的恋爱时光。大学毕业后，两人因为不在同一城市而分道扬镳。过了几年，杨晋申在老同学的婚礼上重遇桑燕，酒精作用，意乱情迷，一时不慎犯下大错。

那时的杨晋申初为人父，桑燕也并非死缠烂打之人，他们只当那是个不愉快的小插曲，想尽快忘记。可谁都不曾料到，桑燕居然怀孕了。她瞒着杨晋申，偷偷把孩子生了下来，多年来一直没有结婚。

杨晋申不知从哪里得知此事，他觉得亏欠她们母女，于是为她们买了房，隔三岔五还会去探望她们。杨晟的母亲方雪菲也知道这件事，他们夫妻为此三天两头吵架。

半年前桑燕生病去世，杨晋申不顾方雪菲的反对把桑希雅接回了家。杨晟也是那个时候才知道自己有个妹妹。和方雪菲不同的是，杨晟对桑希雅很好，好几次还因为她和方雪菲吵了起来。

“他就是那么善良，善良得有些过头了。”听萧凝说完这些，唐韵之轻描淡写地笑笑，看不出她是什么情绪。

“我阿姨虽然脾气不怎么好，但对姨父从来都是一心一意的。他却在外面养小三，还把私生女带回家，换谁也咽不下这口气啊！也只有我表哥才会不计较这些。”萧凝愤愤地说。

看得出来，萧凝很不喜欢桑希雅。不过有句话她说对了，也只有杨晟才会不计较这些。唐韵之想，她爸爸妈妈只不过对萧凝好一点，她就已经心里不平衡了。要是他们在外面给她整出个弟弟妹妹来，她一定会疯掉。

唐韵之假装无所谓：“你和我说这些干吗？算了，我回家了。”

“姐姐，你喜欢杨晟不是吗？”

唐韵之刚迈出第一步，猛然怔了一下。

萧凝发现唐韵之的脸色很不好看，她余光掠过一旁的叶宙，意识到自己不应该在这种场合说这种话。她咬了咬嘴唇：“姐姐对不起，我乱说的，你别往心里去。”

“没关系，反正你从小就爱嚼舌头。”唐韵之佯装镇定，“走吧，送你回去。”

“你们回去吧，我自己打车回去就行。其实我是故意说让你载我一程的，我就是想找个借口溜出来，我不想和他们待在一起。桑希雅我不喜欢，赵祈颜我更讨厌。”萧凝说，“我以后不会乱说话了，你别怪我就好。”

“我没怪你。”唐韵之低头看着自己的脚尖，有点别扭，“凝凝，现在外面出租车不多，还是让叶宙送送你吧。”

“真的不用了，反正我也不赶时间。”

“那你自己注意安全。”

出了医院大门，气氛一下子就变了。唐韵之触碰到叶宙的目光，冷冷避开。她才不会因为一个小插曲就忘了他们刚吵过架。她本来就是个小心眼的人，以前和杨晟吵嘴，她从来不会主动低头。

事实证明，叶宙比她还小心眼。她不说话，叶宙也一点要理她的意思都没有。偏偏唐韵之很拗，叶宙不开口她是不会上车的，她宁愿打车回去。

“你打算一直站着？”叶宙斜她一眼。

唐韵之口不对心：“我可没有非要坐你的车，是你让我上的啊。”

“你还想继续跟我吵？”

“不吵了，我累了。”

唐韵之开门上车，扭头看向窗外，不再多说一句话。她再也不想理叶宙了，也不想看见他。她心里打着如意算盘，最好她这次彻底把叶宙惹毛，叶宙一生气就抛弃她。如此她便自由了，以后再也不用在他身边伪装金丝雀。

车开上了高架桥，叶宙一下子加快了速度。唐韵之正闭目养神，叶宙很小声地说了一句话。她以为自己不小心睡着做梦了，或者是幻听了。因为叶宙说：“韵之，我们分手吧。”

“你刚才说什么？”唐韵之想确认。

不过叶宙的脾气她再清楚不过，说出口的话，他懒得再说第二遍。

叶宙不开口，她只好自己揣度：“你刚才是不是说，我们分手？”

叶宙专心开车，连眼睛都没眨一下。

唐韵之有些失望。看来真的是她幻听了，也对，叶宙怎么可能轻易放了她。她靠了回去，再次闭上眼睛。

谁知，叶宙却重复了一遍：“是，我们分手吧。”

唐韵之一颤，猛然睁眼，她有些不知所措。这不是她一直想要的结果吗，为什么当这句话从叶宙嘴里说出后，她并没有想象中那么开心？

“因为你欠他太多了。”脑子里有一个声音提醒她，“你总是埋怨他把你当金丝雀，其实你比他更可恶，因为你一直在利用他。”

唐韵之喃喃开口：“叶宙，对不起。那你答应我的事……”

“远扬和宇锋那边，我已经安排好了，赵祈颜动不了手脚的，你担心的事不会再发生。”

远扬和宇锋分别是朱帅的爸爸和孙轻扬的父母工作的地方。半年前赵祈颜插足唐韵之和杨晟，孙轻扬和朱帅选择站在了唐韵之一边。赵祈颜性格偏激，她忍受不了从小一起长大的朋友厚此薄彼，于是借助继父的势力在背后做了手脚。不仅朱帅爸爸在远扬的股权被设计侵吞，就连孙轻扬的父母也差点丢了工作。

唐韵之不希望连累朋友，所以她去找了叶宙——那个时候只有叶宙能帮她。长时间以来，她待在叶宙身边不过是一个筹码，又或者说，她在利用叶宙。

如今叶宙肯放她走，答应她的事也没有反悔，唐韵之觉得无地自容，她轻声说："谢谢你。是我欠了你，我不该利用你。"

"不关你的事，我爸爸和你爷爷那边我会处理的。"

"谢谢。"

"你就只会说这一句？"

可是除了谢谢，唐韵之真的不知道她还能再说什么。不管她说什么，对于叶宙为她所做的一切，也都太苍白无力了。

她扭头："就在这里停吧，我想去对面的超市买点东西。"

叶宙急刹车，唐韵之的身子往前倾了倾，她马上调整好，拎着包下车。她本想说句再见，可嘴巴张开却发不出任何声音。叶宙也没有给她说再见的机会，他马上踩下油门走了，车开得很快，很符合他一贯的作风。

终于，一切都结束了。

唐韵之心里凉凉的，慢吞吞地向超市走去。

前两次是叶宙把她扔在半路上，所以他会开车重新回来接她，而这一次是她主动要求下车的。以叶宙的性格，他既然亲口说出了分手两个字，绝不可能再回头了。他说远扬和宇锋那边他都已经安排好，这么说来，他说分手不是心血来潮。看来他和她一样，都已经厌倦了。

及尔偕老，老使我怨。这样也好，就让彼此停留在记忆里最美好的时刻。

唐韵之努力摒弃掉心中那一丝不快。她找出手机，拨了孙轻扬的号码。

"对不起，您所拨打的电话已关机。"温柔的女声从手机里传出来。

唐韵之想，孙轻扬早上没睡懒觉，现在一定在床上补觉。她不死心，从通讯录里中翻出了孙子凡的号码，又拨了过去。

"唐大美人！是你吗是你吗？"孙子凡很兴奋。

唐韵之哭笑不得："嗯，是我。"

"啊啊啊……你竟然主动给我打电话，太激动了，我要记住这一刻！"

"我找你姐姐有事，可以让她接电话吗？"

"原来你不是找我的啊……"孙子凡很失落。

"我有急事，可以让她接电话吗？"

“可以可以，当然可以！我马上去！”

然后，手机那头响起一阵急匆匆的脚步声，开门声，以及乱七八糟的其他的声音。

“孙轻扬，快起来接电话！”

“孙轻扬，你的电话。”

“快起来快起来快起来！”

“你出去！谁让你吵我睡觉的。”孙轻扬带着怒意和睡意的声音在电话里听着，显得很悠远。

“唐大美人的电话，你接不接？”

“韵之？”孙轻扬一下子清醒了，接过电话，“韵之啊，找我什么事？我正睡觉呢。”

“我……轻扬，我……”

“你怎么了？”

“我和……”唐韵之想说她和叶宙分手了，喉咙却像是被什么堵住了似的，怎么都说不出口。

“唉，看你一时半会儿也说不出个什么所以然来。这样吧，我睡醒了去找你。就这样，挂了。”

“可是我……”

忙音在耳边响起。唐韵之一脸不高兴，自言自语：“好你个孙轻扬，真不够义气，我被人甩了，你却在家睡大觉！”

“你被谁甩了？”熟悉的声音自背后传来。

唐韵之一个踉跄，差点栽倒。她不可思议地看着眼前的唐泽辉：“你你你，你是人是鬼，怎么突然就蹦出来了？”

“没大没小，你这是对你亲爱的叔叔说话的语气？”唐泽辉笑得眯起了眼睛，活生生像只狐狸。

“不是我没大没小，是你为老不尊！坦白从宽，你是从哪个星球上来的怪物，竟敢冒充我英俊潇洒风流倜傥的叔叔？”

“死丫头，我诅咒你嫁不出去，当一辈子老姑娘！”

“我诅咒你天天被老爷子逼着去相亲！”

唐泽辉冷哼一声：“原来是你在咒我，我说呢，老爷子怎么一天到晚念叨着让我结婚！唐韵之你个没节操的萝莉！”

“……”

唐韵之和唐泽辉就像他们所描述的一样，一个没大没小，一个为老不尊，见面就会斗嘴。用唐奎的话来讲，他们根本不像叔侄，而像兄妹。

其实这话也不无道理，唐泽辉是唐家老幺，今年才三十三岁，和二十一岁的唐韵之年龄差距小，几乎没什么代沟，倒真的像是两兄妹。

唐韵之问他：“你什么时候回来的？怎么也不打个电话，我好去接你啊。”

“这个嘛……”

“有难言之隐？我猜猜啊，是不是被女人缠着，所以偷偷逃回来了。”

唐泽辉拿眼瞪唐韵之。

见他是这样的反应，唐韵之知道自己猜得八九不离十了。她这个叔叔遗传了唐家良好的基因，长得非常帅。他在外面认识一大堆美女，但几乎都是逢场作戏，至今没有结婚的打算。唐奎都快把他耳朵念聋了，他依旧我行我素，万花丛中过，片叶不沾身。

“真被我猜中了？”

“唉，别提了。”唐泽辉一脸忧伤，“还记得我跟你提过的Ailsa吗，就是我在巴黎认识的那个中国美女。你知道她是谁吗？她竟然是苏氏集团的大小姐苏媛媛。这回我死定了，惹上一个厉害角色。”

“珠宝大亨苏仲的女儿苏媛媛？”

“没错，就是她！你走之后，她从巴黎一直追着我追到亚速尔群岛，指责我玩弄感情，还一定要我娶她。这不是要我的命吗，娶了她我这辈子就完了！”唐泽辉大吐苦水，“我是偷偷回来了，刚下的飞机，正想去你家躲几天呢。”

唐韵之乐得肚子都疼了：“你也有今天啊！其实人家苏媛媛说得也没错，你就是玩弄人家感情啊，人家女孩子容易吗！我们唐家的脸就被你丢尽了。”

“你还笑！”

“要不……你从了她？”

“小祖宗，就当我求你了，你家借我躲几天行不？苏媛媛可不是一般人，你不救我我就死定了。”

“好啊，求我啊。”唐韵之端架子，“喊一百遍美女我就帮你。”

唐泽辉咬牙切齿：“小丫头片子，你要是不答应，我就打电话告诉老爷子，说你被男人甩了，看他老人家会不会马上从美国飞回来给你物色一个新的。”

“……”

“怎么样？”

唐韵之双拳紧握：“算你狠，给！”

唐泽辉接过她递来的钥匙，狐狸本性暴露得淋漓尽致：“还是我侄女乖。韵之啊，被甩了并不可怕，可怕的是被甩之后变成怨妇。哈哈，你可不能闺怨啊。”

“你……”

“又闺怨了不是！瞧你一脸弃妇相。”

“爷爷奶奶爸爸姑姑都很正常，为什么你这么变态？你是火星上来的吧？”

“也许吧，我基因变异，所以格外聪明。”

面对唐泽辉这么厚脸皮的主，唐韵之实在是无语了。她这个叔叔不是一般人，她根本不是他的对手，见了他她只能认栽。

“你滚，离我越远越好。”

“好，我滚了，等你回家烧饭哦。”

“啊……”

唐韵之觉得她快疯了。

第六章

一片冰心

//////////

她从一开始习惯身边有他，到后来习惯一直爱他。

1

心情不好的时候，唐韵之最喜欢来超市买东西。超市里人来人往，非常热闹，听着这喧嚣的声音她会觉得自己不是孤独的。然而此时此刻，买东西已经不足以缓解她内心的烦闷了。唐泽辉这阵势，看起来像是打算在她家长住，她免不了要伺候他老人家。

唐韵之推着购物车，一边走一边挑架子上的东西，速食面、速冻水饺、面包、牛奶……这些东西她拿得很多。有唐泽辉在，她不可能天天去孙轻扬那里蹭饭吃，而她和叶宙已经分手，不存在随时会被叫出去陪他吃饭的可能。

走了一圈，唐韵之的购物车里已经满出来了，售货员小姐见她这阵势也着实吓了一跳。

这时候手机响了，唐韵之一看是唐泽辉打来的，立刻蔫了。谁让她有把柄在人家手里呢，要不是看在他是她亲叔叔的分上，她真想去找苏媛媛告密。

“大人，您有什么吩咐吗？”

“韵之啊，我忽然很想吃饺子。”

"正好，我买了速冻水饺。"唐韵之马上接茬，生怕唐泽辉会提无理的要求。

"不不不，速冻水饺太难吃了，还是你亲手包给我吃吧。"

"可是我……"

"要猪肉白菜馅儿的，肉要新鲜，白菜要嫩，不然我不吃啊。"

"要求真多……你杀了我算了。"

"杀了你谁给我包饺子啊！我挂了，等你回来做晚饭。"

一旁经过的售货员看见唐韵之气鼓鼓的样子，吓坏了："小姐你没事吧？"

"没事。"唐韵之回头，挤出一个优雅的微笑。

人的忍耐力是有限的，这一次她大人有大量，就不跟长辈一般计较了。不过她可不能保证，唐泽辉若是继续刺激她，她不会做出什么惊天动地的事情来。

正准备结账，手机又响了。唐韵之一咬牙，心想这唐泽辉还真喜欢没事找事。结果她一看，手机屏幕上显示的竟是赵祈颜的号码。她的心一下子沉了下去。

"你好。"

"韵之吗，我想见你，现在有空吗？"

"我在超市买了很多东西，不太方便。"

"没关系，你在哪里，我过去。"

"那……好吧。在我家附近的乐购，我们在乐购对面的咖啡厅见吧。"

"好，你等我。"

挂了电话，唐韵之心中百感交集。刚得知赵祈颜患病的时候，她想过要找赵祈颜谈一谈，但又觉得没什么好谈的。她们已经闹成这样，无论如何都回不到从前的。

唐韵之不知该用何种心态来看待赵祈颜。赵祈颜所做的一切，或许只是为了在离开这个世界之前将心中所有不满全都发泄出来。她在单亲家庭长大，性格比一般人要偏激得多。或许她只是纯粹妒忌，她喜欢杨晟，那么她恨的人就应该只有唐韵之一个人，或许她并不是真正想伤害孙轻扬和朱帅。

唐韵之心不在焉地结账，收拾东西。她难得一次性买那么多，整整三大袋，把她的手指都勒红了。走到超市门口，她冷不防被人撞了一下，袋子里的东西掉了一地。

对方赶紧道歉："对不起对不起，小姐你没事吧？"

"不碍事。"唐韵之蹲下来捡地上的东西。

"实在不好意思，我帮你捡吧。"

一只纤细的手映入唐韵之的眼帘。她是个颜控，一向对美人感兴趣。乍一看这只漂亮的手，她忍不住抬起头打量眼前的人。

果然，撞到她的是个大美人。鹅蛋脸，桃花眼，披着一头大波浪长卷发，颜值远远超过一般的小明星。

“给你，拿好了。”大美人说，“这么多东西你一个人拎得动吗？我的车停在外面，要不我送你一程吧。”

“谢谢，我约了朋友在对面的咖啡厅，很快就到。”

“对面？那我帮你拎过去吧。”

“不用了。”唐韵之不想麻烦人家。

大美人说：“你不用这么客气。我不喜欢欠别人，刚才撞了你，要是不帮你拎东西，我心里会过意不去。”

既然大美人这么说了，唐韵之只好点点头：“好吧，那你拎最重的这袋，因为刚才我被你撞疼了。”

大美人先是一愣，看见唐韵之在笑，她也忍不住笑了。

超市和咖啡厅之间仅隔了一条马路，但是现在这个时候是堵车高峰期，她们拎着那么多东西，在人行道前面站了很久，好不容易才等到一个绿灯，二人匆匆朝马路对面走去。

“好重，原来去超市买东西这么烦人。”大美人埋怨。

看这位美人的谈吐和气质，应该是有钱人家的千金小姐，难怪拎这么点东西就觉得累。唐韵之很纳闷，这么说来，这位大美人去超市不是为了购物？看她两手空空，的确不像是去买东西的。

到了咖啡厅，唐韵之找了一个靠窗的位置。她从大美人手中接过袋子：“谢谢，麻烦你了。”

大美人正要说话，她的手机响了。她一接起电话，立马像换了一个人似的：“没找到？你们不是说车往这边开了吗……算了算了，不说了，等我回去再说。”

大美人挂了电话，一脸抱歉：“让你见笑了，我有点急事，先回家了。再见。”

“再见。”

大美人走了不到十分钟，赵祈颜就来了。

相比上次在医院见到的忧心忡忡的样子，赵祈颜如今的精神恢复不少，颇有意气风发的感觉。

“坐。”唐韵之表现得很平淡。

赵祈颜开门见山："韵之，杨晟都跟你说了？"

"嗯。"唐韵之知道，赵祈颜指的是她患有威尔森氏症的事。

"你一定觉得很可笑对不对？你一定觉得，杨晟是同情我才会和我在一起的对不对？"赵祈颜笑了。

"我从没觉得你生病这事可笑，我只是觉得，你为了出气而去陷害朋友，这样的行为很可笑。"

"韵之，我们好歹朋友一场，我也不跟你说虚的。论长相我不比你丑，论学习成绩我也不比你差，你不过是得到了上天的眷顾，出生在一个比我好的家庭罢了。如果我们在同一条起跑线上，我绝不比你差！"

"祈颜你冷静点，我不想跟你吵架。"

"我比你先喜欢上杨晟，可他偏偏选择和你在一起。每一次看着你们恩爱的样子，我强颜欢笑，心里却很想哭。就因为我们是朋友，所以我让着你！现在好了，杨晟终于甩了你和我在一起了，可是为什么，我一点都不快乐？同样是从小一起长大的好朋友，凭什么孙轻扬和朱帅都帮着你？我不甘心！"

"那你要怎样才甘心？你有没有想过，他们为什么不帮你？"

"你别跟我说这些大道理，我不想听。"赵祈颜越说越激动，"我不得不承认，你真的很幸运。在网上看到你和叶宙在一起的新闻，起初我还不相信，没想到竟是真的。我以为杨晟不要你了，你会伤心欲绝。谁知你这么薄情寡义，转眼就和别人好了。我真是看错你了唐韵之，你比我想象的有手段！"

午后的咖啡厅异常安静，CD机播放着钢琴曲，叮叮咚咚，如泉水一般。赵祈颜的声音在音乐的衬托下显得尤为突兀，服务员们都忍不住朝她们看去。

"说完了吗？"唐韵之问。

赵祈颜抬头，冷哼。

"既然你说完了，现在换我说了。祈颜，就像你说的，我们四个人从小一起长大，没人愿意事情变成现在这样。我不怪你抢走杨晟，要怪就怪我跟他的感情不够坚定，我不怨天尤人。可是你不应该这样对朱帅和轻扬，不要以为我不知道你在背后动了什么手脚，朱帅爸爸手上那份公司的文件是你让人偷走的，对吧？"

"你……你不要含血喷人！"

"我没有冤枉你，你继父是先辉的大股东之一，而远扬隶属先辉旗下，你想打远扬的主意轻而易举。你偷走朱帅爸爸手上的那份文件高价卖给了宇锋公司，造成了远扬的巨额亏损。而这个责任却由保管文件不当的朱帅的爸爸来承担，他手上攥着的百分之五的股权恰好能填上这块空缺。当时，朱帅的妈妈那样求你，你都不肯高抬贵手，甚至让她在大庭广众之下给你下跪。祈颜，她是看着我们长大的，她对我们不薄，你怎么狠得下心？”

“我不知道你在说什么。”

“你不用否认，我都知道。你不仅有意陷害朱帅的爸爸，还想设计陷害轻扬的父母。你偷出远扬的文件卖给宇锋而不是其他公司，当然是有原因的，因为轻扬的父母就在宇锋工作，而当时和远扬竞争的那个商业计划正是孙叔叔提出的。你把文件高价出卖给了孙叔叔的助理，然后想动手脚把商业间谍的罪名冠到他的头上。万一出了什么事，惹上官司，你们就把他推出来背这个窃取商业机密的黑锅。”唐韵之的声音很小，却铿锵有力，掷地有声。

赵祈颜脸色惨白：“你是怎么知道的？”

“你别忘了，我的男朋友可是叶宙。先辉已经被他收购了，你以为这点事情能瞒过他的眼睛？”说起叶宙，唐韵之心里很不是滋味儿。真可笑啊，她刚被叶宙给甩了，还有什么资格说叶宙是她男朋友。

听唐韵之说完，赵祈颜的脸色更加苍白了。这一切都是她和她的继父周元奇精心设计的，本以为天衣无缝，没想到叶宙竟然都知道。如果当时唐韵之想动她，周元奇必定会惹上官司，那她一家人也就完了。

“难怪这件事被上面截了下来，原来是你搬动了叶宙。”

“是。朱帅的家人已经受到伤害，我不能再让轻扬替我受罪。你恨的人只有我一个，没必要伤害自己的朋友。”

“他们是你的朋友，不是我的，你少假惺惺！”赵祈颜嗤之以鼻，“既然你都知道，为什么不揭发我，你不是一直很恨我吗？”

“我若是这样做，那我和你有什么区别？”

赵祈颜勃然大怒，她猛一拍桌子：“唐韵之，你不过是仗着叶宙才这么嚣张，没有叶宙你什么都不是！咱们走着瞧，总有一天我会证明给你看，我不会输给你的。”

“你不要再固执了，杨晟是真心对你好的，别让他再为你操心，你的病……”

“我没病！我的事不用你管！”赵祈颜露出狰狞的笑意，“有件事我早就想告诉你了，你肯定非常感兴趣。你以为孙轻扬对你有多好？呸，都是假的！孙轻扬喜欢杨晟，你知道吗？从第一次见到杨晟开始，孙轻扬一直就喜欢他，很喜欢很喜欢！”

“你胡说！”唐韵之浑身颤抖，只觉得天旋地转，所以她没有注意刚帮她拎过东西的那位大美人走进了咖啡厅大门。

赵祈颜得意：“我没胡说，不信你去问她。她早就想撬你墙脚呢，只不过她没有这个本事，反倒被我先撬走了，真是可笑。”

“闭嘴！”唐韵之端起咖啡就想往赵祈颜身上泼，不过她还是忍住了。

“怎么，不敢泼？”赵祈颜夺过唐韵之手上的杯子，朝她泼去，“那我帮你好了。”

唐韵之本能地避开，然后只听见“哎呀”一声，那位大美人成了替罪羊。

大美人怒了：“你泼我做什么？！”

“对不起啊，谁让你不躲开。”赵祈颜耸耸肩，一副事不关己的样子。

“这位小姐，你长得不错啊，挺漂亮的。还真应了一句话，金玉其外败絮其中。”

“你……”

“这条Dior的限量款的裙子穿在你身上真是糟蹋了。”大美人随手丢下几张百元大钞，“咖啡泼在我身上，就当是我喝了，我请客。多了的给你当小费。”

说完她拉起唐韵之的手往外走。

2

出了咖啡厅，唐韵之一直魂不守舍。

大美人问她：“你不要紧吧？”

唐韵之摇摇头。

“我东西丢了，本想回来找找，结果无缘无故被泼了一身咖啡，真倒霉。”大美人无奈，“你也真能忍，换作是我的话早就憋不住了，那女的真强悍。”

“她有病，算了。”唐韵之一本正经。

她的本意是想说赵祈颜生病了，但大美人还以为她说赵祈颜脑子有问题，笑坏了：“对对对，她是有病，咱别理她。你住在哪里啊，要不我送你回去？”

唐韵之不再拒绝：“谢谢。梧桐别居二十一栋，离这里很近的。”

“行，坐我的车吧，送你。”

看到大美人开的车，唐韵之眼睛一亮。她果然没猜错，这位美人是个有钱人，开的居然是宾利。她非常好奇大美人是什么身份，想问却又觉得冒昧，毕竟是萍水相逢，人家肯帮她已经很好了。

车子开到梧桐别居大门，唐韵之本想下车，但是大美人一定要坚持送她到家门口，她挺不好意思的，只好给大美人指路。

“你住的地方环境挺不错啊。”大美人眉开眼笑。

“要不要进去坐会儿？”

“不了，我还有重要的事。”

“好，今天真是谢谢你了，再见。”

“再见。”

大美人的车刚掉头，唐泽辉的声音从楼上飘下来了：“韵之，是你回来了吗？”

“是的，快来接驾！”

门开了，唐泽辉笑得很不怀好意，一脸八卦：“不错嘛丫头，送你回来的车是宾利噢。你不是说被人甩了吗，又认识新土豪了？”

唐韵之把手上的袋子塞给唐泽辉：“送我回来的是个顶级大美女。你不是一向自诩风流倜傥吗，我看那位美女不错，让她当我婶婶如何？”

“别，”唐泽辉耸肩，“娶回去一个我就失去千万个了，多不合算。走走走，包饺子去。”

自打唐韵之回国，她有时候去孙轻扬家里蹭饭，有时候和叶宙一起去外面吃，当然，吃得最多的还是外卖。她已经很久没用过厨房了，锅碗瓢盆都积了灰。她原本打算花时间整理一遍，还好唐泽辉良心未泯，在她回来之前他已经把厨房收拾好了。

“怎么样，是不是发现你叔叔我其实很勤劳？”

唐韵之鄙夷地看他一眼，好像哭着喊着要吃饺子的是她似的。她多余的话不说：“把袋子里的白菜洗了，还有葱。”

“都我干了那你干什么？”

“剁肉馅儿！”唐韵之大声道，“要不你来？”

“别了，这种体力活还是交给你吧。”

“你还是不是男人！”

“客厅里有手机响了，好像是你的。”

唐韵之停下手上的动作，仔细一听，的确是她的手机。她催促：“快帮我去接一下，我手上都是油。”

电话是孙轻扬打来的，唐泽辉刚按下通话键说了声“喂”，她就蒙了。

“你……”孙轻扬声音颤了颤。居然是男的，而且不是叶宙的声音。

“这是韵之的手机，她在剁肉包饺子，请问你是？”

“哦，我是她朋友，孙轻扬。”

唐韵之在厨房喊：“叔叔，谁打来的啊？”

“孙轻扬，你朋友吧？”

“哦，拿来我接。”

唐泽辉把手机递给唐韵之，唐韵之催他：“放我耳边，耳边！”

唐泽辉白她一眼，把手机放到她耳边。不待唐韵之说话，孙轻扬先发制人了：“韵之你不错啊，居然敢在家里私藏男人，听声音应该是个帅哥。”

“又瞎说了，那是我叔叔！”唐韵之很不客气，“你还好意思打来，早先我打你电话的时候，你一睡觉就不理我。”

“我有睡午觉的习惯你不是知道吗？而且，我早上起得早啊。”

“行了行了，找我什么事啊？我正忙呢。”

“你包饺子吧？多包点，我来蹭饭。”话毕她马上挂了。

唐韵之叹气：“一个个都只会欺负我！”

打完电话唐泽辉就到客厅看电视去了，唐韵之一个人在厨房忙活。因为买的是现成的饺子皮，包起来还算快。她差不多包完一半的时候，孙轻扬到了。

孙轻扬和唐泽辉打过招呼，直接奔厨房而去。她很好奇：“韵之，今天太阳打西边出来吧，你这个连粥都懒得煮的人居然亲自动手包饺子？”

“还不是因为我叔叔，他被人追债，死乞白赖非要躲我这儿，还一个劲儿地嚷着要吃饺子。我拿他没办法！”

“被人追债？”孙轻扬好奇，“他欠了高利贷？”

“桃花债。”唐韵之一针见血，然后朝客厅的方向努努嘴，示意孙轻扬先别谈论这个话题。

孙轻扬心领神会，马上换话题：“对了，你之前打电话给我，有什么事吗？”

唐韵之包饺子的手一颤，肉馅儿掉出了一点。和唐泽辉开玩笑斗嘴好不容易平复的心此刻又开始翻江倒海。她说：“轻扬，杨晟出车祸了，就在从龙廷大酒店回去的路上。”

孙轻扬身子一凉：“他，他没事吧？”

“还好，只是外伤。”

看到孙轻扬的反应，唐韵之不能阻止自己去想赵祈颜在咖啡厅对她说过的话：孙轻扬一直喜欢杨晟，很喜欢很喜欢。

她知道自己不该想这么多，再说她和杨晟早就结束了，还有什么必要去追究这些事？可她还是忍不住想问。

“轻扬，有些话我本不该说的。但我们那么好的朋友，如果我不说出来，只顾自己胡思乱想而不向你求证，我觉得对不起你。所以，你跟我说实话好吗？你……”顿了顿，唐韵之鼓起勇气继续，“你是不是喜欢杨晟？”

话一出口，唐韵之的心顿时有些冰冷。孙轻扬一阵惊讶，如被当头泼了一盆冰水。

孙轻扬不说话，唐韵之也不说话。

唐韵之有些心酸，孙轻扬的性子她再清楚不过。如果不是，她会马上否认，而不是沉默以对。她不说话，那就是默认了。

原来赵祈颜说的都是真的，她们三个人果然都喜欢杨晟。

“都是陈芝麻烂谷子的事了，还提它做什么！杨晟在学校那么风光，喜欢她的女生很多，多我一个没啥稀奇的。我也纳闷，当时我一定是瞎了，居然看上他这个墙头草。”

“轻扬……”

“但是韵之，我跟你保证，自从你和杨晟在一起之后，我就再也没有对他动过其他的心思。”

“我相信你，再说，这些也都过去了。”

“是赵祈颜跟你说的吧？”孙轻扬一脸不屑，“她也就会耍这些小心机，想挑拨我们的关系呢。过去那么久的事了，她还咬着不放。算了，不提她。”

说起这事，孙轻扬真的是后悔得想去撞墙。她是个心里藏不住话的人，那个时候杨晟意气风发，她的确有些动心。有一次她无意中对赵祈颜说了句“现在的好男人不多了，如果杨晟不是韵之的男朋友，我死都要抢过来”，那句话半真半假，带着开玩笑的成分，她也没料到赵祈颜居然记下了，还在唐韵之面前搬弄是非。

“你什么时候见过赵祈颜？”

“离开医院之后，她打电话约我见面。”

“她还真是阴魂不散。”

“轻扬……”

“嗯？”

“我和叶宙分手了。”

“哦。”孙轻扬愣了愣，突然反应过来，“什么？你和叶宙……”

唐韵之倒是很轻松：“别惊讶，你没听错，我被叶宙甩了。”

孙轻扬激动得叫出声来:“你疯了吗?你怎么能让他甩了你?我要被你气死了!”

这一句话孙轻扬说得实在太大声，在客厅看电视看得正起劲的唐泽辉第一时间捕捉到了重要信息。他可不想错过这样绝佳的八卦机会，于是乐颠颠跑到厨房看热闹。

看到唐泽辉踏进厨房，孙轻扬立马不说话了，冲唐韵之露出个无辜的表情。

“怎么不继续说了？算了，我继续看电视去。”唐泽辉失望地回去了。

孙轻扬说：“你叔叔怎么跟小孩子是的，跟你姑姑一点都不像。”

“小孩子？他可是只老狐狸，你可不要被他的外表骗了！”唐韵之说，“他们搞艺术的人都这样，奇奇怪怪的。我在欧洲碰见他一个画家朋友，是个男的，可是作画的时候居然喜欢穿女人的衣服，真是闻所未闻。所以啊，你不需要用看正常人的眼光看他，习惯了就好。”

“叶宙……”

“停！不许提他。一句话，他要和我分手，我也乐得自在。一拍两散，一举两得，皆大欢喜。”

孙轻扬怀疑：“看你的样子，似乎不怎么欢喜吧？”

“谁说我不欢喜的?跟你解释不清楚，总之我很开心就是了。”

有孙轻扬帮忙，饺子很快就包好了。唐韵之一看挂钟，才三点多，离晚饭还有一段时间，可是唐泽辉一个劲儿地嚷嚷着肚子饿了。唐韵之拿他没辙，只好给他开小灶，先煮了十几个。

饺子出锅时香气扑鼻得，把唐泽辉给馋坏了，他一边吃一边抱怨自己被国外种类单调的食物给恶心坏了。

“还是我们大中华的饮食文化博大精深啊。”唐泽辉感慨。

唐韵之挖苦他：“那你还天天往外面跑。哦，我知道了，你是眼馋那些金发碧眼的外国美女吧?”

“错，不是我眼馋她们，是她们眼馋我。苏嫒嫒不就是个活生生的例子吗，唉，要不是为了躲她，我至于这么狼狈?韵之啊，你应该为你有一个魅力无限的叔叔感到自豪。”

孙轻扬的好奇心被勾了起来：“苏嫒嫒？好耳熟的名字，好像在哪里听说过。”

唐韵之说：“珠宝大王苏仲的独生女，被人们叫作‘水晶公主’的那个。”

“哇，叔叔你真厉害！你赶紧把她追到手吧，到时候送我和韵之一人一颗大钻石玩玩。”

“他？算了吧，你知道为什么他现在不敢出门吗？就是为了躲苏媛媛呢。”唐韵之笑着把事情跟孙轻扬简单说了一遍，两个人偷着乐。

“有什么好笑的？”唐泽辉反击，“我被人追总比某些人被甩好啊。”

唐韵之昂起头：“我乐意！你吃完记得洗碗——轻扬，我们上楼去。”

房门一关，孙轻扬迫不及待地追问唐韵之，分手是怎么一回事。她非常希望唐韵之能和叶宙走在一起，她看得出来，叶宙对唐韵之很上心，但是她也知道，唐韵之还没把杨晟忘干净。

“你傻啊，他说分手你就答应啊？你看不出来他是在吃醋吗？”听唐韵之说完事情的经过，孙轻扬恨铁不成钢，“叶宙多好啊，对你也好。要不是叶宙他帮忙，我们仨指不定被赵祈颜整成啥样呢！”

唐韵之无所谓：“是他甩我，难不成我还抱他大腿哭？”

“……”

“你放心啦。反正又不是第一次被甩了，习惯就好。”

“你没救了！”孙轻扬摇头叹息。

“对了，我有没有跟你说过，你上次看到的，那个和杨晟在一起的女孩，她其实是杨晟同父异母的妹妹，叫桑希雅。”

这可把孙轻扬给吓坏了，她眯着眼，觉得不可思议：“你是在跟我开玩笑吧？”

“你说呢？”

“杨晟他爸那么老实的一个人，怎么会给他弄出个异母妹妹？你确定你没弄错？”

唐韵之点点头：“千真万确。不过呢，幸好他没有真和别的女人好。祈颜虽然过分，但我也不希望她的结局太悲惨。朱帅说得对，毕竟相识一场。”

“就你心眼儿好。”孙轻扬不以为然。

3

唐泽辉回来后，唐韵之每天过得都很艰难。

唐泽辉是那种特别注意作息规律的人，早睡早起，从无例外。每天早上不到六点，唐韵之就会被他叫起来做早饭，早饭之后她还要去超市买菜。唐韵之表示抗议，有一天她买了很多菜，想放在冰箱里慢慢吃。唐泽辉看见后，义正词严地批评了她，说什么菜放冰箱时间长了不好，不新鲜不营养。

唐韵之觉得，自己前世一定欠了他，可谁让自己有把柄握在他手上呢！她相信，以唐泽辉的性格，如果她不听话，他绝对会把自己被男人甩的事透露给爷爷唐奎，要是被爷爷发现她和叶宙分手了，如果那她就死定了。

唐韵之有几次路过苏氏集团，特别想冲进去找苏媛媛，求苏大小姐赶紧把唐泽辉给带走。可是她还是忍住了，两败俱伤不是什么好下场。

唐泽辉回国一星期，躲在家里几乎不敢随便出门，害得唐韵之做牛做马伺候他。偏偏唐韵之是时差党，晚上打死睡不着，就算勉强躺在床上也只能睁着眼睛数绵羊，然后第二天一早带着黑眼圈起床做饭。

好在唐泽辉对晚饭没有什么特别的要求，有时候还凑合着自己动手煮面。唐韵之看中这点，作息时间来了个翻天覆地的大变化。她每天吃完中饭就回房睡觉，晚饭让唐泽辉自己解决。她能一直睡到晚上九点，然后像夜游神一样起来上网，通宵看小说，看电影，早上六点准时做早饭。

对于唐韵之如此之强的生物钟适应能力，唐泽辉叹为观止，他开玩笑说下次可以放心带着她满世界飞了。唐韵之鄙夷，她当然知道唐泽辉不会那么好心带她玩，他只是想让她给他当模特拍照。这次去大西洋海岛，他就逼着她拍了很多照片。

清晨六点，唐韵之准时关上电脑，下楼做早饭。

唐泽辉刚好从外面跑步回来，一进门就冲唐韵之挥挥手："乖侄女辛苦了，今天早饭我来做，你买菜去吧。"

这可真是太阳打西边出来了。唐韵之怕他反悔，赶紧下楼跑了。走到小区门口，她想起来忘了拿包，又急急忙忙往回跑。

进门前，她看见信箱里面塞着一份报纸，不禁感叹叔叔真粗心，今天跑步回来居然连他亲自订的报纸都忘了拿。

唐韵之抽出报纸，上前敲门："叔叔，你报纸忘拿了。"

唐泽辉大概在厨房忙碌，没听见敲门声。唐韵之无奈，不经意间余光瞥到了报纸上面的照片。她的心一沉。照片上的人她再熟悉不过了，仅仅只是那么轻轻一瞥，她就认出来了。

这张照片是远距离偷拍的，很模糊，但还是能看清叶宙和一个漂亮的女人面对面坐着。照片放得很大，占了整整半个版面，下面是醒目的红色标题：叶宙女友浮出水面，副标题是：华昌新任总裁恋上前任总裁千金。

唐韵之大致将整篇报道看了一遍，原来照片上的女人是华昌前任总裁钱国肇的小女儿钱颖真。恰好这钱颖真的身形和唐韵之相似，那些娱记猜测上次被叶宙挽着手出现在酒店门口的正是钱颖真。鲜有绯闻的叶宙被爆两次和同一女子约会，其中深意可想而知。

唐韵之心里有些不是滋味儿，她倒不是吃醋，只是觉得叶宙和她分手才一星期就另结新欢，未免太不给她面子了。女人都是有虚荣心的，唐韵之也不例外。

这时候门开了，唐泽辉说："你怎么去而复返？我还以为是苏嫒嫒找来了呢，吓死了。"

"你就这么怕她啊？干脆出家去算了。"

"就你嘴巴毒！"唐泽辉瞥到唐韵之手上的报纸，"今天的报纸？拿来我看看。"

唐韵之把报纸塞给他，进屋拿包去了。

"不是吧，真是欺人太甚！这才几天啊！"唐泽辉的声音从里面传出。

听到这话，唐韵之吃惊。难道叔叔知道了她和叶宙的事了？要不然他的反应怎么这么大？可是她记得爷爷说过，她和叶宙的婚约除了只有他和双方父母知道，连她和叶宙都是后来才知道的，那她叔叔唐泽辉是怎么知道的？唐泽辉充其量只知道她被人甩了而已。

唐韵之强装镇定："叔叔，你看到什么消息？这么震撼啊？"

"你刚才不是拿了报纸吗？你没看见？这么大的版面，这么醒目的标题。你看。"

唐韵之尽量调整好情绪，让自己看上去正常一点。她走到唐泽辉身边，唐泽辉指着报纸："你看，苏嫒嫒是存心不让我好过了！"

报纸的第一版是叶宙和钱颖真的新闻，最后一版是苏氏的新闻，都是最显眼的。因为关注的不同，他们看到的内容也不同。唐韵之松了一口气，还好，唐泽辉不知道她和叶宙的事，不然他肯定要笑话她。

封底印着的是苏嫒嫒她爸苏仲的照片，标题是"苏氏集团欲强势注资Flying杂志社"。

"苏嫒嫒还真是难缠，她肯定是查到我和《云游》签约当摄影顾问，她是故意这么做的！"唐泽辉怒气冲冲。

看来这苏嫒嫒对唐泽辉还真是一往情深，居然把她老爸都请动了。

唐韵之笑了："叔叔你先别急，Flying可是叶家的资产，叶总编是个富二代，她的夫家廖家也财大气粗，她能差钱？再说了，叶家和华昌集团现在合作得好好的，苏媛媛想注资Flying，那要华昌那边点头才行。你何必杞人忧天。"

唐韵之一语惊醒梦中人。唐泽辉很开心："我好像记得，老爷子和叶荣光是好朋友对吧？华昌刚被叶荣光的儿子收购了，要不，咱们求求老爷子去？"

"咱们？这是你的事，把我扯进去干吗！"

"老爷子不是最宠你吗，你说一句话比我说一百句都管用。再说了，谁知道他会不会以结婚为筹码和我谈判。真要是这样，那我岂不是得不偿失。"唐泽辉倒是算得很清楚，"韵之，就当叔叔求你了，要不以后换我天天做饭给你吃？"

唐韵之有些心动，但一想到这件事和叶宙有牵扯，她坚决摇头："叔叔，我有心无力。你保重，我买菜去。"

"韵之，韵之……"

任唐泽辉在身后凄凄惨惨鬼哭狼嚎，唐韵之铁了心不回头。她决不能心软，好不容易和叶宙撇清关系，她可不想再和他有任何瓜葛了。

超市离梧桐别居不远，唐韵之每天都是走着去的，就当是早起散步。一路上她心不在焉，尽管她觉得，看到叶宙交新女朋友她应该高兴才对。

心底那一丝不甘挣扎着爬上心头，唐韵之越想越难受。

"韵之？唐韵之？"有人喊她的名字。

唐韵之回头，诧异："你是？"

眼前的男子阳光帅气，有点似曾相识，她却怎么也想不起他的名字。

"是我啊，沈翀。你忘了？"

"你是沈翀？"唐韵之着实吃了一惊。

她怎么会忘记沈翀！那可是她无疾而终的初恋啊，想当初她差点把腿摔断才成功让他记住自己。

沈翀笑了："难道不像？我觉得我没多大变化啊。"

"不是不是，我只是太久没见你了，一时间没认出来。"

"高中毕业后我们就没见过，没认出来也正常。对了，我们的高中现在已经翻新了，变化很大，想不想回去看看？"

"好啊，正好我也很想念母校呢。"

唐韵之还记得，临近高考那几个月，班主任总是在他们耳边念叨："高中时光是最难忘的，上了大学你们就不会觉得这么充实了，到时候你们肯定会怀念的。所以要趁现在好好把握……”

可是那个时候班上所有人都被大堆的试题压死，恨不能早日考上大学，逍遥快活去，谁都没把班主任的话当一回事。现在想来，唐韵之才真正觉得，班主任实在是太英明了。她真的很怀念高三的那段日子，恨不能穿越回去。

还没到上班高峰，公交车上很空。唐韵之挑了个靠窗的位置，一路上和沈翀谈着高中发生的趣事。

“高二你是在12班吧，我在13班，教室和你隔壁。”唐韵之陷入了回忆，“我还记得你们班主任讲课的声音特别大，我们教室都听得一清二楚。”

“哇，你记性真好。对，我们班主任是出了名的大喇叭，声音能盖过广播。”

“我还记得他是教历史的，而且特别八卦。上亚洲革命风暴那一课的时候，他就讲印度的风俗，还说到了印度的早婚问题，说印度最年轻的祖母只有三十几岁，也不知道是真的还是假的。上法国大革命那一课的时候，他大谈拿破仑和约瑟芬的情史，我们班的人都听得笑死了。”

沈翀很意外：“你记性这么好？那些你全记得啊。”

“那当然，我可是全校历史竞赛的第一名。”

“是吗？”沈翀说，“我们班主任可有意思，高一时也是他给我们上历史课，上洋务运动那课，你知道他整堂课都在说什么吗？说慈禧太后和恭亲王的野史呢，哈哈。”

两个人交谈得很快乐，不知不觉中车子已经开到A市第一中学的门口了。

“到了，我们下车吧。”

唐韵之刚起身就觉得头晕目眩，整个人就像飘在空中一样，忽然失去了重心。她脑袋一沉，眼前一黑，然后就什么都不知道了。

“韵之，韵之……”沈翀大惊失色。

车上的其他乘客提醒他：“快下车，打120！”

沈翀二话不说，将唐韵之打横抱起，冲下了车。

第七章

一念心动

//////////

他总是这样，宁愿一个人默默承担也不愿意让她知道，

用欺骗的方式把她放在他的世界之外。

1

醒来的时候，唐韵之发觉自己躺在医院的病床上，入眼的全都是白色。白色的天花板，白色的墙壁，白色的被子……她动了动，左手手背上传来一阵刺痛，抬头一看，原来她正打着点滴。

“韵之你终于醒了。”沈翀松了一口气，“你忽然晕了过去，把我吓坏了。”

唐韵之刚想说话，医生进来了。他看见唐韵之已经醒转，语重心长：“小姑娘，你最近是不是经常熬夜？瞧你那黑眼圈。”

“啊？”唐韵之讪讪一笑，随口胡诌，“是啊，我正在试着倒时差呢，过几天要去美国。”

医生摇头：“年轻人一定要早睡早起，这样身体才会健康。”

看这医生五十多岁了，难怪和她爷爷一样，总喜欢念叨。

唐韵之说：“谢谢医生，我记下了。对了，我生了什么病啊？”

“没什么大的毛病，低血糖外加疲劳过度。以后注意休息，出门最好带一块巧克力什么的放在包里，多吃点甜的。”

“那我是不是挂完这瓶就可以走了？”

“这瓶葡萄糖很多，还早着呢。你先睡一觉吧。”医生说完就出去了，临走时对刚进来打扫的护工嘱咐了一句，“打扫干净一点，下午领导会来视察。”

唐韵之抬头看，的确是很大一瓶葡萄糖，而且滴得很慢，一小滴一小滴往下掉。她是个急性子，想快点又怕手臂胀痛。

上高中那会儿她身体就很不好，总是感冒，有一次为了早点挂完点滴赶回去考试，她把速度开到了最大。后来的确赶上了考试，但她的手也疼得肿起来了。值得一提的是，那次她扎的是右手。护士本来应她的要求扎的左手，后来没扎准，只得换一只。那次期中考试她因为手疼没来得及做完试卷，考得一塌糊涂。

“医生本来想给你开快一点的，你在睡觉，怕你难受，所以开到了最小。”沈翀打断了唐韵之的思绪。

“没事儿，我喜欢慢一点。”

沈翀笑笑：“真不好意思，本来想带你回去看看的，没想到……”

“不关你的事儿，都怪我叔叔，要不是他天天指使我干家务，我也不会疲劳过度。”唐韵之埋怨了几句，又说，“今天谢谢你了，要不是你，没准我会晕倒在大马路上，万一再开来一辆大货车……”

唐韵之不敢往下想。她最大的毛病就是喜欢胡思乱想。

沈翀莞尔：“韵之，你还是和以前一样，没什么大的变化。”

“你是指哪些方面？长相？唉，我还以为你会夸我变漂亮了呢。”

“我指的是你的性格，很少有女孩子像你这样的，尤其是漂亮女孩子。”

说到这里，唐韵之忽然想起沈翀被她“不淑女”的样子给吓跑的事，她眯着眼问：“你以前好像还被我的性格震撼过吧？”

沈翀先是愕然，然后忍不住笑：“你记不记得，高二的时候大家都说我们在谈恋爱呢。这件事还传到了我爸的耳朵里，他狠狠训了我一顿，让我以后不许再和你来往。我爸这人特严，我又怕他……韵之，你说那时候我们要是发展下去，会不会真的谈起恋爱来？说实话，当初我还暗恋过你呢，从你拿演讲比赛第一名的时候开始。现在想起来，好像是上个世纪的事情了。”

内幕啊！原来这里面还有内幕！

唐韵之这才记起，沈翀的爸爸正是他们学校的教导主任，难怪这么快就有闲言闲语传进他耳朵。她不禁感慨，没想到沈翀也暗恋她，如果当时他们真好上了，那就没杨晟什么事了，更没叶宙什么事了。

“韵之，你想什么呢？”

“我是在想，为什么你爸爸是我们的教导主任呢，真可惜！”

两人同时笑了。

唐韵之打了个哈欠，沈翀说：“你再睡会儿吧，等这瓶挂完了我去帮你叫护士。”

“不用了，耽误你的时间不好。要不你先回去吧，我打电话让我朋友过来。”

“你先打电话通知你家人，我反正没事，就当老同学见面叙旧。再说了，是我送你来医院的，不等你好了再走，我心里不踏实。至少也得等你朋友来我才能放心离开。”

沈翀他这么说，唐韵之也不好意思再说什么。她拿出手机，拨了孙轻扬的号码。

“轻扬，你现在有事吗？”

“没事儿，我刚起床，在家看电视呢。咦，你怎么知道我今天早起？你的声音怎么轻飘飘的，被你叔叔压迫惨了？”

“你一下子问这么多问题，叫我先回答哪个？我晕倒了，在医院打点滴呢，你过来一趟吧，我叔叔不方便出门。”

“你生病了？哪个医院，我马上过来。”

“第一人民医院，病房嘛……你先等一下。”唐韵之抬头看沈翀，沈翀已经出去了。

他出门看了看病房号，说：“韵之，是一号观察室。”

“一号观察室。”

“男人的声音？谁啊？”

“你别这么八卦，来了就知道了。”

“行，那我先挂了。”

挂了孙轻扬的电话，唐韵之又继续打给唐泽辉，听到那声“您所拨打的电话已停机”的时候，她才想起来，唐泽辉为了躲苏媛媛，手机已经停了好几天了。于是她又打家里的座机。

响了几声之后，电话被人接起。唐韵之开口：“叔叔吗，我是韵之。”

“乖侄女，我等你回来吃早饭呢，黄花菜都凉了，你在哪儿？”

“我有点不舒服，在医院打点滴呢。中午我不回去吃饭了，你自己解决。”

“医院？”唐泽辉吓坏了，“你没事吧，要不我过去？”

“算了吧，你不怕一出门就被苏媛媛逮到？我没什么事，就这样吧，再见。”

唐韵之又打了个哈欠，她说：“沈翀我先睡会儿，你要是累了就先回去吧。”

“没关系，你睡吧。”沈翀坐在旁边的椅子上。

“韵之？”

听到有人喊她的名字，唐韵之一愣，等她看清楚叫她的人是杨晟的爸爸杨晋申，睡意全消失了。

“杨……叔叔？”

杨晋申身后跟着几个领导模样的人。她想起之前那个医生说过，下午会有领导来视察。这就难怪了，这些医院的高层一定是想在上级领导来之前先检查一遍。她上高中的时候也遇到过这种事，为了评市级优秀中学，领导经常来视察，而且他们学校的领导也会提前做准备。

“你生病了？”杨晋申问她，“不要紧吧。”

“没什么大碍，医生说是低血糖。”

杨晋申点点头，他回头对外面那些人说：“你们先去吧，我有点事儿。”

他问唐韵之：“我能和你谈一谈吗？本来上次就想和你谈的，只是你男朋友在，不太方便。”

“嗯。”唐韵之应允。

她和杨晟都分了这么久了，不知道杨晋申还有什么好和她谈的。应该不会像上一次那样，找她谈话是为了让她和杨晟和好吧。都闹成这样了，就算他们之间没有赵祈颜，也是不可能和好的。

沈翀很识相地出去：“你们慢慢聊，我出去走走。”

房间里一下子安静了下来，唐韵之不习惯这样的气氛，她主动开口：“杨叔叔，我和杨晟已经分手好久了，而且你也看到了，他和祈颜现在很好。”

“我知道，我只是想告诉你一些事情，我觉得你有权知道这些。”

唐韵之等着他的下文，可是很久他都没说什么，好不容易开口，却是问了一句：“你的男朋友是叶宙？我在网上见过他的照片。他对你怎么样？”

她和叶宙分手都已经一个星期了，而且叶宙也已经另有新欢。但是她要面子，不想说实话，更不想让和杨晟有关的人知道她被甩了。于是她点头：“嗯，他对我很好。”

“可是，我看到今天的新闻了……”杨晋申叹了口气，“韵之，不管你能不能和杨晟在一起，你都是我很欣赏的孩子，我希望你能开心。”

唐韵之很尴尬，她这是搬起石头砸自己的脚啊！

“杨叔叔你误会了，不是这么回事儿，那些狗仔队爱捕风捉影，叶宙他只是去见朋友，对方我还认识呢。”

打死都不能在前前男友的老爸面前承认她被甩了才没几天，前男友又有新欢了！

“那就好。”杨晋申也没打算在这个问题上多说什么，“杨晟和你说过祈颜的事情吗？”

“你是指，祈颜得了威尔森氏症？”

“我想对你说的就是这件事。”杨晋申扶了扶眼镜。

接下来他说的那句话足以让唐韵之觉得，她一下子坠入了万丈深渊。

杨晋申说：“其实，祈颜她并没有生病。”

2

若不是听到了孙轻扬叫她的名字，唐韵之以为她是因为晕倒才产生了幻觉。她望了一眼刚进门的孙轻扬：“你真的是轻扬？我没做梦是吧？”

“你是不是脑袋坏了？“孙轻扬摸摸唐韵之的额头，“还好，没有发烧。”

“原来这是真的。”唐韵之喃喃自语。

“什么真的假的。你是怎么回事，怎么说晕倒就晕倒了呢。这种狗血言情小说中才会出现的事，居然被你碰到了，你怎么不干脆失忆啊。”

“我倒是想失忆。可惜医生的诊断是低血糖外加疲劳过度。”

孙轻扬这样说是有根据的。当年她们还沉迷于言情小说的时候，唐韵之很有激情地评出了最狗血的两件事，第一是失忆，第二就是晕倒。其中晕倒发生的概率比较大，失忆就小多了。一般是男主角另有新欢的时候，女主角伤心欲绝，然后忽然发生车祸啊什么的，把那些凄凄惨惨的事忘得一干二净。

唐韵之说她想失忆是真的，她很想把杨晋申说的那些话全都忘记，顺便把杨晟、赵祈颜、叶宙全部忘记。

“想失忆？那好办啊，去大街上找辆车撞一下，不过这样死的可能性比失忆更大，你可要好好考虑。”

“我不是和你开玩笑，轻扬，你知不知道，祈颜她……”

“咦，这不是沈翀吗？”孙轻扬兴奋地大叫，“沈翀你怎么来了？”

沈翀刚进门，他说：“我在路上碰见韵之，是我送她来医院的。”

孙轻扬的眼神很暧昧，她转过头朝唐韵之挤挤眼，压低声音：“不错嘛，这么快就有新欢了，而且还是初恋情人。”

唐韵之翻了个白眼，不理她。

“沈翀你快坐啊，我们同学一场，好久没见了，最近好吗？”孙轻扬特别热情，好像当年暗恋沈翀的不是唐韵之而是她。

“还好，我在师大念书，以后有空可以出来聚。”

“有空一定叫你出来玩，记得带上女朋友啊。”孙轻扬是故意这样说的。

果然，沈翀腼腆一笑：“我还没有女朋友。”

“啊？没有？不会吧，你这么帅怎么没女朋友啊？”

“……”

正说着，沈翀的手机响了，他接了电话后有些为难。唐韵之微笑：“你有事就先回去吧，我已经好多了，再说有轻扬在。”

“嗯，那好吧，真是不好意思。要不你留个号码给我吧，有空再联系。”

“好。”

交换了手机号码，沈翀匆匆出门，好像有很急的事。

唐韵之终于可以卸下她那张和内心不一致的笑脸了。她对孙轻扬说：“轻扬，刚才杨晟的爸爸告诉我，祈颜她其实并没有生病，这是她和杨晟的妈妈串通起来拆散我和杨晟的手段。”

“什么？”孙轻扬从床上惊坐起，“这两个女人也太阴险了吧，居然开这种玩笑！”

孙轻扬向来疾恶如仇，当初唐韵之和杨晟分手，她也像现在这样，反应比当事人还强烈，甚至还疯狂地划伤了赵祈颜的脖子。

杨晋申告诉唐韵之，当时赵祈颜不舒服，去医院体检，那个医生失误拿错了诊断书，赵祈颜一听她的病症，当场晕了过去。回家后她妈妈看到诊断书，也晕了过去。方雪菲听说了这件事，马上带着杨晟前去探望。

赵祈颜以为自己真的活不长了，就把她对杨晟的感情全吐露出来，一边说一边哭，最后晕倒在杨晟怀里。方雪菲恰好看见这一幕，说什么也要杨晟娶了赵祈颜，剩下的日子里好好照顾她。

杨晟起初还很犹豫，但他就是那种善良得有些可怕的人，他觉得唐韵之没有他只会伤心一段时间，但赵祈颜不一样，她剩下的日子不多了。在他妈妈的再三说服下，他终于点头答应，于是有了他去找唐韵之分手的那一幕。

可老天爷就是这么喜欢开玩笑，赵祈颜的妈妈说什么也不相信自己的女儿会患这种奇怪的病，她带着赵祈颜去医院复诊，诊断结果却是良好。一番追究之下，这才发现是医生犯了错。为此，赵祈颜的父母很生气，动用了他们强大的人脉关系把那个医生撤职了，最后还是杨晋申出面才没有闹上法庭。

本来这是天大的好事，赵祈颜想对杨晟坦白，却又怕杨晟反悔，重新回到唐韵之身边。方雪菲帮她出了个主意，让她先瞒着，等结婚以后再说出真相，那个时候生米已经煮成熟饭，以杨晟的性子绝对闹不起来的。

杨晋申知道这件事，非常生气，且不说他本就喜欢唐韵之远远多过赵祈颜，方雪菲这个主意本就不光彩，对杨晟也很不公平。他和方雪菲大吵了一架，正想对杨晟和盘托出的时候，意外却发生了。

桑希雅的妈妈生病去世，当时桑希雅在上高三，正是学习最紧张的时候，杨晋申为了能给她一个良好的生活环境，不顾一切把她带回了家。杨晟知道他有个妹妹后，似乎不怎么生气，对桑希雅也很好。但是方雪菲视桑希雅为眼中钉肉中刺，养在外面看不见就算了，她可以睁一只眼闭一只眼，但她是绝对不允许丈夫把小三的孩子带回家的。杨晋申无奈，只好以不把赵祈颜患病的真相告诉杨晟为交换条件，让妻子接纳桑希雅。

方雪菲正为这件事发愁，虽然心有不甘，但是再三权衡之后，她不得不妥协。就这样，事情一直瞒到现在。

“真是无奇不有，这个世界太奇妙了！”孙轻扬感叹，“杨晟还傻乎乎地以为他有多伟大呢，以后他若是发现自己被一家人联合起来欺骗，还不疯掉？这还不算，杨叔叔本来可以告诉他真相的，却为了私生女而把亲生儿子的幸福当作交易。哎，韵之，以前我觉得你最惨，现在看来，杨晟才是最惨的那一个。”

唐韵之苦笑：“或许这就是所谓的天意弄人吧。我都觉得这些事可以写一本小说了，上市一定大卖。”

“对对对，要不你把它写出来贴到天涯上去，肯定大红！到时候赵祈颜铁定被网友骂得体无完肤，那才叫过瘾。”

孙轻扬又想到了什么，她问唐韵之：“杨叔叔为什么告诉你这些？他就不怕你告诉杨晟，然后两个人和好如初，最后他的宝贝女儿被踢出门？”

“你觉得可能吗？”

“貌似不可能。”

“杨叔叔说，我有权知道这一切。他告诉我这些，只是为了让我不要再怨恨杨晟。他觉得自己很对不起杨晟，不想让杨晟再背负其他的压力。我也答应他，不会把这件事告诉杨晟，就当什么都没发生过。”

唐韵之语气淡淡的，看似已经放开了，然而孙轻扬明白，她心里该有多难受！她和杨晟在一起只有一年时间，但她对杨晟的感情很深，不是简简单单一个解释就能抹去的。

“来，轻扬，躺这里来陪我说说话吧。”唐韵之往旁边挪了挪，给孙轻扬空出一块地方。

孙轻扬一副不太情愿的样子：“以后可不许再随便晕倒了！”

“下次我直接来个失忆，把言情小说的精神发挥到最高境界。哦对了，说起这个，我倒是有件事要跟你说。”

“什么事啊？”孙轻扬纳闷。

“看你的样子，应该还没看今天的头条新闻吧。”

孙轻扬摇头：“我家水龙头漏水了，卫生间被淹，我一早被我妈从床上拉起来‘抗洪救灾’呢。”

“难怪，否则以你的性子，估计早就盘问我了。”唐韵之神神秘秘地说，“叶宙有新女朋友了你知道吗？别惊讶，更惊讶的还在后头呢。你知道他的新女朋友是谁吗？就是华昌前任总裁钱国肇的女儿，钱颖真。”

孙轻扬备感意外。果然狗血！叶宙强行收购了钱国肇的公司，也算得上是钱国肇的仇人了。女主角是男主角仇人的女儿，多么经典的小说桥段啊，简直就是虐恋情深！

忽然，孙轻扬眉头一皱，不对呀，女主角不应该是唐韵之吗？！

“怎么了，不信啊？”唐韵之说，“是真的，不信你上微博看一下，这话题都上热搜榜了。”

孙轻扬恨铁不成钢："你怎么一点长进都没有？男朋友被人抢了，你非但不吃醋，还在这里八卦人家。你是不是晕倒的时候磕坏了脑子，来，我瞧瞧。"

"去你的！"唐韵之打掉孙轻扬伸过来的手，"我很正常啊。而且我的男朋友也不是被人抢了，是他甩了我，然后再去找他真正的女主角。"

发现孙轻扬正用奇怪的眼神打量自己，唐韵之一愣："我脸上没长东西吧？"

"韵之，说实话你真的一点都不生气？你和叶宙在一起也快半年了，你对他真的一点感觉都没有？不用回答我，回答你自己，你能骗我但是不能骗你自己。"孙轻扬一本正经，难得这么严肃。

"你能不能别这么严肃？你现在的样子很奇怪，就像蜡笔小新去主持新闻联播一样，你看到了会不会笑？"

"滚你的，正经点，我跟你说正经事呢，不要岔开话题！你自己想清楚，我就不多说了。"

唐韵之神色黯淡下来。她闭上眼睛，和叶宙相处的点点滴滴像放电影一样在脑中一一闪过。

夕阳西下，叶宙和她在尼亚加拉河的河畔漫步；她逆了叶宙的意，叶宙两次把她扔在路上又折回来接她，第三次他却没有回头；叶宙喜欢吻她的额头；叶宙喜欢吃鱼，不喜欢吃动物内脏；叶宙不习惯戴眼镜；叶宙不喜欢用香水……

不知不觉中她慢慢熟悉他的一切。这算是爱吗？

唐韵之努力否定自己的想法。不，她一直很想离开叶宙为她打造的金丝鸟笼，她好不容易得到自由，怎么可以再回去？看到叶宙和钱颖真在一起，若说她一点感觉都没有，那是假的。她心里很不是滋味儿，但那仅仅是女人的虚荣心。有哪个正常的女人被男朋友甩了才没几天，看见男朋友和其他女人在一起会一点感觉都没有？

对，那只是不甘心，那并不是爱！

3

药水滴得很慢，唐韵之睡了一觉醒来，发现还没滴完。她拿出手机看了看时间，发现已经过去了三个小时，难怪她的手臂又冰又硬。房间里有冷气，凉飕飕的，她往被子里缩了缩。

一旁的孙轻扬还没醒。孙轻扬睡觉的本事唐韵之从小就很佩服，她几乎可以走到哪睡到哪。上初中的时候，有一次她看了一通宵的电视而忘了写作业，被老师罚站，谁知她站在教室后面睡着了。

“轻扬，快醒醒。”唐韵之推推她。

孙轻扬慢慢醒过来，揉揉眼睛：“我怎么会在这里？”

“还在做梦吧？”

大约过了一分钟，孙轻扬总算缓过来了。她抬头一看：“你的点滴怎么还没打完？我都做完好几个梦了。”

“做了什么梦？”

“梦见我参加打战去了，打死了好几个敌人呢。”

“你怎么不梦见你打外星人去！”

“梦又不是我能控制的。不是说日有所思夜有所梦吗，虽然是白日梦，那也是有根据的。”

听到这话，唐韵之的脸一白，一股寒意瞬间席卷全身。

“你怎么了？”孙轻扬急了，“别吓我啊，你不会又低血糖了吧！”

就在孙轻扬准备要开口叫医生的时候，唐韵之的脸上总算有了血色。她的声音很小：“我没事。”

她确实没事，她只是梦见了叶宙。她已经不止一次做这个梦了，梦中，她和叶宙在夕阳下的尼亚加拉河畔散步，一辆越野车不紧不慢跟在后面，河水倒映着金色的夕阳，波光粼粼……

那是他们第一次见面的情形。刚和杨晟分手的时候，她几乎每天晚上都做这个梦。

那个时候，她以为自己只是想寻求心灵的慰藉。杨晟有赵祈颜，而她有叶宙，她没有输！

那么现在呢？为什么她还是做了同一个梦？难道是因为叶宙和钱颖真好了，她心里不平衡？

上次她做心理测试，测出来的结果是，她是个有虚荣心的人。果然如此，她还真是够虚荣！明明不喜欢叶宙，看见他和别的女人在一起，她还是会不舒服。

孙轻扬看见唐韵之魂不守舍的样子，调侃她：“你是不是想叶宙了？你还是有点喜欢人家的吧。”

唐韵之不屑：“喜欢他？我还不如喜欢沈翀呢。”

孙轻扬不信，她给朱帅打电话：“韵之在医院打点滴，快结束了，你能来接我们吗？没事没事，低血糖……嗯，好，你快点过来，在第一人民医院，一号观察室。”

挂了电话，孙轻扬感叹：“现在我们也只能靠朱帅了。要是你和叶宙还没分手，我也能多体会一下坐豪车的感觉。”

“我叔叔说，‘被甩了并不可怕，可怕的是被甩之后变成怨妇’。”唐韵之说，“我现在才知道，他的话不完全对。被甩了变成怨妇还不算可怕，没被甩就已经是怨妇了，那才叫可怕！”

孙轻扬想了好久才意识到，唐韵之拐着弯子在说她是怨妇。她气呼呼地伸手去捏唐韵之的脸，两人打闹在一起。

“好了好了别闹了，我挂着点滴呢。”

“已经挂完了。”孙轻扬松开手，“我去叫护士来给你拔了。”

“嗯。”

输液室就在观察室斜对面，很近。孙轻扬在门口喊：“护士，这边……”

话说到一半，她忽然没下文了，仿佛硬生生卡在喉咙似的。

唐韵之很纳闷，可是她躺在床上，看不见外面出了什么事。

“轻扬，怎么了？”她叫了一声，孙轻扬没有反应。

“轻扬？”

唐韵之有种不好的预感。她从挂钩上取下即将打完的葡萄糖，右手举得高高的，慢慢向门口走去。

“怎么了？”

看见孙轻扬傻呆呆站在过道上，唐韵之着实吃了一惊。可是当她顺着孙轻扬的目光往前看，映入眼帘的那一幕也让她吃惊了。

叶宙和钱颖真从过道的另一头走来，叶宙的目光原本落在孙轻扬身上，唐韵之一出来，他马上看到她了。

叶宙的眉头轻轻动了一下，他扫了一眼唐韵之右手举着的吊瓶，目光慢慢往下，停在唐韵之脸上。他身边的钱颖真也发觉到了气氛有些不对，看看叶宙，又看看唐韵之，眼中尽是疑惑。

唐韵之感觉头有些晕眩，一股细微的疼痛从手背传来。她低头一看，发现输液管中倒流了一大截血。

“韵之……”孙轻扬不知所措。

唐韵之总算清醒："没事，去叫护士帮我拔一下针。"

"哎呀小姑娘，你怎么跑出来了，不是让你躺在床上好好休息吗？"

唐韵之回头，原来是之前给他看病的那个医生。

"已经打好了，我来找护士拔针。"

"针还没拔你就乱跑！血都倒流了，快回去快回去！"医生回头朝输液室喊了句，"小刘，来观察室拔一下针"。

他硬是把唐韵之赶回了病房。

孙轻扬转身看叶宙，走了几步，又回头看了看。她期待叶宙能有点反应，最好男女主角抱在一起哭，然后大团圆结局。可现实并不是小说，现实残酷多了。直到她走进病房，叶宙还是没有一点要和唐韵之说话的意思。

"你认识他们？"钱颖真终于说出了心中的疑问。

叶宙淡淡地回答："一个朋友。"

"是女朋友吧？"女人天性是敏感的，她的话有些酸，"看来你很在乎她啊。"

"走吧。"

"小姑娘，以后要好好照顾自己，可不能再熬夜了。回家注意休息……"医生絮絮叨叨讲个没完。

唐韵之心不在焉，还在想刚才那一幕。叶宙出现在医院一点都不奇怪，毕竟老天爷没有给他不生病的特权，但他和钱颖真一起出现就很奇怪了。

叶宙和钱颖真的绯闻今天才铺天盖地地席卷网络，要真是人家捕风捉影，依叶宙的性质，势必会不择手段地限制那些八卦言论。可是他现在唱了这么一出……很显然，他默认了自己和钱颖真的关系。

护士帮唐韵之拔出了针头，血马上渗了出来，她用棉球按住，嘱咐唐韵之："等血止住了再扔掉。"

"谢谢。"

等医生和护士都走了，孙轻扬才开口："看来叶宙和那女的关系确实不一般啊。一起去咖啡厅可能是谈公事，也可能是普通朋友见面，一起来医院就难说了。朋友会约着来逛医院？打死我都不信！我还指望着你和叶宙能和好呢，现在看来很艰难啊。"

“什么叫很艰难？”唐韵之不以为然，“根本是不可能！我和叶宙已经两清了，你也不要瞎猜。快走吧，去大门口等朱帅。”

“我想问个问题，你听了之后别打我……算了，我还是不问了。”

“别吊胃口，想说就说。”

“你今天是不是看见叶宙和钱颖真的绯闻才气晕的？”

“你敢再说一句试试。”

“不说了不说了。你别生气，我开玩笑的。”

“你怎么这么爱八卦？人傻就要多读书，别成天想些有的没的……”

“……”

两个人你一言我一语一直吵到大门口。很巧，叶宙和钱颖真也在。

叶宙看到唐韵之，开车门的手稍微停了一下。唐韵之朝他点点头，算是打过招呼了。她心里很不是滋味，因为她看见叶宙今天开的是阿斯顿·马丁，那是她经常坐的车。现在叶宙用它来载别的女人，真是讽刺。

“叶宙，怎么不介绍一下？”钱颖真的声音很甜。

但是对唐韵之来说，这简直是世间最刺耳的声音。没等叶宙开口，她就急着撇清关系：“我爷爷和叶宙的爸爸是好朋友，我和叶宙其实不熟。不过按照辈分，我得叫他一声叔叔呢。”

钱颖真听这话，喜笑颜开：“这么说来你们还是世交啊。我是叶宙的朋友钱颖真，很高兴认识你。”

“你好。”唐韵之努力微笑。

她才不高兴认识钱颖真呢，这个女人给她一种非常强势的感觉，好像自己高人一等似的。她只想马上回家，再也别见到他们了。

钱颖真似乎不打算这么快结束交谈，她依然很热情：“我该怎么称呼你？”

“我姓唐，唐韵之。”

“原来是唐小姐，幸会。”

两个人假惺惺地相互客套，孙轻扬傻愣着不知道该干什么，叶宙一直冷着脸。

最后，气氛硬生生被叶宙给打破了。谁也不清楚他是怎么开口的，没头没尾忽然对钱颖真说了句：“她是我女朋友。”

唐韵之仿佛被雷劈中一般，彻底傻了。

“她……”钱颖真回头看叶宙，一万个不确信，“是你女朋友？”

唐韵之慌了。她刚才在钱颖真面前一本正经地说她和叶宙不熟，这不是搬起石头砸自己的脚吗！

谁知，叶宙继续补刀：“或者说是前女友更合适。”

唐韵之总算稍稍安心。这还差不多，“前女友”比“现女友”安全，她可不能保证钱颖真不会醋意大发找她麻烦。

因为叶宙的一句话，周围的空气一下子凝固了，就连局外人孙轻扬也觉得很不自在。终于，当朱帅的车如及时雨一样出现，唐韵之的心情用心花怒放都不足以形容。

“韵之，你怎么说病就病了啊？”朱帅从车窗探出头，他看见叶宙，非常疑惑地对问唐韵之，“叶宙不是在吗，你怎么不坐他的车？”

唐韵之尴尬：“先回去再说啦。”

她拉起孙轻扬的手就走。当务之急是赶紧离开这个是非之地。

第八章

一枕黄粱

//////////

他说，他这一生最大的幸运，是即便相遇太晚，终究没有错过。

1

上了车，唐韵之先发制人，对朱帅说："我和叶宙已经分手了，别问我为什么，拒绝回答。"

朱帅刚想问她们是怎么回事，被唐韵之这么一堵，话到了喉咙口又重新咽了回去。

他看着孙轻扬，孙轻扬说："别问我，我也不知道。"

朱帅是个好奇心极重的人，唐韵之越是不肯说，他就越想知道。他胡乱猜测，开车也心不在焉。

唐韵之和孙轻扬异口同声："不许胡思乱想，专心开你的车！"

"喳。"从小到大，他就是受压迫的命。

上小学的时候，班里的同学就经常取笑朱帅被女孩子欺负。唐韵之还好点，孙轻扬更凶，偏偏他还死心塌地喜欢孙轻扬，难怪唐韵之说他天生就是受虐狂。

到了唐韵之家的大门口，唐泽辉已经等在那里了。

唐泽辉一脸紧张："乖侄女你没事吧？我一听有车子进来的声音，马上出来看了，没想到真是你回来了。过来给叔叔看看……哎，真憔悴，怎么跟个怨妇似的？不知道的人还以为你失恋了！"

唐泽辉一说到这句话，孙轻扬和朱帅很默契地朝唐韵之看了一眼。

唐韵之不高兴了："我叔叔的话十句有九句是不能听的。走，进屋去。"

谁让她是病人呢，天大地大，病人最大。

唐韵之一进门就往沙发上一躺："叔叔，我想吃红烧小排。"

"自己烧去。你昨天不是买了排骨吗，在冰箱里。"

唐韵之不乐意了："你知道我为什么生病吗？医生说我是疲劳过度。他问我在家都干什么了，怎么把自己弄得这么惨。我说我每天累死累活伺候你，医生听完，对我说了句'你叔叔真不是人'。"

唐韵之开始没头没尾地胡诌，末了她加上一句："叔叔，你看我都这样了，你忍心让我自己动手？爷爷要是知道我被你这样虐待，他肯定会气死的。"

果然，一提唐奎，唐泽辉立刻妥协。他连连点头："好好好，小祖宗，我这就给你烧去。除了红烧小排，你还想吃什么菜？"

"酱爆茄子、宫保鸡丁、龙井虾仁、酸辣白菜，再来一个紫菜蛋花汤，还有……算了，我还是少点几个吧，让你轻松一点。"

唐泽辉嘴巴张得老大："这叫少？"

"爷爷要是知道我伺候你累得上医院，他……"

"好好好，我去买菜。"

刚走到门口，唐泽辉转念一想："不行啊韵之，我不能出门，万一碰到苏媛媛……"

唐韵之觉得有道理，她眼睛一转，目光打到朱帅身上，笑得很不怀好意。

朱帅当然知道唐韵之想干什么事，他倒是很自觉："我去吧。"

"那就麻烦你了朱帅，中午你就在这吃吧，我叔叔手艺可是很好的呢。"

朱帅拿了钱包出门，唐韵之开心地躺在沙发上打滚。欺负人的感觉真爽，难怪唐泽辉喜欢对她指手画脚。

"对了，韵之啊，叶总编有没有通知你，摄影展要提前十天举行。"唐泽辉问她。

"啊？"唐韵之从沙发上挣扎起来，"提前十天，那不就是七天后吗？"

“对啊，七天后。”

这让唐韵之想到了一个很严肃的问题：“你就要抛头露面了，那苏媛媛……”

就算摄影展不提前，唐泽辉也是迟早要露面的。

这个问题唐泽辉早就考虑到了，他不可能躲一辈子，所以他只能选择主动出击。

唐泽辉很自信：“我约了苏媛媛在香榭咖啡厅见面，明天晚上八点。”

“不错，其实你早就该这么做了，说清楚多好啊。大不了娶了人家，还能附赠那么大一个珠宝王国，别人求都求不来呢。”唐韵之脑子里浮现出唐泽辉娶了苏媛媛之后，她躺在珠宝堆里打滚的画面。

谁知道这样的画面还没持续三秒钟就被唐泽辉的话给打破了。他一点都不客气：“要娶你娶，我才不会娶她！”

“你就不怕见了面之后她缠着你不放？”

“我准备带个女伴去见她，告诉她我有女朋友并且准备结婚了。我就不信她这么厚脸皮，都这样了还赖着不走。”

“好主意，”唐韵之笑着点头，“那么请问亲爱的叔叔，你要从哪儿弄个女朋友出来呢？”

唐泽辉没有马上回答，他一双眼睛滴溜溜地转着，对着唐韵之不怀好意地笑。这种笑唐韵之再熟悉不过了，就跟她之前看朱帅的时候一样。她有种不祥的预感，全身汗毛都竖起来了。

“你……你不会是想……”

“没错！韵之你真是太聪明了，不愧是我唐泽辉的侄女！”唐泽辉很激动。

唐韵之更激动，她站起来大声叫：“你这个疯子，你是疯子！”

“就当叔叔求你了，你就行行好，帮叔叔这一次吧。”

“你还不如杀了我呢！”

“你不救我我就死定了！”

“你可以找别的女人，反正你这么帅，愿你陪你演戏的女人不在少数！实在不行你就使美男计，上街随便找一个去！”

唐泽辉两手一摊：“你是知道的，我和以前那些女朋友分手就绝对不会再有往来，免得她们对我抱有不切实际的想法。而我又不喜欢和陌生女人演戏，难度太大。但是你不一样啊，你是我侄女嘛，咱俩从小就亲近！我也没让你干吗啊，你就坐在我身边，让苏媛媛看看就行。”

一直在旁边扮演路人甲的孙轻扬总算明白过来，唐泽辉竟然想让唐韵之假扮他女朋友，以此去对付另一个女人。果然够疯狂！换作是她，她一定会暴跳如雷的。

唐韵之还是摇头："坚决不行，你不用多说了，我才不会陪你干这种荒唐事！唐家出一个疯子就够了，不能再出第二个。"

"真的不答应？"

"真的。"

"一点商量的余地都没有？"

"没有！"

"一个小时前老头子打电话来了，是我接的。我们随便聊了几句，听他说，你那男朋友叫叶宙是吧？我回他说原来是叫叶宙啊，叶荣光的儿子嘛。好像就是今天上新闻头条的那个，哦呵呵呵呵……"

唐韵之的脸色非常不好看，她咬着牙，一字一句："你、想、干、什、么？"

"不想干什么，真的。"唐泽辉笑得特别真诚，"就是跟你随便聊聊。"

他明摆着是想要挟她好吗！

唐韵之内心已经开始抓狂。爷爷怎么回事啊，为什么在这个节骨眼上打电话来！还说什么她男朋友的事，这不是存心把她的小辫子往唐泽辉手上送嘛！

唐泽辉和她费了半天唇舌，弦外之音就是"唐韵之你到底答不答应，不答应的话我就告诉老头子，说你被叶宙甩了，叶宙另有新欢了"。她宁愿唐泽辉挑明了说，总好过他现在这种奸诈的笑，让人毛骨悚然。

"韵之啊，刚才我跟你说的那件事，你觉得怎样？要不咱再商量商量？"唐泽辉继续奸笑。

唐韵之陪着傻笑："叔叔，我的亲叔叔！不用商量了，我刚才仔细想了想，你说得其实很有道理，不就是坐在你旁边让苏媛媛看几眼嘛，有什么难的对吧。我们是相亲相爱的一家人，有困难应该互相帮助！"

"是啊，一家人要互相帮助！"

孙轻扬在一旁围观，心想，这俩果然是一家人。

2

唐韵之一大早就被唐泽辉叫了起来。

唐泽辉带她去美容院做了个全套护理，之后又去发型屋做了头发。为了撑场面，他还特地去一位设计师朋友那儿借了条裙子，外加不知道从哪里弄来的也不知道是真是假的一串祖母绿项链。

忙完这一切已经是傍晚了，唐泽辉捏着下巴，围着唐韵之左看右看，一边看一边称赞："不错，总算像个人样了！"

唐韵之咬牙切齿："我不打扮就不像个人样了？当初在欧洲，也不知道是谁死乞白赖地求我当他的模特！"

"别生气啊姑奶奶，我不是这个意思。我的侄女当然是天生丽质的大美人。但是你也要看对方是谁啊，她可是被称为'水晶公主'的苏媛媛。就像阿迪达斯和香奈儿，一样都是名牌，但名牌也是有档次的，不比还好，一比马上就见高低了。咱跟人家比，输什么都不能输阵势！"

"你的意思是，我是阿迪达斯苏媛媛是香奈儿，跟她一比就相形见绌了？"

"没有没有，我可真没这个意思。"

"嫌我不能给你撑场面就直说啊，苏媛媛那么漂亮又那么有钱，你干脆娶了她算了，至于干这么多无聊的事吗？"

"你看，你又挖苦我了！你明知道我见了苏媛媛就想躲，你还让我娶她？除非你马上和叶宙和好。哦，不，就算你和叶宙能马上和好，我也不可能娶苏媛媛。"

提到叶宙，唐韵之更生气了："你能不能别提他？"

"好好好，我不提叶宙，你也不许提苏媛媛。"

他们嘴上说不提了，但两个人还是你一言我一语互掐，话题始终还是围绕着叶宙和苏媛媛。

好不容易等到天黑，唐泽辉一看墙上的挂钟显示七点半，打了个响指："OK，出征！韵之你一定要好好表现，为了叔叔我后半生的幸福，你一定帮我把苏媛媛这块牛皮糖给扯下来。"

他的样子就像跟即将上战场的战士，为了激起唐韵之的斗志，他又补充一句："就算不为了叔叔我后半生的幸福，你也得为了你的幸福啊，老爷子要是知道你和叶宙……所以，韵之啊，你要好好表现。"

唐韵之真想马上跟他断绝亲戚关系。

唐泽辉回国后为了躲苏嫒嫒，一直没有回过他在A市的家，车子也在车库没开出来，所以他们只能坐出租车去见苏嫒嫒。

一路上唐韵之的心情都很微妙。苏嫒嫒财大气粗，十有八九是开豪车来的。她虽然被唐泽辉打扮得足以拿得出手，但是，万一苏嫒嫒看见她从出租车上走下来……根本不用比，她已经比人家低好几个档次了。

“叔叔，你这是智者千虑必有一失啊，把我打扮得这么光鲜靓丽，怎么也不弄一辆配得上我这身打扮的车来充场面？”唐韵之打趣，“要是让苏嫒嫒看见，你多没面子啊。”

唐泽辉说：“没事，我算好时间了，苏嫒嫒没那么快到，我们肯定——停，师傅，就在这里停车，到了。”

唐韵之往窗外一看，果然，他们已经在约定地点的门口了。她很是佩服唐泽辉未雨绸缪的精神，他早就已经计划好了，看来他是铁了心要和苏嫒嫒划清界限。

他们挑了一个舒服的位子，才一坐下服务员就来问他们要喝什么。唐泽辉要了一杯摩卡，唐韵之点了一杯拿铁，待服务员走后，两个人又开始胡掐，苏嫒嫒如此如此，叶宙这般这般。

大约过了十分钟，唐泽辉忽然停止了和唐韵之的斗嘴，他眼前一亮，朝门口挥手：“嗨，亲爱的，在这边。”

听到这个称呼，唐韵之备感意外，居然叫“亲爱的”……她很怀疑唐泽辉是来和苏嫒嫒谈分手的还是谈结婚的，和在家里谈到苏嫒嫒就一脸无奈的样子简直判若两人。

难道苏嫒嫒真有这么漂亮，让唐泽辉一见就重新陷进去?

抱着好奇的心理，唐韵之抬头朝门口看。不看不要紧，一看她就傻了。苏嫒嫒不仅是个美女，而且是个超级大美女，桃花眼，白皮肤，一头海藻般的卷发披在肩上，要多迷人有多迷人。

可是唐韵之之所以这么惊讶，不是因为苏嫒嫒有多美，而是她认识苏嫒嫒！眼前的美女正是上次在超市撞到她，并且在赵祈颜找她麻烦的时候帮助过她的大美人！

世界真小！

苏媛媛人如其名，十足的名媛淑女范儿。她走起路来娉娉婷婷，婀娜多姿，明明没有刻意显示她姣好的身材，但是她的每个动作都像是训练过一样，完美得让人移不开眼睛。

走近了，苏媛媛一愣。她也认出了唐韵之："咦，你不是……"

"我来介绍一下吧，"唐泽辉唯恐别人跟他抢着说话，他指着苏媛媛对唐韵之道，"这位就是苏家大小姐，人称'水晶公主'的苏媛媛。"

然后他转身对苏媛媛说："这是我的新女朋友，怎么样，漂亮吧。"

苏媛媛本来有些诧异的脸上表情更丰富了："什么？她……你女朋友？"

"对啊，女朋友。"唐泽辉笑得像只狐狸，他拉起唐韵之的手，十指相扣，刻意在苏媛媛面前秀"恩爱"。

此时此刻，唐韵之非常尴尬。她哪里会想到，曾经帮助过她的大美女竟然就是苏媛媛。那她现在这么做，算不算恩将仇报？她想把手从唐泽辉手中抽出来，无奈唐泽辉似乎早就料到她会半路逃脱似的，手握得紧紧的，她根本动不了。

唐泽辉在桌子底下踩了唐韵之一脚，似乎想警告她演戏不能穿帮，否则后果自负。唐韵之无奈，只好配合唐泽辉，硬生生挤出一个比哭还难看一百倍的笑容。

看到他们这样，苏媛媛只是愣了几秒钟，随即马上恢复笑脸："Alvin，我知道你爱玩，女朋友一个换一个，可你也不能老牛吃嫩草到这个份上啊。人家姑娘再小几岁的话，估计都能当你女儿啦。"

"你这是间接在夸我眼光好？谢谢噢。"唐泽辉嬉皮笑脸，"不过我这次可不是玩玩的，你也知道，我家老头子总是催我结婚，我也没办法，总不能一辈子打光棍，哎！"

唐韵之想死的心都有了。

说谎的最高境界是，连自己都得相信你说的是真话，唐泽辉现在就达到了这种境界。他说："我爸非常喜欢她，如果不出意外的话，我们明年就会结婚。"

"你是说，这次你是真的打算结婚了？"苏媛媛的笑僵在脸上。

苏媛媛和唐泽辉交往时间不算长，但是她很清楚唐泽辉的性子。她本以为唐泽辉是故意找一个女人来充场子，好让她死心。可是现在看来，一切并非如她所想。唐泽辉看他身边那个女孩子的眼神跟看他身边其他女人时根本不一样，不像是在看情人，而是亲人。对，是亲人！

苏媛媛想，能被他当作亲人的人，或许才是他最终的选择吧。

“我和我女朋友很恩爱。”唐泽辉依旧笑容灿烂，“亲爱的，你们家那么有钱，到时候我结婚你记得要封一个大红包哦。”

“那是自然，咱们谁跟谁啊。”苏媛媛的神情来了个翻天覆地的变化，除了高兴，一点都看不出其他情绪。

唐泽辉眼睛里都能滴出蜜来：“难怪我们那么投缘，你果然和一般人不一样！宰相肚里能撑船，你肚里都能开航空母舰了。有你这句话，咱们以后还是朋友对吧。”

“可惜没有酒，要不然我们就干一杯。”苏媛媛看了一眼唐韵之，“对了，怎么不介绍一下你美丽的新女朋友？”

“哦，这位是宋韵之，宋小姐。”唐泽辉直接帮唐韵之改了母姓。

从苏媛媛进门开始，他们就一直你一言我一语，聊得很欢快，唐韵之根本不用说话，诚如唐泽辉一开始所求的那样，她只需要坐在一边优雅地微笑就行。

唐泽辉是只千年老狐狸，这件事该怎么处理，他早就打算好了。唐韵之早就料到见面的情形会让她处于很尴尬的境地，她也做足了心理准备。可即便如此，真实情况还是比她想象的复杂一百倍。

“宋小姐，我们见过的，还记得我吗？”苏媛媛笑得很迷人。

唐韵之苦笑：“记得记得，呵呵。”

“怎么，你们认识？”唐泽辉很意外，心一紧。

苏媛媛说：“算是吧，我跟宋小姐有过一面之缘。没想到她是你的女朋友，世界还真是小啊。”

唐泽辉的心终于放回原处。看到苏媛媛这么大方，他还以为她早就认出了唐韵之，故意和他打马虎眼，看来是他多虑了。

三个人坐在同一张桌子上，各怀心事。

唐韵之不停地喝着咖啡，每当很紧张或者很无聊的时候，她都喜欢一杯接一杯地喝水，结果就是当她终于不紧张也不无聊的时候，就开始频繁地跑厕所。

“宋小姐，你很渴吗？”苏媛媛疑惑地看了她一眼。

“啊？”唐韵之回神，这才发现手上的杯子已经空了，可她还是下意识地把杯子往嘴边送。

“要不要让服务员再给你拿一杯？”

“不用了不用了，”唐韵之连连拒绝，回头对唐泽辉说，“叔……那个，我有点事想先回去了，你们聊吧。”

好险！“叔叔”两个字差点就脱口而出了。唐韵之深深吸了一口气。

唐泽辉点点头，对苏嫒嫒说：“我也要回去了，下次有空再见吧。”

“好吧，既然你要陪女朋友，我就不当电灯泡了，下次——咦，叶宙？”苏嫒嫒的目光掠过唐泽辉和唐韵之，停在他们身后的某一处，“你怎么在这里？”

听到这个名字，唐韵之打了个寒战，若不是她还坐着，估计连脚步都要不稳了。她和唐泽辉背对着楼梯而坐，从苏嫒嫒的视线来看，叶宙应该是从楼上下来的。

趁着叶宙还没看见她，唐韵之小声地对苏嫒嫒说了句“我先走了，失陪”，拉着唐泽辉就想逃之夭夭。

“唐小姐！”一个熟悉的声音阻止了唐韵之的动作。唐韵之听出来了，声音的主人是钱颖真。

3

苏嫒嫒眉头一皱，眼神在唐韵之和唐泽辉之间来回：“唐小姐？”

此时此刻，唐泽辉和唐韵之叔侄俩的心里皆是一团乱麻。唐韵之是害怕见到叶宙，唐泽辉则担心他完美的计划马上要穿帮了，从苏嫒嫒叫出叶宙名字的那一刹那他就料到，肯定会是这样的结果。

唐韵之垂下头，咬着牙，心里那个悔呀！她明知道唐泽辉的这个提议很荒唐，却还是傻乎乎来凑热闹，这下可好……

“唐小姐，没想到我们这么快又见面了。”钱颖真走到唐韵之身边，笑靥如花，要多亲切有多亲切。

唐韵之尴尬地笑，头稍稍向左转了三十度，瞥见了在一旁看好戏的叶宙。

叶宙还是老样子，表情不冷不热，不知道心里在想些什么。唐韵之一直觉得，叶宙就是个闷骚，表面上一声不吭，其实一肚子坏水。若是被他知道她和唐泽辉干出这样的荒唐事，还不笑掉大牙啊！

四个人各怀心事，只有苏嫒嫒蒙了，她回头看钱颖真：“钱颖真你认错人了吧，她不姓唐。”一边说着，她一边伸手指了指唐泽辉：“他才姓唐，唐泽辉。你上次见过的啊。你不会去了趟加拿大，回来就男女不分了吧。”

钱颖真很想朝苏嫒嫒翻一个白眼，但出于女孩子的矜持，她还是忍住了。她很有耐心地向苏嫒嫒解释：“这位是……”

“嫒嫒啊，”千钧一发之际，唐泽辉出声打断了钱颖真，无比灿烂地对苏嫒嫒微笑，“我忽然有些体己话想跟你说，不如我们换个地方，单独聊？”

“你闭嘴！”苏嫒嫒不笨，看唐泽辉的心虚样儿她就知道有猫腻。她对钱颖真道：“你接着说。”

钱颖真觉得奇怪：“这位就是大名鼎鼎的钢琴大师宋扬之的……”

“钱小姐，你比照片上漂亮多了，那些狗仔队的拍照水平真是有待提高啊。”唐泽辉再一次打断了钱颖真的话。

苏嫒嫒生气了：“唐泽辉你故意的吧！”

“我故意什么了！”

“你就是故意的，你肯定有事瞒着我！”

“我们都分手了，我有什么事能瞒着你？苏嫒嫒你可别瞎说啊，败坏我名声。”

“你还有名声可以给我败？”

“……”

唐泽辉和苏嫒嫒你一言我一语，毫无征兆地吵了起来，坐在旁边的人都纷纷投来好奇的目光。

唐韵之实在是看不下去了，她深呼吸：“你们都别吵了！我来说！”

她决定坦白。再不离开这里她真的会疯掉，她再也受不了叶宙那莫名其妙的眼神了，尽管看不见，但她能感觉到有两道凌厉的目光一直落在她身上。

她扭头，对唐泽辉说：“叔叔，我先回家了，你自己惹的祸自己解决吧。”

说完，她也不想去看其他人脸上的表情，昂首挺胸向大门口走去。看着玻璃门上的反光，她忽然觉得她现在的样子很像传说中的视死如归。

“韵之，韵之……你这个没义气的！你要气死我啊！”唐泽辉在她身后大叫。

苏嫒嫒瞠目结舌：“叔叔？她是你侄女？唐泽辉，你居然……”

一股火药味在身后弥漫开来。唐韵之在心里为唐泽辉默哀：“亲爱的叔叔，反正你是免不了一死的，你就牺牲小我拯救大我吧，别怪我不讲义气，愿上帝保佑你！”

刚走到门口，离胜利只有一步之遥，唐韵之包里的手机响了。与此同时，叶宙的手机也响了。

二人同时接起电话。

电话那一头的人没有给唐韵之说话的机会，她一直听着，脸色一分分沉下去，有种大难临头的感觉，看得唐泽辉心慌慌的。唐泽辉回头看叶宙，叶宙也在听电话，面色如常，看不出多大变化。

这下子连苏媛媛也不跟唐泽辉闹了，直觉告诉她唐韵之和叶宙不对劲，可她猜不到这其中到底有什么猫腻。她悄悄碰了碰唐泽辉的衣袖："你侄女和叶宙认识？莫非……"

"男女朋友，分手了。"唐泽辉言简意赅，短短七个字道出了他们之间的恩恩怨怨。

这个时候，唐韵之挂了电话。她回头，气呼呼问叶宙："你不是说你爸爸和我爷爷那边你都会解释的吗，怎么会变成现在这样？"

"怎么了韵之？"唐泽辉八卦道。

"爷爷回来了，找我逼供。"唐韵之心如死灰，"我谢谢你啊，现在不用你告密了，你可以直接给我点蜡烛了！"

"什么？老头子回来了？他在哪里？"

唐韵之没有回答，瞪了叶宙一眼。

叶宙却若无其事："一起走吧。"

"谁要跟你一起走！"唐韵之是真生气了，说话都带着火药味。她回头看苏媛媛，马上换了一张笑脸，"小婶婶你开车来的吧？能不能送我去望湖山庄，十万火急，我爷爷从美国回来了，可是这里很难打车……"

"小婶婶？"唐泽辉慌了，"什么小婶婶？唐韵之你别乱来，小心我告你诽谤！"

苏媛媛被这一声"小婶婶"给甜到心坎里了，特别豁达地答应："当然可以，我马上送你去。"

二人姐俩好一样手挽手出了香榭咖啡厅的大门，唐韵之好像忽然想起什么似的，回头对唐泽辉说："叔叔，要是不想让我帮你把小婶婶介绍给爷爷，你也一起来吧。"

"唐韵之你够狠！"唐泽辉二话不说跟了上去。

剩下叶宙和钱颖真立在原地，旁边有人认出了他们，交头接耳，窃窃私语。叶宙将插在裤袋里的手拿了出来，低声对钱颖真说："我爸爸回来了，和我一起去见见吧。"

钱颖真愣了，没弄明白叶宙到底是什么意思。叶宙没有等她的回答，径直出了咖啡厅大门。她恍然醒悟，也跟了上去。

望湖山庄是A市最高级的别墅区，里面的房子少说都是五千万起的。唐家是书香门第，虽然也算有家底，但唐奎常年定居美国加州，很少回国，还不至于奢侈到在这里买别墅。唐韵之要去的地方正是叶宙的家。

她接到唐奎的电话，要她马上到这里来见他。听唐奎说话的语气，他应该很生气。唐韵之从小被当作公主一样养大，如掌上明珠一般，她还没见唐奎发过脾气，这是第一次。很显然，她和叶宙分手的事触怒了他。

苏媛媛的宾利在别墅门口停了下来，旁边停着的是叶宙的阿斯顿·马丁。苏媛媛开得已经算快了，但叶宙还是先她一步到了这里。

“需要我在这等你们出来吗？”苏媛媛问。

“你陪我们一起进去吧，我爷爷正在气头上，没准他见到你这个未来儿媳妇，火气就消了呢。”

“你——”唐泽辉话憋在喉咙里，不知道该怎么说。

他总算知道了唐韵之的阴谋，难怪她嘴巴这么甜，一口一个小婶婶把苏媛媛骗了过来。敢情她是想拿苏媛媛当挡箭牌。没等他提出抗议，唐韵之和苏媛媛已经拉着手进别墅去了，他欲哭无泪。

唐奎和叶荣光坐在客厅的沙发上，脸色不怎么好看，尤其是唐奎，眉头皱得可以夹死苍蝇。叶宙好像一点都不担心似的，神色如常。他身边的钱颖真坐得也很端正，很符合她大家闺秀的身份。

“爷爷。”唐韵之上前几步，声音比蚊子还轻。

唐奎哼了一声：“你还知道我是你爷爷？出了这么大的事，你想瞒我到什么时候？”

“我……”唐韵之语塞。明明是叶宙甩的她，关她什么事啊！

“唐老你别骂韵之了，这件事不能怪她，是叶宙的错。”叶荣光说，“那些娱记就喜欢乱写，我会处理的。至于叶宙和韵之的婚事，还是照常。”

总算有人说句公道话了，唐韵之松了一口气。不过她可不认为她和叶宙之间还有挽回的余地。别说她根本就不喜欢叶宙，就连一开始口口声声说喜欢她的叶宙还不是一转眼就另结新欢！

“我不会娶她的。”叶宙说得很决绝。

“这件事由不得你！”

“这件事我不能听你的，我和唐韵之已经没有关系了。”叶宙把钱颖真拉到身前，“这是我的新女朋友，钱颖真。”

“你——”

“公司还有事，我先走了。你这么忙，也早点回美国吧。”

叶宙拉着钱颖真的手大大方方离开了，丝毫不顾叶荣光会不会生气。

唐奎完全愣了，他知道孙女儿一直不肯嫁给叶宙，之前也出过岔子。他在网上看见叶宙和钱颖真的新闻，本以为是唐韵之提了分手，叶宙才会另结新欢，没想到这次悔婚的却是叶宙。

直到叶宙和钱颖真离开，唐韵之心里还是翻江倒海。这是她想要的结果，婚约解除了，她和叶宙也再无瓜葛了，可是她就是觉得不舒服。一想到叶宙说话那个样儿，她忍无可忍。她就不信了，没了他叶宙她还能活不下去！

“韵之，这件事……”

“这件事就到此为止吧，叶伯伯你千里迢迢赶回来也辛苦了，好好休息。”唐韵之笑着说，“爷爷你难得回来就多待几天吧，姑姑也想你了。”

唐奎叹了一口气。可当他看见被他当作路人甲无视了好久的儿子唐泽辉，眼前一亮：“你怎么也在这儿？”

看见苏媛媛，唐奎又是一惊：“这位是？”

“哦，她是……”

“爷爷，我给你介绍一下，这位是苏媛媛，叔叔的女朋友。”唐韵之抢在唐泽辉前头说出了她酝酿了好久的一句话，刚进门的时候就想说了，唐奎一直没给她机会。

唐泽辉赶紧解释：“不是这样的，爸爸，其实……”

“泽辉，你有这么漂亮的女朋友，怎么不早点告诉我？害我一直替你操心。”唐奎高兴得合不拢嘴。

苏媛媛有些不好意思，脸红了。

唐韵之得意极了。还好她聪明，把苏媛媛一并带来了，不然唐奎肯定要念叨她。

唐泽辉耷拉着脸，心里琢磨着怎么报复唐韵之。

第九章

一蓑烟雨

“你这么风光，这么不可一世，不过是仗着他的光芒罢了。”

“那又怎样？他爱我，而非你。”

1

叶荣光公事繁忙，当天晚上就飞回美国了。唐奎因为唐泽辉交了女朋友的事心里高兴，遂应了唐韵之的要求在国内多住几天。

苏媛媛亲自开车送他们回家，唐奎一路上问长问短，就差没问生辰八字了。得知自己未来的小儿媳妇出身名门，他更开心，恨不得他们明天就领证。

“爸，到了，我们下车吧。”看见唐韵之家的大门，唐泽辉如获大赦。

唐奎意犹未尽：“媛媛啊，进去坐一会儿吧，我们再聊聊。”

“不了，伯父。我家有门禁的，再不回去我爸爸会担心。”

“也是，女孩子太晚回去不安全。”唐奎回头对唐泽辉说，“你送媛媛回去，她一个女孩子回去不安全。”

“不用了伯父，他没车，到时候我又得送他回来。”

唐奎恍然，连忙笑道：“那好，你路上小心，有空就过来玩啊。”

“好的。伯父再见。”

该说的话都说了，唐泽辉的心总算回归原位。

三人准备进屋的时候，苏媛媛把唐韵之叫住了：“韵之你等一下，我有些话想对你说。”

唐韵之斜眼笑：“找我说什么悄悄话？是不是让我帮你监视我叔叔，免得他在外面拈花惹草？”

苏媛媛没有回答，等到唐奎和唐泽辉进屋，她才开口：“我想跟你说说叶宙的事。”

她的表情很严肃，和刚才跟唐奎说话的热情样儿简直判若两人。

唐韵之心一凉，表情也变凝重了。她不觉得她和叶宙之间有什么好说的，总归是叶宙甩她，她也是个爱面子的人，才不会这么好心去原谅他。

苏媛媛说：“其实你喜欢叶宙，对吗？”

唐韵之脱口而出：“没有，我和他其实没什么。”

想了想，她又补充：“不过是家长们乱点鸳鸯谱而已，我和叶宙对彼此都没什么感觉的。刚才你都看见了，他喜欢的人是钱颖真！”

苏媛媛莞尔。她转了个身，望着泼墨般的夜空娓娓道来：“我在美国长大，从小学到大学毕业，我和叶宙一直是同班同学。有件事说了你可能会觉得好笑，我和叶宙还是绯闻男女朋友呢。我们的绯闻从小学一直传到大学，大家都说我和他是天生一对，还有人揣测我们几岁会结婚。”

“……”

“我告诉你这些，并不是想炫耀什么。我只是想让你知道，我很了解叶宙，他是什么样的人我再清楚不过。钱颖真根本就不是叶宙的那杯茶，叶宙不过是拿她当挡箭牌罢了。就像你让我跟你一起去见你爷爷，其实也是想让我当你的挡箭牌一样。你想让你爷爷把注意力转移到我身上，免得生你气，对吧？”

唐韵之很尴尬。还自以为很聪明，谁知苏媛媛心里明镜儿似的。

谁说富家千金都是绣花枕头，谁说富家千金有颜值没智商！苏媛媛就是典型的又聪明又睿智的白富美啊！

唐韵之觉得，她被言情小说骗得好惨！豪门千金被灰姑娘抢走王子的故事根本就不会发生，至少在苏媛媛身上不会发生。苏媛媛有才有貌还有钱，王子傻了才会放弃她，选一个满脑子只会风花雪月的灰姑娘。

苏媛媛继续说：“我不知道你和叶宙之间发生了什么，不过我看得出来，叶宙很喜欢你。叶宙是什么样的人，想必你也清楚。他能接连收购腾越、先辉、鸿盛三大集团，又当上了华昌的总裁，手段自然不会差。若不是他有意而为，你觉得他和钱颖真的新闻能流传出去？”

天黑了，没有一颗星星，只有月亮孤零零地悬在黑幕之上。唐韵之觉得天都快压下来了，压得她喘不过气。

她真的从没想过，这一切都是在叶宙的默认下发生的。苏媛媛一提醒，她忽然明白了，叶宙曾对她说“我爸爸和你爷爷那边我会处理的”，今天发生的一切，就是他的处理方式。他是在用实际行动告诉叶荣光和唐奎，分手完全是他一个人的责任，因为他喜欢上了钱颖真。

原来他……

“韵之，他是真的很在乎你，就算你们分手了，他也不希望你承受太多压力。”苏媛媛很肯定，“其实你心里很清楚，你对他不是一点感觉都没有的，你只是在逃避。从你的眼神中我能看出来，你也在乎他，看到他和钱颖真在一起你很不开心。”

“不是这样的。你不是我，你不会懂的。”

“我当然不知道你们之间发生的事，这都要靠你自己去解决。”苏媛媛忽而笑了，“我该回去了，再见。”

“对了，记住帮我看紧唐泽辉，别让他偷腥。”刚打开车门，苏媛媛回头对唐韵之眨眨眼。

唐韵之感叹，苏媛媛真是个绝世大美女啊，“回眸一笑百媚生”这句话简直就是为她量身定做的。她一转身，一回眸，就连唐韵之这个货真价实的女人都受不了，更别说男人了。

唐韵之为唐泽辉可惜，他真是瞎了眼，苏媛媛这样内外兼修的大美人他居然还看不上。

为了避免被唐奎继续唠叨，进门后，唐韵之轻手轻脚溜回了自己的房间。过了几分钟，手机响了。她以为是孙轻扬打来的，孙轻扬知道她今天要假扮唐泽辉的女朋友帮他分手，定是忍不住好奇打电话过来八卦了。谁知，手机屏幕上显示的却是她二表姐白初瑶的名字。

“喂，亲爱的你找我什么事啊？”

“没事就不能找你了啊！”白初瑶嗔她，“小白眼狼，下次宋子深欺负你，我可不帮你了！”

宋子深是唐韵之的表哥，也是宋家唯一的孙子，他从小就被所有长辈宠着，有恃无恐，小时候经常欺负唐韵之，因此唐韵之和白初瑶结成了牢固的联盟。

唐韵之赔笑脸："别呀，这么久没见，我想你都来不及呢。"

说了一大堆掏心掏肺的话，见白初瑶心情好点了，唐韵之才继续道："星座书上说，这个月天蝎座桃花朵朵开。你是不是找到男朋友了？听你的语气似乎挺兴奋。"

"哪本星座书上说的？是你自己杜撰的吧！不跟你瞎扯了，打电话来是想提醒你不要忘了正事。"

"什么正事啊？"

白初瑶很无奈："我就知道你会失忆。你出国前我提醒过你的，外婆的七十大寿快到了，你不会忘了吧？"

"……"

如果白初瑶不说，没准她真的会忘。最近发生的事太多，她过得浑浑噩噩的。

"别再忘了啊。我先挂了，下个月见。"

她刚挂，电话又响了，中间连一秒钟都没有间断。那是一个陌生的座机号码。

"您好？"

"是韵之吧，我是叶嘉言。"

"叶总编啊，有什么事吗？"唐韵之大概猜到了七八分。

果不其然，叶总编问她："你叔叔回来了吧，我打他手机怎么是空号啊？"

为了躲苏媛媛，唐泽辉早就把手机号换了，叶总编找他不外乎摄影展的事。唐韵之果断把唐泽辉的新手机号报了过去，天大的事让唐泽辉自己解决，她不想再掺和他的事了。

谁知，挂了叶总编的电话，手机再次响起。而这一次，是叶宙打来的。

手机一边响一边震动，声音震得唐韵之心里直发麻。她正在犹豫要不要接，接了以后该说什么，叶宙替她做了决定——电话被挂断了。她松了一口气。

她正纳闷，叶宙怎么会在这个时候打电话给她，一条信息发了过来。她拿起手机一看，竟然是叶宙发来的微信：到此为止。

到此为止……

唐韵之忽然很想笑。简简单单四个字，对她来说却那么刺眼。

苏媛媛有一句是说对了，她的确一直在逃避。和杨晟分手之后，她不敢面对现状，所以她选择躲得远远的。叶宙向她提出了分手，所以她不止千万遍提醒自己，她讨厌叶宙。说得多了她就麻木了，不管是真是假，她已经认定了自己是讨厌他的。

她对叶宙真正的感情是怎样的，她自己也不清楚。是爱吗？不像。是喜欢吗？也不全然。是亲情？有一点……

想了很久，唐韵之蓦地明白，她对叶宙的那种莫名的感情……是依赖。这么久以来，她早已习惯了叶宙的存在。叶宙虽然强势，但是他会包容她，会忍耐她，会让着她。杨晟不要她的时候，是叶宙让她明白，她足够优秀，优秀到连他那样的人都忍不住被她吸引，她不需要自怨自艾。

如今，叶宙为她打造的避风港彻底坍塌，土崩瓦解，连一堵墙都不剩。

唐韵之心里很乱。她百无聊赖地拿着手机乱刷，先把叶宙的那条微信给删了，然后又打开几条之前没有看的信息，其中有一条是室友夏彤发来的几个搞笑视频。

才看了三个唐韵之就笑到不行了，她心情稍稍好转，于是给夏彤回了个微信：谢谢你的笑话，好爱你。半分钟后，夏彤回复了，让她早点休息。

夏彤最近在争取去美国当交换生的名额，白天努力看书，晚上很早就会睡。这个点她应该躺下了，唐韵之没打算和她继续聊，收拾衣服准备洗澡去了。

这个时候，朱帅打了个电话过来，火急火燎："韵之你快来，出事了！你快来……"

"怎么了？"唐韵之心一紧。

朱帅在电话那头不清不楚地喊着，唐韵之听到旁边有摔东西的声音，乒乒乓乓特别吵，隐约还能听到孙轻扬生气的骂人声。

2

唐韵之赶到公安局已经十一点了。

时值夏日，但今天是阴天，大晚上的出门还是有些凉意。唐韵之一进门就听到两个女人的吵架声。

"你有什么资格说我！你不过是嫉妒我罢了……"

"你再说一遍！"

"我说了你能怎样！"

……

这声音唐韵之再熟悉不过，是赵祈颜和孙轻扬的。她赶紧跑进去，入眼的情景比她想象的还要糟糕。

孙轻扬被朱帅拉着，赵祈颜被杨晟拉着，而她们本人则张牙舞爪目露凶光，头上和身上都有被泼过水的痕迹，眼睛里都是那种恨不能吃了对方的神情。几个值班警察无奈地站在一旁，不知道该怎么处理。若不是朱帅和杨晟拉着，后果怕是更严重。

"韵之你总算来了，"朱帅看见唐韵之，像是看见了救星，"快来帮忙劝劝，她不听我的。"

站在一旁的警察说："你帮着劝一劝，实在不行我们只能通知他们的父母来领人了。"

"别，我马上带她走。"唐韵之急了。

"你放手，快放手，我要撕烂她的嘴！"孙轻扬使劲掰开朱帅的手，"韵之你也别劝我，我今天不打死她我就不姓孙！"

"够了！"唐韵之跑过去拉开孙轻扬，"你这是在干什么！"

赵祈颜大笑："孙轻扬你可真够贱的，你为了她要打我，人家还不领情呢。"

杨晟使劲把赵祈颜拉到一旁："祈颜你别这样，我们先回去，回去再说好吗？"

现场一片混乱，孙轻扬和赵祈颜披头散发杀红了眼，谁也不肯善罢甘休。唐韵之头大了，今天陪唐泽辉出门之前她特意翻书看了星座运势，白羊座虽不像天蝎座那样桃花朵朵开，但也算是一切正常！

旁边那个警察发出最后的警告："两位，你们要是再不静下来，我只能通知你们的家人过来了。"

唐韵之不想事情被闹大，她大喊一声："都给我住手！"

估计是她的声音太过震撼，孙轻扬和赵祈颜果然住手了。

"别再闹了行吗？有什么话我们出去以后找个地方坐下来说。"

"用不着你假惺惺！"赵祈颜不屑。

"你放心，我没有这个闲工夫对你假惺惺。"唐韵之冷冷地说，"在公安局大打一架，明天上社会新闻头条，被拘留几天再出去；或是找个咖啡厅坐下来慢慢谈，把该说的说清楚。两个选择，你们自己选。"

沉默了一会儿，赵祈颜终于不闹了，她理了理头发："好，那我们就找个地方，打开天窗说亮话——孙轻扬，你要继续打架吗？"

"哼。"孙轻扬白了她一眼，但是怒火显然已经降下来了。

公安局大厅总算是恢复了平静。刚到这里的时候是十一点，等他们做完笔录出去已经十二点了。他们找了一家最近的咖啡厅，坐定，墙上的挂钟显示的是十二点半。

唐韵之问：“有什么话现在可以说了，谁先来？”

赵祈颜嘲讽道：“我早就说过，在你打我那个巴掌之后，我什么都不欠你了。不要每次都装出一副受害者的样子，你被甩了很可怜吗？你巴不得和杨晟分手吧！不要以为我不知道你和叶宙的事，认识杨晟之前你和叶宙就有婚约，你根本就是脚踏两只船！像你这样的人没资格装无辜！”

“你——”孙轻扬扬起手掌，就在她的巴掌要扇到赵祈颜脸上的时候，杨晟拉住了她。

孙轻扬怒了：“杨晟你放手，你还是不是男人！”

“轻扬你别这样。”朱帅赶紧帮着劝，生怕再闹到公安局去。

“有种你打啊！”赵祈颜非常激动，“我知道你喜欢杨晟，你一直在妒忌我和唐韵之……”

“你闭嘴，我没你那么卑鄙！就算我真喜欢他又怎样，至少我不会像你一样装病博同情！若要人不知除非己莫为，你做了什么自己清楚！”

“你说什么？”杨晟的头顶瞬间像炸开一个晴天霹雳。

赵祈颜也愣了，脸上一下子失去了血色，她万万没想到孙轻扬竟知道这件事。

这下子连唐韵之和朱帅都不知道该说什么了。在场的人都知道赵祈颜装病的事，只有杨晟蒙在鼓里。唐韵之答应过杨晋申，不把这件事告诉杨晟，孙轻扬也曾信誓旦旦答应不会说出去。可她早该想到，孙轻扬是个嘴巴比脑子快的人。估计孙轻扬说完，自己也后悔了。

“祈颜，她说得是真的吗？”杨晟不敢相信自己的耳朵，“你骗我？”

听赵祈颜说孙轻扬喜欢他的时候，杨晟已经很震惊了。忽然间又得知赵祈颜是在装病，他感觉有太多东西压在心上，压得他喘不过气来。

他的脸一分一分沉下去。他向来温和，给人的感觉如三月的阳光一般，唐韵之第一次在他脸上看到这样的表情。

唐韵之试着把话圆回来：“杨晟，其实……”

“韵之你别说话，”杨晟打断她，他盯着赵祈颜的眼睛，“告诉我，轻扬说的是不是真的？”

“我……”

“是不是？！”

赵祈颜被他这声吓了一跳，咬着嘴唇半天不说话。耻辱夹杂着血泪，向着她铺天盖地而来。她似乎看到孙轻扬、唐韵之、朱帅，还有杨晟，正用一种嘲弄的表情看着她，指着她骂。她想起了这几天发生的事，想起了继父狰狞的嘴脸，想起了她遭受的屈辱……

她所付出的一切，到头来全成了一场空。为什么会是这样？她不甘心，她真的好不甘心！

看着赵祈颜的表情变化，唐韵之又有一丝不忍。她刚想说什么，朱帅抢在她前面拉住杨晟："算了，杨晟你别逼她了，她不过是喜欢你才这么做。知道她没生病，你应该开心才是。"

"朱帅你是智障吗？到这个时候你居然还帮着她说话！你真相信庙里那个老和尚的满嘴胡言，以为你爸爸在公司的事能够顺利解决是有神仙相助？蠢！其实是韵之在帮你，她根本不喜欢叶宙，她是为了帮你才答应和叶宙在一起的！"孙轻扬再也憋不住，竹筒倒豆子一般把心里的话全部抖了出来。

"当初赵祈颜陷害你爸，你妈妈为了不把事情闹大，特意去找了她。可是你知道她做了什么吗？她在大庭广众之下让你妈妈给她下跪。你妈那么骄傲那么要面子，可是她为了保护你爸居然真的给赵祈颜下跪！可你知道赵祈颜做了什么吗？她当着路人的面，将正在喝的饮料全部倒在了你妈妈头上，你妈妈吭都没吭一声！你现在倒好，帮着羞辱你妈的人说话，你傻吗！"

朱帅一句话都说不出来，傻愣愣地望着赵祈颜。在他眼里，赵祈颜不过是个缺少父爱所以思想有些偏激的女孩。即便他们四个人的关系不复往日，他还是把赵祈颜当朋友，十几年的友情岂是说没有就没有的。

然而现在……

一个接一个的真相令杨晟猝不及防，他看着唐韵之，眼中是说不出的复杂神色。

"祈颜，没想到你会做出这样的事。"朱帅很平静，就像以往他和赵祈颜说话一样。

一缕笑意从赵祈颜嘴角蔓延开来，渐渐扩大，到后来她的表情看上去疯了一般，她笑着说："没错，我本来就是这样的人。你觉得很意外吗？"

杨晟很努力地让自己平静下来，他艰难地开口："祈颜……"

"我们分手吧！"赵祈颜笑，"不用你说分手，我早就厌倦了。你在我面前做出一副对我很好的样子，可你心里还是想着唐韵之！你不觉得这样是对我的一种背叛吗？你就是一个烂好人，以前你配不上唐韵之，现在你也配不上我。我受够你了！”

正说着，赵祈颜忽然回头朝着唐韵之狠狠扇了一巴掌，“啪”的一声，特别清脆。唐韵之还没反应过来这是怎么一回事，赵祈颜厉声道：“当时你打了我一巴掌，这一巴掌是我还给你的，连着杨晟一起还给你。”

说完她大步离开了。一旁看热闹的服务员一愣一愣的，其中一个对另外一个咬耳朵说：“这女的真牛！”

“韵之你没事吧？”杨晟去拉她的手。

唐韵之触电似的躲开了，她眼神闪躲：“我有事先回去了。”

“韵之，韵之……”

唐韵之没有回头，她飞快地冲出咖啡厅，拦了一辆路过的出租车。车门关上的那一刹那，她的眼泪疯狂地往外涌。

她的运气还是不错的，大半夜的路上的出租车不多，而她一出门就碰到了一辆。她不敢想象，要是杨晟追上来她该怎么办。她是个那么死要面子的人，即使是杨晟对不起她，她也决不允许自己在他面前掉眼泪。

“小姑娘，跟男朋友吵架了吧？”司机从后视镜里看到唐韵之一直在哭，忍不住唠叨几句，“我看见你男朋友追出来了呢。追出来说明已经知道错了，你快别哭啦。”

唐韵之想说她没事，可一开口眼泪流得更凶了。

司机被她吓坏了，赶紧道：“你别哭啊，我不说就是了，快别哭了。”

没人劝还好，一有人劝唐韵之的眼泪更是止不住，她终于体会到书里写的“眼泪跟自来水一样往下流”果然真有其事。

这一刻唐韵之有了度“秒”如年的感觉，从咖啡厅到她的家也不算太远，她却觉得坐车像是坐了一个世纪那么久。等到司机说到了的时候，恍然间她觉得世界变了，原本熟悉的一切轰然坍塌，取而代之的是重新砌起来的陌生城墙。

唐韵之打开车门默默走了下去，司机忍不住又唠叨一句：“小姑娘，想开点啊，世上没有过不去的坎。”

她哭笑不得，这司机看她哭成这样，不会以为她会想不开做傻事吧？

她之前出门的时候，唐奎和唐泽辉都不知道。现在家里一片黑，他们估计都睡了。

她不敢开灯，只能借着外面路灯照进来的昏暗的光慢慢摸索，蹑手蹑脚回到自己房间。

3

夜很静，风吹起窗帘，发出轻微的声响。

唐韵之难得失眠，而她今夜彻底失眠了。直到外面的亮光透过窗帘微微洒进来，她的眼睛还是睁得大大的。

小区里不知谁家的狗开始不安分地叫，听声音可知这条狗应该还小。一种熟悉的感觉蔓延开来，唐韵之忽然觉得，这条狗的叫声很像Vivilian送给她的那条马尔济斯犬。

Vivilian是宋子深的前任女友，宋子深去澳洲留学的时候认识了她，两年前他大学毕业，这个执着的澳洲女孩义无反顾地跟着他来到了中国，当时她唯一带着的就是那条马尔济斯犬，唐韵之还记得它的名字叫Baby。

前年寒假唐韵之是在外婆家过的，她仗着和Vivilian的关系好，厚着脸皮让人家把Baby送给她。Vivilian笑着说Baby和她感情很深，舍不得给，但是承诺以后一定送唐韵之一只和Baby一样可爱的小狗。

后来不知道是什么原因，宋子深和他出国前的女朋友和好了，Vivilian什么也没说，只身回了澳洲，临走前她把Baby留给了唐韵之。她说也许以后没机会再见了，怕兑现不了送小狗的承诺。

给Vivilian送机的时候，唐韵之和白初瑶都哭得稀里哗啦的，眼泪全部掉在Baby雪白的长毛上。唐韵之信誓旦旦答应Vivilian，她一定会把Baby养好，结果不到一年Baby就死了。为此，唐韵之觉得特别对不起Vivilian。

到了现在，唐韵之忽然觉得，Baby是她和杨晟一起养的，Baby死了，所以她和杨晟的感情也死了。

然而就在这个夜晚，她和杨晟藕断丝连的莫名情愫，还有她和叶宙不清不楚的凌乱关系，该结束的总算都结束了。

翌日清晨，唐韵之的眼睛有点难受。她想，可能是昨晚哭太多了。她努力整理好心情，走下床掀开窗帘。由于动作太大，她差点把桌子上的花瓶碰掉了。

窗外没有太阳，不过她呼吸着新鲜空气，感觉自己像个新生的婴儿。一如电视剧里经常出现的镜头，女主角被虐得死去活来，当她面对太阳微笑，置之死地而后生。

她希望自己也能置之死地而后生。那么——再见了，杨晟；再见了，叶宙；再见了，那些青葱岁月。

唐韵之换好衣服下楼，唐泽辉已经把早饭准备好了。她倒是不觉得意外，昨晚她一搅和，唐奎认定了苏媛媛是自己的儿媳妇，唐泽辉百口莫辩。他既然不肯和苏媛媛在一起，肯定会想方设法讨好她，好让她帮忙把事情解决。

看着唐泽辉忙碌的样子，唐韵之忍俊不禁。说实话她还蛮喜欢苏媛媛，要是唐泽辉真娶了苏媛媛，那也未尝不是个好的结局。好歹苏媛媛是个才貌双全的大美女，比起唐泽辉之前交的那些乱七八糟的女朋友，什么模特啊明星啊网红啊之类的，苏媛媛实在好太多了。

可惜，有时候现实偏偏不如想象的那般美好，想当初她和白初瑶多么希望Vivilian能成为她们的嫂子，到头来还不是竹篮打水一场空！想起宋子深现在那个整容脸女朋友，她忍不住摇头。

“叔叔早！”唐韵之笑得很灿烂。

唐泽辉回头看了她一眼，惊叫：“你今天化的什么妆啊？”

“啊？”唐韵之纳闷，她明明没有化妆。

这时候唐奎从卫生间出来，看见唐韵之也吓了一跳：“韵之你的眼睛怎么了？”

“是啊，跟熊猫似的。”

“是不是昨晚没睡好？”

“……”

唐韵之没有理会二人，脚底生风一样跑进了卫生间。她从镜子里看见自己两个足以和熊猫相媲美的黑眼圈，忍不住大叫。

“怎么了？”唐奎被她吓了一跳。

唐韵之非常沮丧：“我有黑眼圈！”

都说美人是睡出来的，果然不假。她才一夜没合眼，现在都憔悴成什么样了！

三个人坐在餐桌上吃早饭。唐泽辉偷偷瞄唐韵之，他强忍着笑，像东西噎在喉咙里咽不下去似的。唐韵之瞪他一眼他就稍微收敛一下，然后转过头去偷笑。

“为老不尊。”唐韵之喝了一勺白粥，小声嘀咕。

唐奎一愣：“什么？”

“没什么没什么，我是说叔叔这粥煮得很好喝。”

“嗯。确实不错。”

唐韵之挤出一个邪邪的微笑："叔叔，赶快吃啊，你今天不是约了小婶婶吗？"

好在唐泽辉及时忍住，不然真的要喷出来了，他说："我今天约了叶总编商量摄影展的事，你忘了？好像昨晚还是你把我手机号给叶总编的吧。"

"……"

唐奎说："工作要忙，女朋友也是要陪的。媛媛这孩子很合我心意，你可要对人家好点！"

"爸，我……"

"是啊，小婶婶那么好的一个女孩，你可不要辜负人家。"唐韵之落井下石。

唐泽辉一个劲儿地朝她眨眼睛，她假装没看见，搁下碗筷："我吃饱了。爷爷你慢点吃，多吃点。"

唐韵之乐颠颠地去客厅看电视，每次和唐泽辉作对，她心情就特别好。

或许是昨晚把该解决的事情都解决了，唐韵之虽然心里还是有些难过，但有种说不出来的轻松感，整个人都像要飘起来似的。那些伤心事全被她埋进了心底，她不想回忆，于是选择性失忆，就当什么都没发生一样。

她打开电视机，抱着膝盖换台，整个人陷进沙发里。沙发很舒服，当然也很贵，她那个奢侈的老妈花了十几万买回来的。

"韵之你在家吗？快开电视，换到A市一台。"孙轻扬的信息跳了出来。

恰好，唐韵之正好换到了A市一台。她两眼盯着屏幕，好不容易调整好的心情又变味了。电视里正在播早间新闻，先辉股东周元奇因涉嫌贪污公司巨款且做假账，于昨晚六点被警方逮捕。

唐韵之总算明白，昨晚赵祈颜为什么会疯狂地喝酒。周元奇是赵祈颜的继父，他因贪污被抓，这意味着赵祈颜将会一无所有。好不容易得到的一切在一夕之间化为灰烬，难怪她会情绪失控。

昨晚朱帅和孙轻扬在餐厅吃饭，恰好碰见赵祈颜。当时赵祈颜已经有了三分醉意，孙轻扬又是那种疾恶如仇的人，她忍不住讽刺了赵祈颜几句。谁知，赵祈颜居然疯了似的冲上去打她。她们俩都是烈性子，互相泼酒，揪头发，拳打脚踢，到后来甚至连牙齿都用上了。朱帅在一旁吓傻了，怎么劝都劝不住。

不知是哪个好事者打电话报了警，警察赶到的时候她们两个人还在撕扯，于是双双被带进公安局做笔录了。可她们都不是乖乖听话的人，谁也不肯配合。朱帅没辙，打电话把杨晟叫了去，结果杨晟也没辙。朱帅无奈，又不敢把孙轻扬的父母叫来，只好打电话叫了唐韵之。然后就出现了唐韵之到公安局看见的那一幕。

所有事情，都是有因有果的。

唐韵之翻到了赵祈颜的号码，犹豫，再犹豫……等到早间新闻结束，她的拇指依然放在通话键上面，没有勇气按下去。她不是个善良的人，更不是个能轻易原谅别人的人，说不恨赵祈颜，那是假的。

犹豫了好久，她也不知道她是怎么鼓起的勇气按下了通话键，电话拨通的时候，她仍然在发愣。

“怎么不说话？”赵祈颜的声音听起来很冷静，和在公安局大吵大闹的她判若两人。

“你……”

唐韵之本来想问“你还好吧”，话一出口就变成了“你在哪里”。

“我在机场，”赵祈颜波澜不惊，“韵之，我累了。不过这并不代表我会输给你。等我回来，我会证明给你看的，我赵祈颜不比你唐韵之差。”

“你要去哪里？”

“不用你操心，我自有地方去，再见。”

赵祈颜还是一如既往的果断，三言两语讲明了她的意思。她挂断了电话，留给唐韵之一片弥漫着雾气的天空。

唐韵之忽然觉得，她一点都不了解赵祈颜。

早间新闻结束之后，紧接着开始播电视连续剧。唐韵之正在想事情，电视里，男主角对女主角说：“我们重新开始吧。”女主角回答：“太晚了，你还是你，我还是我，我们却已经不再是我们。”

唐韵之记得，她曾经在哪本书上见过这句话：你还是你，我还是我，我们却再也不是我们了。

就像她和杨晟。

就像……她和叶宙。

第十章

一别经年

//////////

她想要的不仅仅是他的爱，还有信任，那种可以患难与共的信任。

1

清闲的日子，时间总是会不经意流逝掉。就像蝴蝶张开翅膀在花丛中飞舞，明明时刻在回首，却一晃错过了太多的景致。

唐韵之躺在椅子上发呆，她瞥了一眼日历，惊觉马上要开学了。

唐奎又在唐丽影家住了几天就回美国了。唐泽辉也搬回了自己家，而他和苏媛媛的事情还没解决。他本想和唐奎说明情况，又怕被逼着去相亲，于是一直拖着。唐奎回去之前还嘱咐他早点结婚，弄得他哭笑不得。

这段日子唐韵之过得很舒服，陪苏媛媛逛街三次，陪夏彤逛街一次，和杨晟约在咖啡厅见了一次，除此之外，她基本宅在家里。朱帅和孙轻扬时常来看她，有时候无聊她也会打电话把苏媛媛约来凑一桌打麻将。她每次问苏媛媛和唐泽辉的进展如何，苏媛媛总是笑得很奸诈，也不知道葫芦里卖的什么药。

唐韵之看了一眼书架，本想找本书翻翻打发时间，却无意间看到了放在角落的

《法华经》，伸手拿了出来。

她不记得具体是哪天买的这本经书，仔细回忆了一下，好像是有一天无意中想起Baby，她就给Vivilian发了邮件，后来两个人在微信上聊得不亦乐乎。

聊到现状，Vivilian说她最近在研究宗教文化，还说看经书能让人的心平静下来。这句话直接导致唐韵之糊里糊涂买了这本《法华经》。因为那阵子发生了太多事，她心里很乱。

买经书的事发生在她和杨晟见面之后。那日见到杨晟，他们聊了很多。

杨晟打电话约唐韵之的时候，她正在和孙轻扬他们打麻将，风头也正好，一连赢了六局。然而一听到杨晟的声音，她高昂的兴致猛然跌落谷底。也不知道杨晟抱着什么样的心思，居然约她在Tina的甜品店见面。

朱帅问唐韵之："误会都解除了，你和杨晟还能不能回到过去？"

唐韵之很理智地回答："玻璃碎了，你用再好的胶水粘回去，还是会有裂痕的。"

显然，杨晟也明白这个道理，所以他并没有提出复合。抛却那段剪不断理还乱的过往，他们的关系简单了许多。

杨晟问她："你还记得我们第一次见面的情形吗？"

"记得，是在祈颜家。"

杨晟笑了："我们第一次见面不是在祈颜家，比那还要早。或许你已经不记得了，那年夏天，我骑自行车撞到了你。"

记忆的碎片被重新拼凑在一起。

唐韵之飞快地回忆着，她像是想起了什么，难以置信："你就是那个骑车的男生？"

她当然不会忘记，那一次她听了朱帅的馊主意，想制造和沈翀亲密接触的机会，谁知原本完美的计划被突然骑车冲过来的男生搅乱了。她当时被撞得很惨，小腿鲜血淋漓，至今还留着一道疤痕。

"其实我是故意撞你的。"杨晟的语气很轻松，"你可能不知道，你在学校里很出名。男生茶余饭后最热衷的话题就是美女，你和赵祈颜是在他们嘴里出现频率最高的女生。"

除了惊讶，唐韵之不知道还可以用什么词语来形容她的感受。

"电视剧都是这样演的，男主角骑车撞了女主角，然后认识，最后在一起……可惜你连看都没有看我一眼。我看见另外一个男生带你走了，当时我就想，也许我注定不是你的男主角。后来我转学了，本以为再也见不到你。可是老天对我不薄，他给了我机会，是我自己没有珍惜。我最近一直在想，能和你有一段美好的回忆，我很知足了。我只希望你不要恨我，我不是故意让你伤心的，韵之。”

唐韵之也笑了：“都过去了。”

杨晟说得对，或许他们的缘分在第一次见面就已经注定。他不是她的男主角，以前不是，以后也不是。

初次见面，他留给她的是腿上的一条伤疤；相恋一年之后，他留给她的是心上的一条伤疤。玻璃碎了，用再好的胶水粘回去还是会留下裂痕。那两道疤痕也是一样，永远无法抹去。

手机铃声响起，打断了唐韵之的追忆。苏嫒嫒在电话里说：“韵之你快准备一下，我去你家接你。”

“准备什么？”

“你忘了？今天晚上是《云游》杂志新版的发布会，也是你叔叔摄影展的开幕典礼。”

苏嫒嫒若是不说，唐韵之倒还真忘了。

“我就不去了吧。”她不太想凑这个热闹。

“不行，没了你戏还怎么唱！”

“什么戏啊？”

“我是说，你不去的话太不够意思了是吧，好歹也得去捧捧你叔叔的场啊。”

“可是我……”

“就这么愉快地决定了！二十分钟后我去接你，bye bye！”苏嫒嫒挂电话的速度非常快。

唐韵之没办法，不情愿地从躺椅上挣扎起来。

几天前苏嫒嫒跟唐韵之提过，叶宙去美国了。也不知道他有没有回来，如果他在国内，今天晚上这样的场合他十有八九是会出席的。她现在最怕见到的人就是叶宙，以至于她都不敢关注他的任何消息。哪怕是在新闻或电视上看见他，她还是会不舒服。

唐泽辉摄影展的举办地是市中心广场的画廊，所以《云游》新版的发布会特地选在中心广场对面的酒店举行。

车子还没到酒店，唐韵之已经开始坐立不安了，时不时把低胸小礼服往上拉。她原本穿了一身比较随意的裙子，但苏媛媛说太不正式了，说什么也要带她去买衣服。唐韵之拗不过她，只得跟着去。当她穿着现在这身礼服走出更衣室的时候，苏媛媛那不怀好意的眼神令她毛骨悚然，顿时产生一种很不祥的预感。

“再拉衣服就破了。”苏媛媛嗤笑一声。

唐韵之说：“这衣服太露了。”

“不露，你身材好，我本来还想让你穿露肩的呢。”

唐韵之露出一个很无奈的眼神。苏大小姐和唐泽辉简直是绝配，不在一起太可惜了！

她正在心里嘀咕着，苏媛媛一个急刹车，她一下子没收住，身体直直往前面椅背上撞去，正中额头。

“哎呀——”

“没事吧没事吧？我光顾着跟你说话，车子差点开过头了。”

唐韵之揉揉额头，埋怨：“如果我说我脑震荡了，想去医院，你会带我去吗？”

“少蒙我，你又没撞到后脑勺。”苏媛媛下车，开门，“等一下会有很多记者赶来，你要是不想被拍到就赶紧下车。”

记者要拍也是拍那些有新闻价值的人物，她一介平民百姓，谁会有兴趣拍她！不过，话虽这么说，她还是乖乖下车了。

也不知是怎么了，唐韵之刚进酒店大门，一大群记者忽然从四面八方涌来，不管三七二十一对着她们一顿狂拍，闪光灯“咔嚓咔嚓”闪个不停。

“苏小姐，请问您这次回国有什么打算？”

“我听说你和唐泽辉先生是男女朋友关系，请问有没有这么回事？”

“苏氏集团注资Flying的消息不胫而走，不知令尊有什么打算？如果叶宙和叶嘉言总编都不同意，你们会强制执行吗？”

“苏小姐好像和叶宙是朋友吧，不知道对于他和钱颖真的关系你有什么看法？你觉得他们有可能会在一起吗？”

……

记者们的问题都很尖锐，问到后来不仅仅是苏媛媛和唐泽辉的绯闻，连叶宙也被牵扯了进来。唐韵之一直躲在苏媛媛身后不敢出声，她没有见过这样的场面，生怕说错一句话就会引来不必要的麻烦。

好在苏媛媛早有准备，她从容答道：“不好意思，酒会马上就要开始了，各位有什么问题稍后再问吧，时间允许的话，我会一一回答你们。”

美女嫣然一笑，在场记者不管男的女的马上收敛之前虎视眈眈的气势，让出了一条路。唐韵之唯恐他们后悔，赶紧拉了苏媛媛进去。

“咦，这位小姐好眼熟，好像在哪里见过。”

“是啊是啊，好像是大厅海报上的模特。”

听到这些话，唐韵之心里那不祥的预感再次升腾。等她进了酒店的大堂，她才恍然大悟。果然……

巨幅海报上，身穿白色连衣裙的女孩站在游轮前头，斜举着右手，几只白色海鸟争相抢夺女孩手中的食物。阳光打在她的脸上，她的笑容比阳光更灿烂，黑色的长发在风中飞舞。

海报上的字很显眼：唐泽辉主题摄影展——魂牵梦萦大西洋。

上面的白裙女孩分明就是唐韵之。

2

唐韵之的内心是崩溃的。当初她猜到会有这样的结果，所以她威逼利诱唐泽辉，绝对不可以把她的照片放到杂志上。唐泽辉还在她面前发过毒誓：我要是把韵之的照片放在杂志上，就罚我娶一个丑八怪当老婆，哦，不，是三个！

“居然耍我！”唐韵之咬牙切齿。

苏媛媛小心翼翼地问她：“你没事吧？”

“我去找他问个明白！”

唐韵之转身就走。

“韵之你冷静一下，等等我等等我。”

苏媛媛在后面追，高跟鞋踩在地上发出哒哒哒的声音，在宽敞的酒店大厅格外响亮。

内堂和外厅俨然是两个世界。前来参加酒会的人很多，男的绅士女的高贵，谦和有礼，觥筹交错。悦耳的钢琴声从美女钢琴师的指尖缓缓流淌而出，混着大小提琴高低有致的弦音，组成了一曲优美的乐章。

桌上放着精美的糕点和红酒，唐泽辉就站在那张S型长桌边，手握一杯红酒优雅地与客人攀谈，他身边站着的是《云游》的总编叶嘉言和Flying的CEO陈庭。

叶总编一眼就看见了唐韵之，招手示意她过去。

在这样的氛围下，唐韵之心头的火气也消了一些。

“韵之，你可算是来了。”叶总编笑容可掬，“刚才有记者问我海报上的美女是哪位模特，你不在，我都不知道怎么回答对方。”

唐韵之笑得很勉强。她的眼角余光瞟了瞟，睨着唐泽辉。

唐泽辉不是傻子，他第一时间注意到了唐韵之愤怒的目光，不过狐狸的狡猾之处就在于他很会装傻，明明看见了却假装看不见。唐韵之极为恼火，真想抛下女孩子的矜持踹他两脚解气。

苏媛媛进门之时，唐韵之和唐泽辉正在进行眼神交战。她挤出一个优雅得体的笑容，娉娉婷婷地向中心人物走去。

不久前，苏氏集团欲注资Flying的消息闹得沸沸扬扬，苏媛媛这位苏氏集团的千金也颇受关注，再加上她和唐泽辉之间不清不楚的绯闻，Flying的高层领导对她都不陌生。

看见美女走过来，以陈庭为首的Flying诸位领导纷纷迎上前向美女问好。

叶总编气质典雅，笑道：“苏小姐能抽空前来，为我们Flying的酒会增色不少啊。”

“叶总编言重了，我和唐先生是好朋友，来捧场是应该的。”

陈庭也说：“早就听闻苏小姐不仅学历高，还是难得一见的美人。今日得见，苏小姐真人比照片上还要好看。”

“过奖了，谢谢。”

趁着苏媛媛跟他们交谈，唐韵之赶紧把唐泽辉拉到角落，质问：“你说的那些话都是糊弄我的吗？”

“我说什么来着，哎呀，我忘了。”

“你说要是把我的照片放到杂志里面就罚你娶三个丑八怪当老婆！”

“是啊，我是说过不把你的照片放进杂志，我没有食言啊。”唐泽辉一脸无辜，他指了指一旁的桌子，“你看，那里是新杂志的样刊，不信你去翻翻，里面一张你的照片都没有，全是风景照。”

“你——”

“我只说不把你的照片放进杂志，没有说不放海报上啊。这不算食言吧？”

“杀了你啊！”

唐泽辉摊手：“下次动真格吧，光说多没意思啊。”

唐韵之简直忍无可忍，她的怒火即将爆发，千钧一发之际，叶宙出现了。

俊朗帅气的叶宙和美丽动人的钱颖真从大门口进来，瞬间成为全场的焦点。美女钢琴师换了一首曲子，指尖倾泻而出的乐章也像是刻意为他们谱写的。钱颖真小鸟依人地挽着叶宙的手，人比花娇。她的目光落在唐韵之身上，对她温和一笑。

最重要的人物已然登场，站在内堂门口的保安按照吩咐，把记者们放了进来。现场顿时热闹起来，也嘈杂了不少。当然，相比酒会本身，记者们更关注的是叶宙和钱颖真的绯闻，以及苏媛媛和唐泽辉的绯闻。好多相机对着他们狂拍，生怕一不小心错过了最重要的细节而被其他媒体捷足先登。

这种情况下，唐韵之再大胆也不敢胡闹，她只能眼睁睁看着唐泽辉走掉。

酒会正式开始，面对记者们的提问，叶宙、苏媛媛、唐泽辉，他们一个个都像是接受过专业训练一样，从容不迫，既回答了记者的提问，又巧妙避开了一些敏感话题。

唐韵之不想蹚这趟浑水，她随便挑了几样自己喜欢吃的糕点，独自一人坐在角落的沙发上慢慢享受。她坐的地方离乐队很近，钢琴声如泉水叮咚，若抛却那些烦心事，一边吃东西一边听音乐还真是很美的享受。

正吃着，记者们忽然纷纷掉转头来看她。唐韵之觉得很奇怪，脑子一下没有转过弯来。她的第一反应就是迅速把糕点放下，不管那些记者要干什么，形象最重要！

她警惕地看了人群一眼，大拇指不自觉地往手心缩。

这么一个细微的动作还是没有能逃过叶宙的眼睛。正如唐韵之知道叶宙不喜欢戴眼镜不喜欢吃动物内脏一样，叶宙也很清楚唐韵之每次紧张的时候就会不自觉地把大拇指往手心缩去。他曾问过心理医生，医生说每个人都会有下意识的反应，而唐韵之的这一小动作说明她其实很需要别人去保护她。从小被父母放养在外的她，缺少的和渴望的正是亲情。

“韵之，过来。”叶宙轻描淡写地喊她的名字。

唐韵之没办法，硬着头皮往前走。苏媛媛帮她选的是一双和礼服配套的高跟鞋，非常轻巧，可是她却觉得鞋子里好像灌了铅一样，每一次抬脚都要使出全身的力气。

等到她走进人群，叶总编很自豪地对记者宣布：“韵之就是海报上的模特，她是唐先生的侄女。”

一股不祥的预感从脚底蹿上来，唐韵之越来越紧张。

“唐先生的侄女，那不就是宋扬之的女儿？”

“钢琴家宋扬之的独生女？难怪这么漂亮。”

“跟宋女士不像呢，比较像唐泽凯先生。”

“唐小姐的身形看起来好眼熟，好像在哪里见过。”

记者们议论纷纷。

这时候，一个男记者说了一句话：“她不就是第一次被爆出是叶总真命天女的那位小姐吗！”

这句话就像投进池塘的石头，立刻激起了巨大的浪花。

有人马上反驳：“不对啊，难道不是钱颖真小姐吗？”

“不对不对，不是钱颖真，是这位唐小姐。那张照片是我同事拍的，我见过。当初她手上戴着的也是现在这条链子。”

一语既出，刹那间所有目光“唰”地全部投向唐韵之的左手——她的左手手腕上戴着一条螺旋形的白金链子。这条链子是她已经去世的奶奶留给她的，从戴上那天起就没有摘下来过。

唐韵之慌了神，她求助地看向叶宙，指望他能念旧情帮忙澄清。可是这样的目光在记者们眼里又是一种别的意味了，机灵的人马上把这一幕拍了下来。

叶宙与唐韵之对视了三秒钟，然后淡漠回头，好像根本没有看到她一样。他明知道她的意思，不过他一点要帮忙的打算都没有。

现场的气氛开始混乱，主题酒会俨然成了叶宙真假女朋友的讨论大会。Flying那帮人你看我我看你，也不知道该怎么圆场，似乎记者们对八卦的关注度比对杂志抑或是摄影展本身更高。

唐韵之决定先发制人。她马上抢过发言权：“我想大家是误会了，这条链子是我在夜市上淘来的，淘宝有很多同款。”

一语既出，连她自己都明显感觉到底气不足。为了圆谎，她继续瞎掰：“我和叶总的确认识，之前见过几次。我爷爷和叶总的爸爸是好朋友，论辈分我应该叫叶总一声叔叔。”

“那么请问唐小姐，之前照片上那个人是不是你？”

“我……”

记者穷追不舍，也有向叶宙和钱颖真发动攻势的。

“叶总，你和唐韵之小姐真的是男女朋友关系吗？”

“你之前从未传过绯闻，为什么最近接连被拍到和钱颖真小姐约会的照片，这是不是代表钱小姐是你默认的女朋友？”

“钱小姐，你对唐韵之被爆是叶宙的前女友这件事有什么看法？”

“钱小姐，你知道不知道叶宙和唐小姐曾经交往过的事？”

“钱小姐，你是不是导致叶宙和唐韵之分手的第三者？”

……

如果说之前现场只是混乱，那么现在已经完全失去控制了。记者们分成三大派，分别围堵叶宙、钱颖真和唐韵之。陈庭和叶总编试着控制局势，但无济于事。唐泽辉一副事不关己的样子，丝毫不在意自己的摄影展会因此搞砸，他身边的苏媛媛则掩嘴偷笑。

唐韵之被逼得一步步往后退，大脑一片空白。狗仔队的恐怖程度她在电视上见识过，也听宋扬之讲过，亲身经历却还是头一次。记者们的问题都很尖锐，她不知道该如何面对不停闪烁的镜头。

“有人爆料说你的爷爷唐奎先生，和叶宙的父亲叶荣光先生曾为你们定过婚约，有没有这回事？”

“你是不是叶宙的前女友？”

“是不是钱颖真的介入导致你和叶宙分手？”

“对于叶宙和钱颖真频频出现的绯闻你怎么看？”

“不久前叶宙和钱颖真被拍到一起去医院，爆出了钱颖真怀孕的绯闻，请问你有什么看法？是不是很气愤？”

唐韵之拼命摇头：“我不知道，我真的不知道，不要问我……”

她穿着高跟鞋在人群中被挤来挤去，一下子没站稳，被人撞了一下。她右脚一崴，鞋跟顿时断了，她猝不及防摔倒在地。

有人拨开人群走了过来，灯光把他高大的身影投在地上，越来越近。

唐韵之回头，对上了叶宙冷漠的双眼。此时此刻，她是怨他的。若不是他，这一切都不会在她身上发生。

叶宙二话没说把唐韵之扶了起来，他提高声音对记者说：“我和唐小姐不是你们所想的那种关系。麻烦大家让一让。”

记者们不肯罢休，试图挖掘到更多内幕。

“那请问两位是什么关系？”

“关于二人有婚约的传闻是不是真的？”

“你这么说是不是为了维护唐小姐？”

“唐小姐对叶先生的回答有什么看法，是不是很失望？”

……

叶宙把唐韵之护在怀中，拨开人群奋力往外走。唐韵之的鞋跟断了，走起路来很不方便，但是叶宙没有给她做任何小动作的时间，她只能一瘸一拐跟着他走。

估计是现场闹得太厉害了，有人叫来了保安。场面总算被控制住了，记者们也没有继续追上去。

3

车子一直开到唐韵之家门口，两个人都没有说一句话。车里开着冷气，气氛却比冷气更让人感到寒冷。

末了，唐韵之低声吐出两个字：“谢谢。”

叶宙没有回答，甚至没有抬眼看她。她当然不会自作多情地认为叶宙帮她是因为对她余情未了，他并不是为了帮她，他只是不想让自己再陷入和她的绯闻中。所以她没有等他开口，直接开门下车。

唐韵之的右脚刚迈出，左手就被拉住了。叶宙的力气很大，他紧紧抓住她的手，没有一点要松开的意思。如果灯光够充足的话，她或许还能看到手腕上被捏出来的红痕。

“你……”

话未出口，叶宙猛一用力，唐韵之连挣扎的余地都没有就被他禁锢了。一切来得太突然，两年前在美国发生的那一幕开始重演——她的嘴唇被叶宙吻住了。顿时，她的世界天旋地转。她除了紧张，还有一丝说不清道不明的异样情绪。有那么一刹那，她连呼吸都忘了。

火辣辣的痛意在她的双唇之间燃烧，她咬他，推他，都无济于事。她的指甲深深陷进他的肉里，他却还是没有要放开她的意思。若有若无的血腥味给冰冷的气氛增添了色彩，交杂了眼泪的咸味，还有一丝苦涩。

许是因为泪的咸味，还有血的腥味，叶宙停了下来。他松开了紧紧箍住唐韵之的双手。唐韵之马上抽出身子，她扬起手臂，一巴掌朝着叶宙的脸挥了过去。

“啪！”

寂静的夜色中，这一声特别响亮，特别突兀。

唐韵之愣住了，她以为叶宙会躲，以他的角度，他很容易就能躲开。可是他没有，他盯着唐韵之看，瞳孔深如大海，如夜空，如冬夜的荒原……

“你这样羞辱我，有必要吗！”唐韵之冷笑，“是为了报复我？”

大海中浪花翻腾，是她的声音；夜空中星光闪烁，是她的目光；从冬夜的荒原上掠过的清风，是她简简单单的一句话。

“韵之。”叶宙叫她的名字。

她一愣。

“韵之。”他又叫了一声。

她扫了他一眼，等着他的下文。

没有下文。叶宙叹了一口气，说了她再熟悉不过的三个字：“下车吧。”

得到他的允许，唐韵之没有丝毫留恋，二话不说离开了这令她浑身不自在的空间。她步子迈得很急，以至于刚走第一步就扭到了左脚。噬骨的痛从脚踝蹿出来，闪电般流向她的全身。她就像被砍断的树一样，忽然间失去可以支撑身体的力量，猝不及防地摔倒在地。

这时候她才想起，她的鞋跟在酒店的时候就断了。

“咔！”

唐韵之倾注在脚踝上的注意力被吸引开了，她抬头，只见叶宙正背对着路灯的光芒，一步一步向她走来。

不知怎么的，面对这样的叶宙，她心底产生了一丝不忍——

终究是她亏欠了他啊！

“我没事，你回去吧。”她知道叶宙要做什么。

叶宙说：“你再这样固执，我只能抱你进去了。”

这句话很管用，唐韵之乖乖闭嘴了。

叶宙很绅士地把她从地上扶起来，没有多余的肌肤接触，没有任何逾越。他显然是很注意自己的动作，这跟前一分钟热吻她的那个人简直判若两人。如果这一幕只是发生在电视剧或者小说里，她一定会哈哈大笑，笑他假正经。只可惜，他“假正经”的对象是她，她还没豁达到这种程度。

唐韵之站定，勉强稳住身子。脚踝的痛意还是没有退去，她假装没事，对叶宙说了声谢谢。一边说着，她还踮了踮脚——鞋跟断了，她这样站着很吃力。

叶宙弯下腰，把她的鞋子脱了下来。

“你干吗——”唐韵之一时情急叫了出来。

鞋子离开脚的时候，骨头也像是要跟着被抽离一样。她隐约听到了骨头“咔”的一声响，也不知是不是她的错觉。

“你做什么？”她问叶宙。

叶宙握住鞋跟的手一用力，鞋跟咔吧断了。他蹲下来帮唐韵之穿上鞋子：“以后不要穿这么高的鞋子了。”

“是小婶婶帮我选的。”

“苏媛媛？”叶宙轻笑，“她的性子倒是跟你挺像，只是……”

唐韵之等着他继续往下说，不过他似乎很乐于卖关子，话每每讲到一半就顿住，然后转移话题：“脚疼吗？”

“不疼。”唐韵之说谎不脸红，心里却想不疼才怪呢！

“那就好，回去早点歇着，不要熬夜了。”

“你怎么知道我经常熬夜？”

叶宙答非所问：“我得走了，记者跟来就麻烦了。”

“再见，今天……”唐韵之憋了半天，还是只说了句，“今天谢谢你了。”

“我们之间就只剩‘谢谢’了吗？”

唐韵之很尴尬：“我回去睡觉了。”

她其实一点都不想睡觉，熟悉她的人几乎都知道她唐大小姐是火星时间，黑白颠倒。这会儿正是她的活跃期，她能睡着就有鬼了。叶宙很清楚，这只是她想早点离开他的一个拙劣借口。

她转身。一步，一步，又一步……

痛意沿着小腿向上蔓延，如藤蔓一般将她紧紧包裹，她每走一步都像是走在刀尖上一样。她忽然想起了小时候看过的安徒生童话名篇《海的女儿》，她终于明白了故事里小美人鱼在刀尖上跳舞的感觉。小美人鱼是为了走进王子的生活，而她是为了逃离叶宙的束缚。

唐韵之没有回头，但她知道叶宙没有离开。他的目光一直停留在她的身上，如慢火炙烤着她的肌肤。她一进屋就迫不及待地把门关上了，叶宙的身影在门缝中越来越小，最后被挡在了外面。

眼泪不争气地流了出来。唐韵之靠在大门上，身子一点点往下滑。她穿得很少，冰冷的地面触到了她裸露在外面的肌肤，寒意丝丝入侵。可是她没有感觉，她只觉得好累。也许，只有和叶宙彻底划清界限，她才能得到永远的平静。

她就这样靠着门坐了很久，等到脚踝没有那么痛了才挣扎着起来。

她从小就很怕疼，偶尔割破手指也会要死要活的。叶宙给她脱鞋的时候，她差点以为自己脱臼了。

她扶着墙壁，灯的开关在门口，一伸手就摸到了。

轻微的一声“啪”过后，水晶吊灯暖黄色的光芒刹那间充斥着整间屋子，明亮而温馨，和室外的清冷夜色完全是两种感觉。现在是夏天，但因为台风的关系，最近温度降了许多。在这样大风的夜晚，走在路上甚至能感到些许凉意。

唐韵之想起，上次也是在这样的夜晚，她去关窗户的时候发现叶宙的车子停在她房间的窗底下，好久都没开走。

一种莫名的感觉涌上心头，她的心开始不安分地加速跳动。她怕同样的事再次发生，毕竟她和叶宙已经分手了，叶宙任何一丁点儿暧昧的情愫都是她所承受不起的。

她犹豫再三，决定开门看一眼。无关结果，她只求个心安。

随着她扭动门把，防盗门一点点往里面移动。路灯的白色光芒慢慢从门缝里涌进来，越来越多，直到和室内的暖黄色光线交错在一起，相互交融。

路灯下，空空如也。

唐韵之的心总算回到原处，安心的同时她竟然有点小小的失望。不过她一点都没有掩饰自己的心情，她的确是失望。女孩子都幻想着自己能够成为众星捧月的公主，都有希望被牵挂守候的虚荣心，她也不例外。所以，她将自己这种失望理解成是虚荣心作祟。

看来，她真是言情小说看多了，满脑子只有王子公主的幻想。世界上哪有那么多童话，哪有那么多王子公主，就算有，又有几对能以喜剧收场？她宁愿相信王子最终会被灰姑娘抢走，公主则会和骑士在一起。她不是灰姑娘，更不是公主。她想起夏彤经常念经一样念叨的一句话：人生啊，真是寂寞如雪！

正当唐韵之打算关门，水泥路上一小块黑色的东西跳进她的视线。她凝视许久，始终看不清那到底是个什么东西。

白色的灯光打在那块黑色的东西上，撩拨着唐韵之的好奇心。她心里痒痒的，顾不得脚踝还在隐隐作痛，一瘸一拐朝着门外走去。走近了她才发现那是叶宙的钱包，她见叶宙用过，里面还放着他妈妈的照片。那是一个她没有听过的外国牌子，不过看样子也知道价值不菲。

唐韵之弯腰将钱包捡了起来，指尖相碰，她仿佛感受到了叶宙残留在上面的温度。明知那只是她的幻觉，她还是觉得不自在。只要是和叶宙有关的东西，对她来说都是避之不及的。她好不容易才逃出他的黄金鸟笼，她应该慢慢剔除对他的记忆，而不是让自己再陷入回忆。

她站在外面发了很久的呆，忍不住把钱包打开来看了一眼。叶宙妈妈的照片对她有种莫名的吸引力，虽然她从未见过那个优雅的女人。

她把钱包向外打开，叶宙妈妈的照片跃入她的视线，令她意外的是，钱包的另一侧居然还放着另一张女人的照片。

一股麻麻的感觉从脚心吐突然往上蹿，唐韵之顿时定格在原地，使不出一丝力气。

照片上的女孩斜倚着栏杆，目光深邃悠远，凝视着远处碧蓝的海水。风吹过，几缕青丝散在空中，被阳光染成了金黄色。

她颤颤地伸出手把照片抽了出来，看背面，却是空白一片。

第十一章

一生所爱

“除非你对我一点感觉都没有。”

“没有女孩子能够拒绝你的好，我不可能成为例外。”

1

夜深了，路灯的白色光芒透过窗帘洒进来，房间被蒙上了一层银灰色。

唐韵之呆呆地望着天花板，许久都无法入眠。如果说她的世界原本是多姿多彩的，那么在看到那张照片之后，一切都变成了黑白——照片上倚栏看海的女孩正是她。

白色的连衣裙、蓝色的海、金色的阳光，还有那似曾相识的风景……这分明就是在大西洋上拍的，而且时间和唐泽辉拍那张海报是同一天。唐泽辉的摄影风格她再熟悉不过，她能肯定，这张照片不是他拍的。

这么说来……

一股异样的感觉涌上心头，渐渐朝着她的喉咙蔓延。她鼻子一酸，温热的液体立刻溢出了眼眶。

照片是叶宙拍的。当时他就在她的身边，近在咫尺。彼时她正在为另一个男人伤心，她根本看不见他，他亦没有要让她看见的意思。

难怪他对她的行踪这么清楚，他知道她什么时候出国，什么时候回国，掐准了时间给她打电话。他明知道她去了哪些地方，明知道她做了哪些事情，却装作一无所知回头再问她一遍。

一滴泪水滑落，掉在枕头上，依然带着湿热。

唐韵之喉咙干涩，她很想放声大哭，可是她没有勇气这么做。她再傻再迟钝，到了这个时候也能猜出是怎么回事了。叶宙是那么冷漠高傲的人，若不是真心爱着，又怎会小心翼翼做这些事？他悄悄跟着她，默默注视她，偷偷拍她的照片珍藏起来……

她从来不知，叶宙把她放在和他妈妈同等重要的位置上，她当然清楚这个位置是多么重要。她却一直曲解他的爱，她排斥他，利用他，甚至一次次伤害他，还把从杨晟和赵祈颜那里受到的气全发泄在了他的身上。

她忽然发现，自己是一个自私得有些可怕的人。

夜间的温度比较低，玻璃窗没有拉上，风透过纱窗吹进房间，甚是舒服。

唐韵之从床上坐起来，她拿起手机，放下，又拿起……

如此反复了好久，她还是没有勇气给叶宙打电话。即使拨通了电话，她也不知道自己还能说什么。谢谢？对不起？她心一凉，如今她能对他说的，真的只有这几个字了吗？

手机屏幕光照到她脸上，她见到了那串再熟悉不过的数字——叶宙的电话号码。不知从什么时候开始，她已经把他的号码烂记于心了，这是她从未想到过的。

她颤颤地按下了通话键，然而仅仅过了几秒钟，她猛然挂断。

她松了一口气，庆幸自己没有打通。她没有忘记他给她发的短信：到此为止。

或许，不管他再怎么喜欢她，那也是以前的事了。他现在有钱颖真，而她亦有属于自己的生活。他们以前或许还有交集，但时间改变了一切。就像两条直线，角度变了，就成了平行线，方向可以相同，目的可以相同，他们走的路却永远不同。

她放下手机，翻了个身酝酿睡意。这一次她不再辗转难眠，一闭眼，睡意便铺天盖地涌来。她最近实在太累了，心事重重，精神也不太好。

迷迷糊糊的，她开始做梦，以前发生的事就像放电影一样在她脑海里一幕幕回演，有懵懂的童年，有纯真的少年，有青涩的中学时代，有好多好多她记得或是已经忘记的人。

梦还在继续，却忽然被尖锐的声音打断了。那些梦中人像长了翅膀一样向四周飞去，越来越模糊，直到消失不见。

唐韵之惊醒，一下子从床上坐起来。房间里黑漆漆的一片，伸手不见五指。她赶紧去按床前的电灯开关，谁知开关按下去了，灯却没有亮。她愣了几秒钟，这才猛然想起小区门口贴着的停电告示。最近整修电路，晚上十二点到第二天早上六点暂停供电。难怪房间里这么暗，连路灯的亮光都没有了。

外面风很大，呼呼地吹着。玻璃窗没有关上，窗帘被吹得猎猎作响。尽管眼前漆黑一片，但是光听这声音，唐韵之也能想象得出窗帘肆意乱飞的画面。

天气预报说新一轮台风即将登陆，A市作为临海城市将会受到很大影响。看现在的情况，暴风雨应该很快就会降临。

唐韵之慢慢下床去关窗户。她后悔自己太冒失，明知晚上会停电，也知道天气有变，可是她没有放在心上。她忘了自己睡觉前把鞋子脱在了什么地方，只好光着脚往前走。几步之后，一阵刺痛从脚底传来，像是有什么东西硬生生钻进了肉里。

她惊叫一声，本能地往后退了几步，不知是她太害怕还是脚步太凌乱，紧接着她的左脚也踩到了同样尖锐的东西。那样的痛使她根本不能站稳脚步，身子直直往旁边栽去。

“啊——”唐韵之尖叫出声。在摔倒的那一刹那，她的小腿也被划破了，刺痛渐渐向全身蔓延。

风依旧狠狠地吹着，将暴雨来临前的气氛渲染得淋漓尽致。唐韵之瘫在地上一动都不敢动，回想起睡梦中她听见哐当一声，像是什么东西打碎了。现在她大概明白了，风吹起了窗帘，把写字台上的水晶花瓶掀翻了，满地都是花瓶的碎片。她的脚底以及小腿都被划破，血腥味在黑暗中弥散，显得十分诡异。

窗帘扑扑地拍打过来，闪电划破黑幕，将窗帘的影子拉长印在地上，唐韵之吓得不敢出声，忍着痛连忙向后缩去。这时候一声惊雷凭空炸起，整栋房子都像是被震到了，好似在微微颤抖。唐韵之已经分不清是房子在颤抖还是她自己在颤抖了，她被那股血腥味熏得头晕目眩。

忽然，又一声雷鸣响起，随即大雨骤然降临，哗哗地将原本恐怖的风声尽数淹没。

唐韵之浑身发抖，她只能借助手上的力气将身体一点点往床边挪去。当她右手够到柜子上的手机时，她仿佛找到了救星，紧紧握住不敢松手。

手机屏幕的亮光对唐韵之来说就像是黑暗里的希望之光。她强忍着疼痛，拨打了孙轻扬的号码。

“对不起，您所拨打的电话已关机。”温柔的女声响起，毫不留情。

唐韵之心凉了半截，她看到手机上显示的时间是一点五十分，此时孙轻扬定是在梦中。孙轻扬和唐韵之一样，有睡前关机的习惯。即使没有关机，孙轻扬也必定是听不见电话铃声的，唐韵之觉得根本不应该指望她。

很快，她又拨打了朱帅的电话，然后是唐泽辉的，结果都是一样——关机。

不知道是因为着急还是害怕，唐韵之的手心开始冒汗，黏糊糊的，带着隐隐的血腥味儿。她想擦掉手心的汗，手指捻了几下。不料，触目惊心的红色在手机光线的映照下直晃她的眼，手机外壳也被血染出了点点猩红。

唐韵之一紧张，差点把手机给扔了。不知何时她的右手手背上多出了一条长长的口子，鲜血正不断地往外渗，滴在了她洁白的睡裙上，如鲜花绽放，猩红妖艳。

她把通讯录一个个往下翻，最后停在苏媛媛的名字上。她抱着试一试的心态按下了通话键，她本来没有抱希望的，当苏媛媛睡意正浓的声音响起，她感动得都快哭出来了。

她用沙哑的声音说："小婶婶，是我。"

"韵之？"

"我们小区停电了……我的腿被花瓶碎片划破了，你能不能来接我去医院？"唐韵之尽量让自己的声音听起来平静一些。

没想到苏媛媛的声音比她更不平静。刚刚还睡意正浓的苏媛媛听到唐韵之的话之后一下子清醒了："什么？你别急你别急，我马上过来。"

唐韵之总算放下心来，她无力地瘫在床上，等着苏媛媛来救她于水火。

她很傻地想，幸亏没有划到手腕，不然等苏媛媛赶到了，她估计奄奄一息了。

雨还在下，哗哗哗的声音衬得黑夜更加安静。血腥味依然萦绕在唐韵之的周围，除了雨声和风声，她再也听不到其他的声音，偌大的世界，似乎只剩下她一人。

黑暗之中，唐韵之想起了几年前某个夜晚学校停电的壮观景象。当时她正在和杨晟煲电话粥，宿舍里的日光灯忽然灭了，然后孙轻扬的怒吼声从厕所传出来："哪个该死的把灯给关了。"夏彤赶紧接茬："没人关灯，是停电了，停电了！"整个宿舍陷入一片混乱。

对面的男生宿舍一片嘈杂，有人在阳台上模仿电影《功夫》中的台词："包租婆，什么时候来电啊？"

马上有人回答："要是不交钱，以后每星期一三五停水，二四六断电！"

哄笑声一片。

唐韵之笑得肚子疼，在窗外应急灯的照耀下，她看见赵祈颜和夏彤捂着肚子在床上打滚。隔壁宿舍也是嘈杂声一片。

还没消停一会儿，对面男生宿舍马上有人又喊："包租婆，再不来电我们就集体闯进女生宿舍了啊。”

笑声此起彼伏。

回忆一点点涌上心头，注意力一分散，伤口就没那么痛了。唐韵之趴在床上，慢慢等时间过去。

不知道过了多久，一道光亮骤然划破黑幕，熟悉的手机铃声响了起来。唐韵之的心一下子回归原位，她看都没看屏幕上显示的号码，接起来就说：“小婶婶你到了吗？我……”

“是我。”低沉的声音打断了她。

唐韵之身子一震，心中百感交集。

2

电话是叶宙打来的。

叶宙说：“我在你家楼下，你还能下来给我开门吗？”

唐韵之不傻，她马上明白了是怎么一回事，定是苏媛媛把叶宙叫来的。

窗户外面隐隐透着光亮，应该是叶宙的车灯。

“韵之，你还能走吗？”叶宙又问了一遍。

唐韵之喉头打结，她张嘴，一个字都说不出来。她只能很傻地摇头，虽然她知道叶宙根本看不到。

令她意外的是，叶宙就像知道似的说：“你不要摇头，我看不见。能把钥匙从窗户边扔给我吗？”

哗哗的雨声入耳，有窗外传来的，也有手机里传来的。

唐韵之哽咽，眼泪很不争气地往外涌。她艰难开口：“房间里很黑，我找不到钥匙了。”

“那好。你别动，等我。”

电话被挂断，除了风声雨声，她的世界一片空白。唐韵之忽然有些茫然，刚才的电话究竟是真的，还是只是她的一场梦。她呆呆地看着手机屏幕，脑海里回荡着叶宙的话：你别动，等我。

“韵之，你在里面吗？”叶宙的声音从风雨中传来。

唐韵之一愣，当她意识到叶宙是想从窗户上爬进来时，急忙大叫：“小心，地上都是花瓶碎片。”

“你别动，我过去。”

纱窗开了，窗帘肆意摇摆，被叶宙一把撩开。在车灯微弱的光亮下，唐韵之看见一个黑黑的人影踩在她的书桌上爬了进来。

“当心地上——”唐韵之再次提醒。

闪电骤然而至，一下子将整个房间照亮了。叶宙就站在她的面前，挂着雨水的眉眼在闪电的光亮中明灭不定。她有种说不出的感动，想说些什么，嗓子紧紧的像是被一只大手掐住了。

房间在二楼，不高，但是要爬上来也是很费劲的。叶宙喘了几口气，他仔细看着唐韵之，什么话都没说，直接将她抱了起来，大步向门口走去。

叶宙浑身都湿透了，雨水沿着衣服滴滴答答不停地往下落。唐韵之穿着薄薄的睡裙，贴在他身上一片冰凉。可是她心里有一把火在烈烈燃烧，她触及叶宙的皮肤也变得滚烫。

“你……”

“别说话，我们去医院。”

房中一片漆黑，幸好唐韵之没忘记带手机，屏幕的亮光勉强能照清出去的路。等到屏幕变黑了，唐韵之又随意按一个键。借着微弱的光亮，她看见叶宙的身上沾上了她的血。她抬头，看到叶宙的侧脸像是被镀上了一层银光，沿着轮廓往下淌的雨水丝毫不能影响他的俊朗。

看着看着，唐韵之又陷入了恍惚。

房门被打开了，夹着雨点的风扑了上来，打在唐韵之的脸上，凉飕飕的，她一下子清醒过来。没等她缓过来，叶宙抱着她冲进了雨中。雨点和豆子一样大，啪嗒啪嗒打在她身上，特别疼。

直到叶宙把她放在车后座上，她才有了知觉。

“苏媛媛叫你来的？”唐韵之明知故问。

叶宙应了一声，踩下油门，车子飞奔而去。

医生小心翼翼地将唐韵之脚底的碎玻璃片一点点夹出来，每夹出一小块，唐韵之的身子就抽搐一下。周围尽是消毒水的味道，她闻着觉得很难受。

她闭着眼睛，不敢看医生手上的镊子，因为她不敢保证看见后不会拼命抗拒。她从小就怕疼，每次打疫苗针都哭得昏天黑地，宋扬之曾调侃她，孟姜女哭长城的阵势也不过如此。

“忍着点，还有一块嵌得比较深。”女医生好心提醒。

听到这句话，她吓得往后缩了缩。这一小动作没能逃过叶宙的眼睛，叶宙抓住她的肩膀：“忍一忍就好了。”

“我……”

“别看。”叶宙捂住了她的眼睛。

唐韵之只觉得有什么东西迅速从脚底被拔了出去，她脚底一阵冰凉，紧接着，疼痛袭来，如千万只小虫子同时啃噬她的肉。她大叫一声，迅速把脚缩回。

“好了好了，已经没事了。”女医生耐心安慰她，“玻璃碎片都夹出来了，我帮你把伤口清洗一下。”

唐韵之把叶宙捂住她眼睛的手推开，看见医生最后放进盘子里的那块玻璃碎片居然有指甲盖那么大，她倒吸一口凉气。然而当她注意到自己脚底正鲜血直流的时候，脑子里轰的一声响。她虽然不晕血，但是很怕见到血，一见到就头疼。

“怎么了？”叶宙看见唐韵之脸色不对，眉头一皱，“很冷？”

“不是。”唐韵之的声音细若蚊蝇，表情和她小时候被宋扬之带着去医院打针的时候一模一样。

她可不敢跟叶宙说她怕见血，肯定会被他笑死的。

“韵之你冷吗？”

“啊？”被叶宙这么一叫，唐韵之马上回神，“没事，我不冷。”

说不冷那是骗人的，此时她正穿着无袖睡裙，又淋了雨，湿漉漉的睡裙贴在身上，冻得嘴唇都紫了。叶宙知道她嘴硬，也没有多说什么。他下意识地握紧了她的手。

女医生正在帮她处理伤口，消毒水冰冰凉凉的，一沾上皮肤就和原来的刺痛混合在一起，不停地从伤口处蔓延开来。

唐韵之控制不住自己，她本能地往后缩，却被叶宙制止：“别动！”

不仅是唐韵之，女医生也被叶宙突如其来的吼声吓了一跳。叶宙瞪了唐韵之一眼，双手按住她的膝盖。他对医生说：“抱歉，继续吧。”

这是一个短暂但又漫长的过程。包扎伤口的时候唐韵之好几次想挣扎都被叶宙给死死按住了，她只能干瞪眼。

“好了，尽量不要让她的伤口碰水。”女医生对叶宙如是说，俨然默认了他是唐韵之的男朋友。

叶宙点头，他把唐韵之的头发往后面撩。唐韵之的头发很长，已经垂到了腰际，被大雨一淋，头发湿嗒嗒地披在背上，她忍不住打了个喷嚏。

“你不是说不冷吗？”叶宙笑了笑。

唐韵之知道叶宙是在取笑她，本来想反驳，可是当她看见叶宙睫毛上挂了一层细细的水雾，心顿时软了。若不是为了她，人家现在正舒舒服服躺在床上做美梦呢，哪里用得着受这个罪。

窗外的雨还是没有停的趋势，叶宙看了看墙上的挂钟，时间是三点二十五分。

“你家停电，今晚去我那里吧。”

“啊？”唐韵之犹豫了一下，然后点头。

正在一旁整理医用器具的女医生听到这句话，暧昧地笑了。她回头，叶宙正抱起唐韵之出门。

3

一路上叶宙都没有和唐韵之说话，他很专心地开着车。唐韵之横卧在后座上，她好几次想打破沉默，却又赌气不肯先开口。她觉得自己像是回到了和杨晟谈恋爱的那段日子，他们每次闹别扭就是像现在这样，谁都不肯妥协。不过犟到最后，每次都是杨晟先哄她。

然而，眼前的人不是杨晟，是叶宙。一个急刹车把唐韵之的思绪拉回，叶宙打开车门，一声不吭地把她抱了起来。外面大雨倾盆而下，浇在身上冰凉冰凉的。唐韵之勉强睁开眼睛，她原以为叶宙会带她去望湖山庄的别墅。可是眼前的大厦是叶宙平时住的地方，离华昌很近，这是她第一次来这里。

叶宙住在三十六楼，接近顶层。唐韵之看他上电梯的时候按下这个数字，愣了一愣，她忍不住问：“你怎么住这么高？”

“现在的你好像和以前不一样了。”叶宙答非所问。

他的意思唐韵之很清楚。以前她和他在一起的时候不管真心还是假意，总是面带三分笑，算是为了奉承他讨好他，跟她平日里对孙轻扬等人的态度完全不一样。后来他们分手了，那层窗户纸也捅破了，她便懒得逢场作戏了。

唐韵之不想继续叶宙的话题，她瞪他：“问你话呢，为什么住这么高？”

“清静。”

两个字刚出口，只听见叮的一声，电梯门开了。

“喜欢清静你可以住郊区啊。你住在这么高的地方，万一哪天电梯坏了，走楼梯会累死。你这样看着我干吗？”

“没什么。”

这一句“没什么”让唐韵之安下心来。她很怕和叶宙在一起的这种气氛，尤其是现在他们之间的关系仍然暧昧不清，明明分手了，却总是莫名其妙地被牵扯在一起。在电梯里那会儿她感觉自己快要窒息了，所以故意说些有的没的，想把他的注意力都吸引开。

叶宙说：“我这里平时没什么人来，空房没收拾。今晚你就睡我的房间吧。”

“我……”唐韵之脑子里嗡嗡的，一时说不出话来。

叶宙知道她在想什么。他说：“我睡客厅。”

“哦。”唐韵之松了一口气。

这里不像望湖山庄那么宽敞，但也不算小，布置得很精致。几个月的相处使唐韵之对叶宙有了比较深入的了解，她知道叶宙是个很会享受生活的人，和她母亲宋扬之一样，从来不会委屈自己。

客厅里的沙发很讲究，唐韵之暗自感叹，它的价格当然不会“不讲究”，比她家里那一套有过之而无不及。而他房间里的布置更让唐韵之瞠目结舌，估计随便一样东西的价钱都够她挥霍好久了。

叶宙把她放在床上，他从抽屉里取出电吹风，插上电源然后递给她：“把身上吹干吧。”

“谢谢。”

叶宙又从柜子里拿了一条毯子，帮她披上：“不要着凉了。”

“谢谢。”

“我先出去了，你吹干早点睡，有事叫我。”

叶宙刚一转身，唐韵之马上叫住他：“叶宙——”

“有事？”

“我……”唐韵之支支吾吾半天，低头抓着毛毯的一角：“对不起。”

她以为叶宙又要揶揄她，意外的是，他说：“没关系。”

他背对着唐韵之，唐韵之看不见他脸上的表情。他的话听起来很疲惫，她感到他已经很累了，因她而累。

“那张照片……是你拍的？”唐韵之咬咬牙，继续道，“你也去了那里，对吗？”

说着，她忽然哭了，像个犯了错的孩子：“你明知道我不喜欢你，我只是在利用你。我自私、贪婪、虚荣！看到你和钱颖真在一起我会生气，我不甘心，我嫉妒她。我和赵祈颜是一样的人，我没有资格恨她。赵祈颜和杨晟对不起我，我以为自己是最受伤最可怜的那一个，其实不是。我不过是把从他们那里受到的委屈全发泄在你的身上罢了，可是我还怪你……”

叶宙慢慢地转过身，他蹲下来，紧紧抓住唐韵之的手：“你不要这样。”

“叶宙……”

叶宙极力控制自己的情绪，声音有些颤抖：“不要这样，我好不容易才……”

两个人这样的姿势保持了很久。唐韵之哭够了，她擦干眼泪，勉强挤出一个笑容：“对不起，吓到你了吧，好像每次我都在你面前哭得很没形象。”

她把手抽了出来：“你去睡吧，晚安。”

“韵之……”

“嗯？”

叶宙站起来，弯下身，轻轻地吻了一下她的额头：“睡吧。”

天亮了，唐韵之睡得昏昏沉沉的，她感觉到眼前有亮光，可是怎么也睁不开眼睛，像是有什么东西压在她身上一样。她想喊，却连嘴巴都张不开，整个人像是被某种无形的东西束缚了，动弹不得。一股恐惧感慢慢爬上她的心头。

“韵之？”有人叫了她一声。

唐韵之猛然睁眼，她看见叶宙站在门口，正一脸担忧地看着她。她想，她的脸色一定很难看。联想到刚才的梦魇，她深呼吸：“没事，刚才鬼压床。”

“鬼压床？”

“呃……”

她意识到，叶宙从小在美国长大，这个词他一定会感到陌生。她解释道：“没什么，被梦魇惊到了。”

叶宙松了一口气，他毫不避讳地走进房间，把一个纸袋放在床头：“把衣服换上吧。牙刷、毛巾，也都在里面。”

唐韵之点点头，她下意识地把被子往身上拉了拉，脸红了。

“为什么要叫鬼压床？”叶宙像个好奇宝宝，很正经地说出他心里的疑问。

“你先出去，我要洗漱。”

叶宙这才想起唐韵之有刷牙前不说话的习惯，他轻笑，出去的时候没忘记把门带上。

唐韵之打开纸袋，刚恢复正常的脸又“唰”的一下红了。袋子里面除了连衣裙和洗漱用品，还有……内衣。

叶宙很周到，可是这种“周到”令她很尴尬，她觉得丢死人了。

由于受了伤行动不便，她花了十几分钟才穿好衣服。她一瘸一拐，刚踮着脚走进卫生间，叶宙在外面敲门：“你自己能解决吗？”

“嗯。没问题。”唐韵之敷衍。

说是没问题，可洗漱的时候她还是溅了一脸的水，她手背上有伤，一拧毛巾伤口就裂开，疼得抽搐。她开始怀念在学校的日子，冬天她手上长冻疮，孙轻扬、赵祈颜、夏彤，她们三个人会轮流帮她拧毛巾。虽然是一件微不足道的事情，她还是感动得稀里哗啦的。

想到赵祈颜，唐韵之的心沉了下来。她恨赵祈颜，然而除了恨，她对赵祈颜更多的是怕，这种感觉跟了她很久。倔强如她，却从没把这种感觉告诉过其他人。

“你在干什么？”叶宙的声音忽然出现在她身侧，她吓了一跳。

“你……你什么时候进来的？”

“我进来很久了。你在想什么？”

“没想什么。”

叶宙没有追问，他接过唐韵之手上的毛巾，拧干了递给她。唐韵之愣住了，没有伸手去接。

“把照片还给我吧。”

“什么？”

“我昨晚捡到了你的钱包。里面有我的照片，可以还给我吗？”

“可那并不是你的，怎么还？”

“那就送给我。”

“为什么？”

“比叔叔拍的那张好看啊。”

“好吧。”叶宙一笑，“吃早饭，吃完我送你回家。”

“好。”

叶宙本想抱唐韵之出去，可唐韵之坚持自己走。肌肤相触的暧昧实在太深，她不想再经历一次。

从房间到客厅很近，可唐韵之双脚都受了伤，只能一步一步很小心地挪动。叶宙扶着她，她脸色发烫，借故转移话题："你不是问我什么是鬼压床吗，我说给你听。"

"鬼压床"这个词，她是从夏彤那里听来的。

大一的寒假夏彤去北京旅游，还特意去了清西陵。那时候几部清朝穿越剧正红，夏彤受荼毒太深了，对雍正迷得不行。于是她做了一件让全宿舍的人大跌眼镜的事，她从泰陵雍正的宝顶上带了一捧土回来，美其名曰留作纪念。

开学后，夏彤得意扬扬地把那捧土拿去宿舍炫耀，结果当天晚上整个宿舍除了夏彤之外集体"鬼压床"，然后第二天，第三天……后来唐韵之打扫宿舍的时候把那捧土一起扫掉了，就再也没有发生过"鬼压床"的情况。虽说巧合成分居多，但夏彤从此多了一个外号，叫小神婆。

叶宙听了这个故事，似乎很开心。唐韵之正绘声绘色说着，没发现其实叶宙一直低着头看她。

餐桌上放着今天的早报，唐韵之一坐下来就迫不及待地打开看。奇怪的是上面没有任何关于她和叶宙的新闻，对摄影展和酒会的报道也很官方。新闻的中心人物是苏媛媛和唐泽辉，主要讲的是苏氏集团会不会注资Flying，以及他们两个人之间暧昧不清的关系。

至于昨晚酒会上发生的骚乱，似乎只是唐韵之的一场梦。唐韵之知道，一切都是叶宙的安排。华昌是A市传媒界的龙头，没有叶宙的默许，那些记者就算拍到了什么，也不敢轻易发到网络上。

她心想，叶宙有时候就像个孩子，有好东西就想马上让大家知道。他处理好了昨晚的事，这份报纸是他刻意摆在这里给她看的，目的是让她安心。

"谢谢你。"到了这个时候，唐韵之想说的还是只有这三个字。

然而，此时此刻她的心态已经不一样了。她很清楚，有些情感不是她一味否认就会消失的，爱了就是爱了，不论她怎么逃避，她都无法否认她对叶宙的感情。他就像一颗种子，不知不觉在她心中发了芽，然后生根，长叶，开花……

第十二章

一念情深

//////////

他是在我最无助的时候出现的。我曾以为他是我生命中光芒万丈的神，可是他告诉我：“相比你遇见我，我更庆幸能遇见你。”

1

开学这一天，S大门口进出的学生很多。叶宙的车价格不菲，停在门口颇受关注，不少女生经过都会有意无意看一眼。

“就送到这里吧，轻扬她们会来帮我拿东西的。”

唐韵之向来不喜欢成为焦点，尽管在她坦然面对自己和叶宙的感情时，她做好了万全的准备。自那一晚的受伤事件后，她和叶宙的关系有了微妙的变化，彼此都提过复合，但又心照不宣地缄默。

叶宙问：“晚上要一起吃饭吗？”

“不用了，我受伤的时候轻扬帮我写了实践总结，我答应请她吃饭。”

“嗯，那你照顾好自己。过几天我要回趟美国。”

“出差？”

“不是，我爸爸……”他没有往下说，“没什么，我待一两天就回来。”

他的眼神不对，虽然在笑，但是唐韵之看得出来他在隐瞒什么。既然他不想说，她也不想多问。

她下车：“再见。”

叶宙目送她离去，看着她的背影，他忽然伤感起来。他和她的感情之战结束得太顺利，他总觉得幸福不会这么轻易就到手。

阳光很刺眼，她撑着遮阳伞往学校走去，渐渐远离他的视线。她每走一步，他都觉得她随时都会消失，从此不会出现在他的世界。

这时候他的手机响了，他一看是叶荣光打来的，眉头一皱，直接把电话挂掉。

他和叶荣光的关系一直不太好，昨晚叶荣光打电话跟他说了那件事，他潜意识排斥。虽然知道迟早会发生，但是这一天来临了，他还是不想面对。

车门忽然从外面被打开，叶宙看见唐韵之笑眯眯地坐到副驾驶座。她的眸子清澈、闪亮，熠熠生辉，像阳光下的湖水。

“怎么又回来了？”

“有事。”唐韵之笑得不怀好意。

“有什么事？”

唐韵之还是笑，她颇有深意地盯着叶宙看：“不是我找你有事，是苏媛媛。她想买你在Flying的股份。”

“苏媛媛让你当说客？”

“也不是，她就是让我跟你说一声。你就答应她吧，你和叶总编交情好，你若是点头，她应该不会有太大的异议。再说了，苏媛媛好歹也曾是你的绯闻女友，你应该念念旧情的。”

“你帮苏媛媛游说是假，想报复你叔叔是真吧。”叶宙一针见血。

唐韵之无力反驳。

叶宙说得没错，她就是想报复唐泽辉。想当初他钻她的语言漏洞，私自把她的照片做成海报，她一直记着。如果叶宙真的答应把Flying的股份卖给苏媛媛，那苏媛媛就是唐泽辉的老板，到时候有他受的。

“才不是！”唐韵之言不由衷，“我只是想撮合他们两个。怎么样，你答不答应？”

叶宙拗不过她，只好点头：“那好吧，我会好好考虑的，等忙完手上的事我就和苏媛媛谈谈。”

“太好了！我告诉苏媛媛，她一定会很感谢你的，真不愧是绯闻前男友，够义气。”

“随便你。”叶宙笑了，“你别动，掉了一根睫毛。”

他小心翼翼地把唐韵之掉在眼睑的一根睫毛拿掉，手却停在她脸上没有拿开。

唐韵之的脸开始发烫，她低下头，没有要拒绝的意思。叶宙的指腹在她脸颊上摩挲着，过了一会儿，他说：“你看外面。”

唐韵之回头看了一眼，脸顿时烫得像火烧一样。

孙轻扬和夏彤正站在车子外面不到三米的地方，对着她笑得很暧昧。唐韵之尴尬极了，她瞪了叶宙一眼，嗔道：“你故意的！”

孙轻扬和夏彤乐不可支。

唐韵之开门下车：“你们笑什么？有什么好笑的！”

她们无视她，继续笑。

孙轻扬摸摸夏彤的脸：“亲爱的，我好舍不得你呀。”

夏彤假装难过：“我也舍不得你，亲爱的你别离开我。”

然后两人对视一眼，回头对着唐韵之笑。

车门关着，她们听不清唐韵之和叶宙在说些什么，遂模仿他们的动作乱配音，以此取笑唐韵之。

唐韵之又羞又气：“你们真是太讨厌了！”

“别生气嘛，韵之韵之……”

孙轻扬和夏彤赶紧跟着，生怕她大小姐真的翻脸不认人。唐韵之脸皮薄，众所周知。

叶宙目送她们离去，心里半是甜蜜半是伤。

唐韵之用了一下午时间收拾宿舍，总算恢复到了离开前的样子。

赵祈颜去了美国，她的床位空了出来。她离开的原因，大家都很清楚。她们很默契地缄口不提，好像一开始就没有赵祈颜这个人一样。夏彤本就不是很喜欢赵祈颜，如今赵祈颜走了，她求之不得。

日渐西沉，天空被夕阳染成了金黄色。唐韵之站在阳台上，看楼下三三两两的人往食堂走。他们当中有隔了一个暑假没见面的情侣，也有三五成群的，看样子应该是同一个宿舍的室友。

过去的这个时候，杨晟总是在楼下等唐韵之。他是广告系的风云人物，喜欢他的女生一抓一大把。有些女生偷偷从阳台上伸出头看他，也有故意制造机会和他搭话的。每当看到这样的情形，唐韵之总是偷偷骄傲，骄傲她是杨晟的女朋友。没想到短短半年，一切都变了。曾经令人艳羡的情侣分道扬镳，从今往后只是路人。

如今，想到“情侣”这个词，唐韵之眼前浮现的人不再是杨晟，而是叶宙。时间真的很神奇，再深厚的感情，终究还是敌不过岁月的冲刷。

过了许久，孙轻扬和夏彤都忙完了，三个人结伴去餐厅吃饭。

孙轻扬听说唐韵之和叶宙复合了，几天前就吵着让她请客吃饭，理由是“庆祝找到真命天子”。唐韵之不肯，她又把自己帮唐韵之写实践论文的事情搬出来，不依不饶。唐韵之没办法，只得点头答应。

餐厅生意很好，因为刚开学，很多人会来这里聚餐。唐韵之三人坐在最角落的位子，依稀还能听到外面行李箱滚动的声音，那是刚来报到的学生。

“哎，这是我们在学校的最后一个学年了，真舍不得。”孙轻扬说。

唐韵之笑她：“舍不得就考研啊，你学学人家夏彤。”

夏彤获得了去美国当交换生的机会，再过不久就要出国了。她男朋友舍不得她，最近黏她黏得紧。

她们聊得正高兴，忽然有人指着唐韵之大声道：“杨晟你看，那不是韵之吗，你女朋友。”

三个人同时转身，同时愣了一下。

杨晟坐在离门口最近的那张桌子，同桌的还有五个男生。唐韵之想起，杨晟说过他要留校考研的，难怪他会出现在学校——他比她们高一届。

这五个人中，其中一个戴眼镜的唐韵之认识，是杨晟班上的团支书马韬，刚才那句话是马韬说的。

原本喧闹的餐厅因为这句话一下子安静下来，几乎所有人都转过头，眼光在唐韵之和杨晟之间来回游走。

唐韵之尴尬极了。杨晟是学校的风云人物，尽人皆知，而她因为顶了个广告系系花的名号，也算半个名人，所以他们的情侣关系在S大不是秘密。不过他们的分手太突然，学校几乎没人知道，连同宿舍的夏彤也被瞒了好久。看马韬的反应，显然还不知道他们分手的事情。

“马韬，我们……”杨晟试着解释。

孙轻扬十分高调地站起来道：“马韬你瞎说什么呢，我们家韵之和杨晟之间可是清清白白的！”

“就是！”夏彤接道，“人家早就分手了，你瞎起什么哄。”

“啊？他们分手了？”马韬瞠目结舌，很难接受这个事实。他转过去看杨晟，却见杨晟轻轻点头：“嗯。”

得到杨晟肯定的回答，不仅仅是马韬，他们一桌的其他男生全都惊讶不已。

餐厅里的其他学生也开始交头接耳。

“杨晟和唐韵之居然分手了！”

“天啊，好可惜。”

“真好，终于等到他们分手了，我还以为我和杨晟此生无缘了呢。”

“分手好，这样我就可以追求唐韵之了。”

……

众人议论纷纷。

杨晟和唐韵之是全校公认的模范情侣，大家都觉得，就算山无棱天地合，他们也不会分开。乍一听到这么震撼的消息，惋惜的有之，惊讶的有之，幸灾乐祸的亦有之。

面对形形色色的眼神，唐韵之再也待不下去了。她拉拉孙轻扬的衣襟，孙轻扬明白了她的意思，于是三人在“注目礼”中匆匆离去。

杨晟用余光看了唐韵之一眼，他很想冲上去叫住她，但还是忍住了。

出了餐厅大门，唐韵之埋怨孙轻扬和夏彤口不择言，一路说到宿舍都没有罢休。

“现在好了，全校的人都知道了，你们两个大嘴巴！”

“难道你想让全校的人误认为你和杨晟还是模范情侣？反正捅破了，干脆澄清。”

孙轻扬这么一说，唐韵之无法反驳。

夏彤乘胜追击：“分手就分手，有什么大不了，结婚了还可以离婚呢。”

“就是，论长相论家世论人品，叶宙哪一点比不上杨晟？你知足吧！”

“没错，当初是杨晟不珍惜你，他活该，好马不吃回头草。”

“行了行了，你们还有完没完。”唐韵之说，“我又没有说我要吃回头草，懒得理你们。”

孙轻扬和夏彤看见唐韵之无奈的样子，又开始笑着拿她打趣。唐韵之说不过她们，索性爬到床上去用枕头捂住耳朵。

天已经黑了，宿舍楼外面的路灯亮了一片。唐韵之所住的五十二号楼比较偏僻，原本是很安静的。由于对面是男生宿舍，在刚开学的今天格外吵闹。她听见外面的喧哗声越来越大，渐渐有了吹口哨的声音和呐喊的声音。

“外面在干什么，这么吵？”夏彤先察觉出不对劲。

唐韵之也发现了，她扔掉枕头仔细听，好像有男生在下面喊什么。她刚想下去看热闹，手机忽然响了，是叶宙打来的。

“有事？”

“没事。”叶宙说，“吃过饭了？”

“嗯，吃过了，你……”唐韵之的思路被嘈杂声打断。

外面的声音越来越大，整栋宿舍楼都沸腾了，对面的男生宿舍楼也沸腾了。只见孙轻扬一阵风似的冲上阳台：“哇，又有人告白了！”

夏彤一听马上跟了出去。

唐韵之明白了是怎么一回事。大学里男生在女生宿舍楼下大声告白不算新鲜，之所以孙轻扬说“又”是因为上个学期也有男生拿着喇叭在下面对女生示爱。这样的热闹事儿，旁观者当然希望越多越好，尤其是像孙轻扬这么无聊的旁观者。

唐韵之也是个爱凑热闹的人，她说：“叶宙你等一下，我先出去看看发生什么事了。”

没等叶宙开口，她把电话给挂了，可是匆忙之间按错了，没有按到结束通话键。她没察觉，赶紧从床上下去，连鞋子都穿反了。

她走到阳台门口，发现孙轻扬和夏彤都用暧昧的眼神看着她。

表白事件的男主角在楼下大声喊：“唐韵之，我喜欢你，做我女朋友好不好！”

2

“唐韵之，我喜欢你……哈哈，韵之你看，有人向你表白呢。”孙轻扬调侃。

唐韵之一脸难以置信，她趴着栏杆往外看，只见楼底的路灯下，一个穿条纹T恤的男生站在用蜡烛围成的心形圈中，手捧一大束玫瑰花，正朝着她的宿舍大声表白。

看见唐韵之出来了，男生喊得更加卖力了：“唐韵之，你是我的唯一，我爱你！”

这个男生唐韵之和孙轻扬都不陌生，是学生会体育部的部长顾子俊，人长得又高又帅，很受女生欢迎。很久之前他就对唐韵之有意思了，碍于她名花有主，一直没有表露出来。想必是她和杨晟分手的消息传出去了，他才会做出这么高调的举动。

“唐韵之，做我女朋友好不好？”顾子俊扯着嗓子喊。

似乎是为了配合他，对面宿舍的男生也更加放肆地吹口哨、鼓掌，大喊大叫。

有人喊：“答应他，答应他，快答应他！”

有人喊：“嫁给他吧！”

这栋楼的女生也开始起哄，一边拍手一边叫：“答应他！答应他！答应他……”

拍手声和欢呼声此起彼伏，很有节奏，气氛热烈而浪漫。有好事者甚至拿着相机冲了下去，开启闪光灯对着顾子俊一阵狂拍。顾子俊也丝毫不避讳，大大方方让他们拍。

唐韵之吓坏了，上大学以来她不是没有见过这样的事，但现在发生在自己身上，她总觉得像在做梦一样。若是喜欢顾子俊，那她现在一定幸福得不得了，赶紧冲下去跟人家挥泪拥抱去了。可她压根对人家没感觉，一丁点儿都没有。所以，浪漫就变成了压力。

她忙不迭地跑进宿舍，将阳台门一关。

“哈哈，这下有好戏看了，叶宙有情敌咯。”孙轻扬推门进来，脸上挂着幸灾乐祸的笑。

唐韵之给她一记白眼：“你真烦，就知道看热闹！”

“韵之，现在该怎么办啊？”夏彤问。

“我哪知道怎么办啊。让他喊吧，喊累了他自然会走的。”

顾子俊的声音透过阳台门清清楚楚传进来：“唐韵之，当我女朋友吧！你不答应我是不会走的！”

“答应他，答应他，答应他……”众人附和。

三个人面面相觑，很无奈。

大约二十分钟过去了，顾子俊还在外面没有走，只不过喊的声音沙哑了许多，也没有之前那么兴致高昂了，但是他好像一点要放弃的意思都没有。看热闹的人更是乐此不疲，大有陪着顾子俊奋斗到底的气势。

恰好这时敲门声响了，孙轻扬去开门，原来是住在隔壁的女生。为首的是他们班的班长楚依依。

楚依依一见唐韵之就说：“韵之你快答应了人家吧，看他多执着。”

“我……”

“要是有男生肯这样对我表白，我早答应了。”

孙轻扬一语直中要害：“答应什么啊，韵之她有男朋友。”

“她和杨晟不是已经分手了嘛。”

“我不是……”唐韵之刚要解释，手机又响了，她接起来，“喂？”

“韵之，是我。”叶宙低沉的声音从手机听筒里传来。

“我现在有点事。”

“我在你宿舍楼下。”

“啊？”

“我都知道了，出来吧。”叶宙说，“下来，陪我去一个地方。”

“可是……”

“我等你。”叶宙把电话给挂断了。

唐韵之很为难，现在外面都是人，顾子俊也在楼下，她一出去不就……

“是叶宙？”孙轻扬问。

唐韵之点头。她很为难地和孙轻扬对视一眼，眼神充满犹豫。

楚依依没听明白她们话中的意思，还以为她在犹豫要不要答应顾子俊，趁势催她：“你还犹豫什么，快答应他吧。”

“是啊是啊，你就答应了顾子俊吧，他喉咙都快喊破了呢。”楚依依身后的几个女孩子附和。

唐韵之犹豫再三，她走到阳台上悄悄探出头往外看，果然看见叶宙的车子停在楼下，就在顾子俊身后不到十米的地方。

她想起和叶宙之间发生的种种，没来由地感到一阵悲凉。每次都是他由着她，让着她，宠着她，就连分手也是他为她解决后顾之忧，她却一直利用他。

终于，她心一横，跑出了宿舍。

“下去了下去了，她真的下去了！”一个女生大叫。

其他几个女生都很开心，冲回寝室准备看热闹。

孙轻扬和夏彤相视，也赶紧去阳台等着看事情的发展。

当唐韵之的身影出现在五十二号楼门口时，叫喊声达到了一个顶峰，空前绝后，掌声比潮水还汹涌。趴在阳台上的所有人心都吊在了嗓子眼儿，就等着看帅哥美女流泪相拥在一起的精彩瞬间。拿相机的那几个人已经准备按快门，记录下这激动人心的一刻。

唐韵之尴尬得要命，她一咬牙，冲了出去。

“韵之！”顾子俊不敢相信自己的眼睛，他捧着花迎上，花束都已经举起来了。

令人惊讶的是，唐韵之很快地和顾子俊擦身而过，径直向不远处一辆轿车跑过去。车门被人从里面打开了，她直接坐上了副驾驶座。

一片哗然，一片唏嘘。

车子掉头，扬长而去。

顾子俊的脸一分一分白下去，最后变成了死灰色，他把花束一扔，气呼呼地离开了。

五十二号楼和五十三号楼人声鼎沸，极度喧嚣。

唐韵之就这么稀里糊涂地被叶宙带出了学校，好半天她都没反应过来叶宙怎么会突然出现在宿舍楼下，好像在她身上安装了监视器一样。

“你是怎么知道的？”唐韵之纠结了一会儿，不知道该怎么表达她的意思。

“我怎么知道有人在宿舍楼下对你表白？”

“少得意，你爱说不说。”

车子一路前行，冲上了高架桥，一排排路灯往后退去，唐韵之忽然很迷茫，不知道何处才是她的尽头。抑或是他们会一直这样走下去，这条路永远不会有终点。

等了一会儿还是没有听见叶宙的回答，唐韵之忍不住又问了一遍：“快说啊，你怎么知道的？”

她心里琢磨着是不是孙轻扬这丫头把她给卖了，要知道孙轻扬向来喜欢胳膊肘往外拐。以前她和杨晟在一起的时候，孙轻扬老是帮助杨晟，估计现在天平又向叶宙那边摆了。

“别乱猜了，”叶宙像是看穿了她的心事，“不是孙轻扬跟我说的。”

“你怎么知道我在想什么？”

“这个嘛……秘密。”

唐韵之睨他一眼，小声道：“这都能猜到。你真是个巫婆！”

叶宙正在开车，冷不丁手一抖，方向一偏，差点撞上路边的栏杆。这可把唐韵之吓着了，她乖乖闭嘴，再也不敢胡乱说话。

“你不问我带你去什么地方？”这回轮到叶宙开口。

“问什么啊？我都已经上车了，就算你要把我给卖了，我也打不过你啊。”

“你倒是有自知之明。”

唐韵之很想骂人，鉴于刚才的情况，她纠结了好久，还是选择了沉默。

车子开了很久，当她发现他们已经到了机场，着实吃了一惊。

“你带我来机场干什么？”

叶宙头也没回：“难道你一直不知道我们走的是来机场的路？”

“不知道。”

“我以为你知道。”叶宙取笑她，“哦，我想起来了，你是路痴。”

“对啊，我是路痴，很好笑吗？”

“你逻辑思维不错，我以为你至少能认清方向。”

“逻辑思维好跟方向感好不好是两回事，你别对我抱太大希望。”

“对。我还知道你经常对优步司机发脾气。”

“你是怎么知道的？”

唐韵之用软件打车的时候，确实经常对司机发脾气。每次司机在电话里对她说“你往东走”“我在路的南边”“你在路的东边还是西边”，她总是会控制不住情绪。她的经典语录是：“我要是能分清东南西北，我早就考驾照去了！我还用得着打车？”

叶宙脸上一直挂着笑。

就在唐韵之按捺不住的时候，他开口：“下车吧，不然赶不上飞机了。”

“赶飞机，你要带我去哪里？”

“去了你就知道了。”

唐韵之不知道叶宙葫芦里到底卖了什么药，不过她坚信叶宙没有那个胆子真把她给卖了。大四的课本来就少，这三天又是办理开学手续的时候，她已经把一切事情都处理好，几乎不用上课。所以她不担心忽然消失在学校有什么不妥，再说了，她也不是没逃过课。

她怕孙轻扬她们担心，发了一条微信过去。大致内容是自己要和叶宙出门一趟，可能要过两天回去。谁知孙轻扬毫不留情地回了一条：你们尽管私奔去吧，我们不会想你的，永别了。

唐韵之差点噎死。

“怎么了？”叶宙凑了过来。

“没什么，走啦走啦，不然要误机了。”

3

上了飞机唐韵之才知道，叶宙要带她去的地方是意大利的托斯卡纳，也是她最喜欢的城市佛罗伦萨的所在区。

上高中的时候，历史老师讲欧洲文艺复兴，唐韵之就特别喜欢佛罗伦萨这个地方，总想着有一天要去一趟。后来她迷上了徐志摩，迷到做梦都能念出“轻轻的我走了，正如我轻轻的来”的地步，她和徐志摩一样，管佛罗伦萨叫翡冷翠。以至于期末考历史的时候，填空题“欧洲文艺复兴的发祥地是哪里”，她想都没想写了个翡冷翠上去，历史老师差点没气死。

飞行时间漫长，他们从A市经阿姆斯特丹转机，几经折腾才到了佛罗伦萨。

唐韵之显得有些疲惫，她再次问叶宙：“你带我来这里做什么？只是度假？”

“到了你就知道了。”

“……”

唐韵之很不习惯叶宙这样卖关子。他们坐车坐了很久，唐韵之忍不住再一次发问：“我们到底要去哪里呀？”

叶宙回头看她，眼中含笑，带着三分戏谑。他从来都是一本正经的，唐韵之还没见过他这个样子。见他只是笑，也不说话，唐韵之觉得他一定在打什么坏主意。她轻哼了一声，假装生气，扭头看窗外。

宋扬之曾对唐韵之说过，意大利是世界上最有魅力的国度之一。唐韵之很喜欢这儿的异域风，古罗马式的建筑，美术馆、教堂、钟楼、雕像……无不透露出浓郁的艺术气息。

唐韵之被这种氛围感染，她想起了徐志摩的诗：“你真的走了，明天？那我，那我……你也不用管，迟早有那一天；你愿意记着我，就记着我，要不然趁早忘了这世界上有我，省得想起时空着恼……”

“你在嘀咕什么？”

“这你都不知道？是徐志摩的《翡冷翠的一夜》，翡冷翠是佛罗伦萨的别名。”

叶宙眼中带笑：“只当是一个梦，一个幻想；只当是前天我们见的残红，怯怜怜的在风前抖擞，一瓣，两瓣，落地，叫人踩，变泥……”

叶宙念着诗，他眼睛里有种亮晶晶的东西，好像突然燃烧了起来，越来越有神。他正看着唐韵之，那种亮晶晶的东西仿佛能通过眼神传递到她心里去。她的表情由一开始的不屑到惊讶再到惊艳，最后又变成了不屑。

“知道了还故意问我。”

她并不知道，叶宙是因为她喜欢徐志摩才特地去找了徐志摩的诗来看，只为了能跟她多一点共同语言。而她不知道的，远不止这些。

他们要去的地方是佛罗伦萨附近的一个小镇。离市区越远，风景也越美，如茵的绿地闯入视线，空气也越来越清新。唐韵之的心情格外好，她将玻璃窗移下来，探出头去欣赏外面的风景。

起伏的山林中，依稀可以分辨出剑柏挺拔的影子；只有在老电影中才能看见的古老庄园静静地仰望蓝天；白墙红瓦，葡萄藤爬满了架；成群的白羊在山坡上吃草，悠闲自在，怡然自乐；青山如黛，绿草如茵，天蓝得不含一丝杂质……

唐韵之觉得，她走进了油画中。

“美吗？”叶宙问。

唐韵之点头：“你带我来这里，就是想让我看看风景？”

她的目光仍定格在窗外的风景上，蓦地她手心一热，回头却看见叶宙握住了她的手，对着她微笑。

几分钟后，车停了下来，叶宙放开了她。

“下车吧。”

唐韵之迫不及待地走进这个纤尘不染的世界，她真的很快乐，她有一种冲动，想跑到山顶上大喊三声，把这段时间来遇到的不开心的事全喊出来。

“在看什么？”

唐韵之回神：“没什么，我随便看看。”

“我们到了，进去吧。”

唐韵之顺着叶宙的目光看去，只见前方是一座小庄园，和她在路上看到的差不多。庄园内的房子白墙红瓦，架子上爬满了绿色的葡萄藤，有些上面已经长出了青色的葡萄。院子里种着许多叫不出名字的树，苍翠欲滴。

唐韵之的视线以庄园为中心，慢慢向四周延伸。这片草原上错落有致地分布着许多庄园，家家户户几乎都是红瓦的民房，院子里种着各种各样的花草。一条河沿着庄园蜿蜒而下，接连着天边的地平线。

就在唐韵之看得如痴如醉的时候，一个穿着复古长裙的女人从后院绕了过来，看见叶宙，她愣了一下。

唐韵之仔细打量眼前的女人，她长得很美，长发在脑后盘了一个欧式的发髻，就像中世纪古堡里的贵妇，雍容典雅，天生贵气。她觉得这位贵妇人很眼熟，她肯定在哪里见过。

“叶宙？”贵妇人盯着叶宙看，眼中尽是诧异。几秒钟以后，又把目光转移到唐韵之身上，蹙眉不语，若有所思。

叶宙大步走过去，张开双臂拥抱了贵妇人：“妈妈，我带韵之来看你。”

听到这个称呼，唐韵之恍然大悟。难怪这位贵妇人看起来这么眼熟，原来是叶宙神秘的妈妈——董宛。唐韵之曾在叶宙皮夹里的照片上见过她。

董宛细细打量唐韵之，紧蹙的眉头慢慢舒展开来：“韵之？你长这么大了，我都认不出你了。”

唐韵之搞不清楚状况，傻乎乎地点头：“阿姨好。”

“你和扬之不像，真是青出于蓝而胜于蓝，你比你妈妈更漂亮。来，快进屋坐。”

董宛热情地拉着唐韵之进屋，把她的亲生儿子叶宙都抛在脑后了。唐韵之猜测，董宛应该认识她妈妈，而且很早以前就见过她，只是自己一时想不起来了。

不过唐韵之还是很开心的。从小到大，几乎所有相熟的人都说她没有妈妈漂亮，外公、外婆、爸爸、叔叔、舅舅、阿姨、白初瑶、孙轻扬……董宛是唯一一个说她长得比宋扬之漂亮的人，虽然不知道这话是真是假，但她还是非常开心。

这座庄园看上去不大，却十分温馨，如同世外桃源。唐韵之也是事后才听叶宙说，在他八岁的时候，叶荣光就和董宛离婚了，他身为叶家财团的唯一继承人，自然是要跟着叶荣光的。而董宛则回到了她长大的地方，也就是这个佛罗伦萨附近的小镇。

小的时候，叶荣光的秘书每年带叶宙来这里见董宛一次，董宛也会经常去美国看他。母子俩常年分居两地，也难怪叶宙对董宛的依恋这么深，把她的照片随身携带。

董宛拉着唐韵之的手，一边聊天一边打量她，好像永远也看不够似的。

“阿姨，你和我妈妈认识？”

“不仅认识，我们还是很好的朋友，你妈妈管我叫姐姐。”董宛笑着，回忆带着她回到了从前，她的眼中也绽放出了神采。

“那时候我和你阿姨宋艺之一起在英国念书，艺之学的是法律，我学的是美术。扬之去英国探望艺之，我和艺之就带着她到处玩，去了好多的地方。我和扬之特别投缘，很多人都说我们三个人像亲姐妹。”

“现在想起来，那好像是很久以前的事情了。”董宛从回忆回到了现实，她摸着唐韵之的头，继续道，“上个月扬之来看过我，她跟我说了你和叶宙的事。你们能走到一起，我真的很开心。”

唐韵之脸一红，低下了头。

一位金发妇人给他们端上了果汁，她用意大利语和董宛交流了几句，董宛点点头，然后向唐韵之介绍：“这位是Giordano夫人，是我请来看护孩子的。她说你很漂亮，让我代她向你问好，还问你晚上想吃什么。”

“谢谢阿姨，我不太了解这里的人一般吃什么，阿姨您做主就好。”唐韵之纳闷，她不知道刚才董宛所说的“看护孩子”是什么意思。

难不成董宛还有别的孩子？可是这孩子跟叶宙的年龄差得也太大了吧！

董宛看出了唐韵之心中的疑问，笑着解释：“叶宙的外公外婆已经不在了，我一个人在这么大的房子住了好几年，太寂寞了，所以我在孤儿院领养了三个小孩子，这几年都是Giordano夫妇帮我一起照顾他们。”

唐韵之顺着董宛的话想象。在这油画一般的地方，和一群小孩子生活在一起，生活该是多么温馨。

她忍不住问：“阿姨，孩子们呢？”

“他们上学去了，晚上你就能见到。”董宛说，“见到那些孩子，我就想起小时候的你和叶宙。”

“您以前见过我？”

“见过，都过去十几年了，时间过得真快。那时候陈秘书带叶宙来探望我，恰好扬之带着你来旅行。当时你才五岁，是个粉雕玉琢的小姑娘，长得非常可爱。叶宙一见你就抱你，亲你，你被她逗得一直笑，一口一个哥哥。叶宙还说，他长大以后要娶你当新娘子。”

董宛笑着回忆：“这句话从陈秘书口中传到了叶宙爸爸耳朵里，后来，他和你爷爷就定下了这门婚事。一开始我还怕你们反对，现在的年轻人不喜欢家里太专制。看见你和叶宙现在好好的，我很高兴。”

唐韵之这才明白，她和叶宙这段不明不白的婚约原来是这么来的。

她们坐在葡萄架下聊了很久，气氛很好。董宛回头，叶宙不知什么时候出来了，她对唐韵之说："让叶宙带你到处走走，我让Giordano夫人去收拾你们住的房间。"

"好的，那麻烦您了。"

"客气什么，再过不久你该改口叫我妈妈了。"董宛笑着进屋。

叶宙走近唐韵之，从背后环住了她。他俯下身，在她耳边说："我妈妈对你说的话，我都听到了。我倒是挺想听你叫我一声哥哥，像小时候那样。"

"可是按照辈分，我应该叫你一声叔叔。"

"……"

4

夜色如水，乡下的空气总是会比城市的清新。夜空中散落着无数闪烁的星星，清风拂过，花草散发出香气，一切都像童话般美好。

唐韵之和叶宙坐在葡萄架下看星星。一旁的石桌上放着奶油小蛋糕和Giordano夫人酿的红酒，香气芬芳。不知名的小虫子躲在草丛中一直叫，衬得夜晚更加宁静。屋子里传出小孩子们的欢笑声，偶尔也有大人们的说话声。

"我们明天回去，机票已经订好了。"叶宙端起杯子喝了一口，又说，"我先送你回学校，然后去美国。"

"明天就走？"

"你以后可以经常来陪妈妈。"

"是你妈妈。"

"难道不是你妈妈？"

唐韵之指着叶宙身后："你看那边！"

叶宙回头，唐韵之飞快地挖了一手指奶油抹到他脸上。没等叶宙反应过来，她飞也似的逃开了。一边跑一边笑："哈哈，你现在这样真滑稽。"

"站住！"叶宙将脸上的奶油擦掉，追了上去。

他们一个跑一个追，从院子里跑到了外面的草坪上，野花散发出来的香味儿在风中弥散，撩拨着唐韵之的心。她有些沉醉，而这个时候叶宙抓住了她，他从后面环住她的腰。

"还跑吗？"叶宙低沉富有磁性的声音就在耳畔，他呼出的气息喷在唐韵之脖子上，痒痒的。

“谁让你这么好骗，怪我咯？”

“你倒是会强词夺理。”

“没办法，近墨者黑啊。孙轻扬他们比我还会强词夺理，我只学到了一点皮毛。”

叶宙搂着唐韵之的手收得更紧了：“以前我怎么没发现你这么美好。”

“你乱用形容词，形容人不应该用‘美好’。看在你从小在国外长大的分上，原谅你了。”

“那应该用什么？”

“好多词可以用，比如说国色天香、闭月羞花、沉鱼落雁、倾城倾国……”

叶宙笑了。他放开唐韵之，只握着她的一只手，席地而坐，顺便用力一拉把唐韵之也拉着坐了下来。

“干吗？”

“陪我看会儿星星吧。”叶宙说，“我们好像还没有这么平静地在一起待过。”

这句话令唐韵之感慨了一番，她乖乖靠着叶宙，抬头看星空。她说：“今晚的星星真美，是吧，哥哥？”

叶宙低头凝视唐韵之，天上的星星闪烁着，他的眼睛也闪烁着，里面似乎含着一团浓得散不开的雾气。

“你刚才叫我什么？”

“没什么……”话没说完，她的嘴巴已被叶宙吻住。

唐韵之惊诧，一股异样的感觉瞬间流遍她的全身。她不是没有被叶宙吻过，一年多以前在美国那次，还有酒会那晚，可是没有一次像现在这样。她整个人像是飞到了天上，浮在云端，飘在风中……

叶宙深深地吻她，她双手抱住叶宙的脖子，开始慢慢回吻。这个吻非常漫长，他们舌头交缠在一起，不分彼此，唇齿相依。

她想，这一次她是真的爱上叶宙了。

当她几乎喘不上气来的时候，叶宙终于放开了她。她看了叶宙一眼，脸红到脖子根。这是她第一次主动吻一个男人。以前和杨晟在一起，他们顶多拉拉小手，或者轻轻地亲一下。

“怎么了？”叶宙伸手把她身后被他弄乱的头发整理好。

唐韵之声音细如蚊蝇："我……"

叶宙看了她一眼，他躺下来，说："今天的星星很美。"

一颗流星划过，拖着长长的尾巴消失在天际。

唐韵之也躺了下来，她想起夏彤在男朋友面前撒娇的情形，于是凑过去把头枕在叶宙怀里。叶宙顺手抱住她，她想挪一下地儿，却被叶宙禁锢了。

叶宙说："别动，看星星。"

风吹过草坪，沙沙沙，和小虫子的鸣叫声交织在一起。屋子里小孩子们用意大利语唱着童谣，星星在天上眨眼睛，葡萄架上那青色的果实正等待着成熟。

唐韵之闭上眼睛，渐渐进入了梦乡，而她身旁的叶宙却十分清醒。他看着怀中安静沉睡的唐韵之，低声唤她："韵之……"

许是因为和孩子们玩得太累了，唐韵之睡得很沉，并没有听见叶宙叫她。叶宙凑过去在她额头上吻了一下，将她打横抱起，进屋。

唐韵之醒来的时候发现自己躺在床上，身上盖着羊绒毯子。天还没有亮，外面很安静，只有小虫子锲而不舍地鸣叫着。

晚餐后，她吃了曲奇和奶油蛋糕，醒来觉得口很渴，可是房间里没有水。董宛说过，有什么需要随时可以叫她。唐韵之当然不好意思这么晚把董宛叫起来，她打开窗前的灯，轻手轻脚去厨房找水喝。

董宛的房间就在斜对面，唐韵之一开门就发现白色的灯光从下面的门缝透出，里面还传出了董宛和叶宙的对话声。

"韵之睡下了？"

"嗯。"

"她和小时候长得不像，不过更漂亮了。"

……

是一些闲话家常，唐韵之一早就知道叶宙对他妈妈的感情很深，而他们明天就要走了，多说说话也是理所当然。她觉得不管怎样，偷听别人谈话总归不好，正要提步，接下来董宛的话却令她吃了一惊。

董宛幽幽地说："你真打算瞒着韵之？她是那样敏感的一个女孩子，万一……"

"妈，我有分寸。"

"也罢，你们之间的事，我也不想多说什么。"

“我会尽量阻止这件事发生。”

唐韵之像做贼一样转身回房。她靠在门后面大口地呼吸，心脏扑通扑通地跳，跳得非常快。从刚才董宛和叶宙的对话来看，他们一定有事情瞒着她，而这件事跟她有关。她想不通，究竟还有什么事是她不知道的。

一大堆乱七八糟的猜测占据了她的脑子，她尽量让自己的心情平复下来。她努力说服自己，叶宙那么爱她，他瞒着她肯定是为她好。以前她不懂珍惜，现在好不容易打开了心结，她应该知足，她要对叶宙有信心。

“是的，我要相信他。”她再次对自己强调。

她和叶宙真正在一起的时间并不长，回忆却是温馨而甜蜜的。叶宙对她的好，点点滴滴浮现在眼前，很快就打败了心中的那一丝疑虑。

Vivilian曾经对她说过，两个人相处最重要的不是感情，而是信任。再深的感情都有可能被击垮，但只要彼此信任，即便误会重重，也会有冰释前嫌的一天。

当时唐韵之就猜测，Vivilian能说出这样的话，她和宋子深之间一定发生过什么。只是Vivilian不说，她也不方便问。

关于爱情，每个人心底都可以埋藏自己的秘密。

第十三章

一眼万年

//////////

她曾经说过，两个人相处最重要的不是感情，而是信任。再深的感情都有可能被击垮，但只要彼此信任，即便误会重重，也会有冰释前嫌的一天。

1

浓郁的香气中带着一点点苦，一点点甜，一点点涩。唐韵之端起咖啡抿一口，眉头皱起。她拿了一包焦糖，打开，倒进杯子，用勺子慢慢调匀，香气四溢。

浪漫的法文歌曲从音响里流淌而出，仿佛徘徊在歌者的舌尖，又像是含在嗓子眼儿。唐韵之不懂法文，她不知道这歌词是什么意思，但优美的旋律足以让她陶醉其中。从佛罗伦萨回来之后，她几乎天天找外国歌曲听，英语、法语、意大利语……

搅拌了一会儿，焦糖似乎已经完全融化。唐韵之又喝了一口咖啡，她放下杯子，问坐在对面的两位表姐白初瑶和宋文菲："瑶瑶，Ailsa姐姐，你们找我出来，不是只想找我喝咖啡这么简单吧？"

"就你最聪明！我们就是来找你喝咖啡的，"白初瑶似笑非笑，转头对宋文菲说，"你说是吧，Ailsa姐姐？"

宋文菲抿嘴笑，没说是，也没说不是。她是唐韵之大姨妈宋言之的女儿，中英混血儿，从小在英国长大，嫁了个老公也是英国富商。宋文菲是她的中文名字，不过唐韵之和白初瑶一直喊她的英文名字。

“哦，我知道了，你们是怕我忘记外婆的生日吧。放心，我记着呢，不会耽搁的。”唐韵之保证。

宋文菲说：“倒真不是这么回事儿。瑶瑶带我四处玩，正好路过这里，顺道来看看你。”

她的中文不是很好，音调生涩，但听起来别有一番滋味儿。

“对了，还有这个。”宋文菲把放在脚边的一个纸袋子交给唐韵之，“这是给你的，看看喜不喜欢。”

唐韵之打开装在袋子里的纸盒，眼睛睁得老大。

那是一双羊皮小短靴，正是今年流行的款式，不久前唐韵之刚在时尚杂志上看到过这个牌子，每双折合人民币几万元。她惊的不是鞋子的价格，宋文菲有钱，这点钱对她来说是九牛一毛，她是被那十厘米的鞋跟吓着了。

“刚买的，你和瑶瑶一人一双，好看吗？”宋文菲笑靥如花。

唐韵之点头：“好看。”

好看也没用，她很少穿这么高的鞋子，估计拿回去也只有在家积灰尘的份儿。

宋文菲是高跟癖，她的鞋子没有十厘米以下的，她买的鞋子也只有她自己能穿。

白初瑶把唐韵之的表情全看在眼里，心里偷着乐。可是三秒钟后她脸色大变，再也笑不出来了。

“瑶瑶你怎么了？”唐韵之察觉到白初瑶的不对，急忙回头看。

一个穿紫色衣服的卷发美女走进咖啡厅，她看见白初瑶，笑得比阳光还灿烂：“是瑶瑶啊，真是有缘。”

“是冤家路窄才对吧。”白初瑶呛了她一句。

紫衣美女毫不介意，她婀娜多姿地走过来，在她们旁边的空位坐下，然后向服务员要了一杯拿铁。

唐韵之打量着眼前的美女。她和苏媛媛有得一拼，举手投足间十足的女人味，但是给人的感觉却没苏媛媛那么舒服。

丹凤眼，柳叶眉……唐韵之越看越觉得紫衣美女眼熟，她绝对在哪里见过。

紫衣美女看了宋文菲一眼，笑问：“这位就是子深提起过的Ailsa姐姐吧？”

白初瑶语气不善：“我们跟你不熟。再说了，你也不见得比Alisa小，装什么嫩啊！”

紫衣美女表情一僵，随即又恢复笑容：“我们迟早都是一家人，你不用每次见到我都这么凶。”

“金漫漫？”唐韵之激动地大叫，“你是大明星金漫漫吧！”

金漫漫是最近人气很高的女明星，不久前参加了某个选秀节目，一炮而红，据说还接拍了几部电视剧。

唐韵之不是追星族，她之所以知道有金漫漫这么个人，是因为孙轻扬是金漫漫的铁杆粉丝，宿舍还贴着她的海报。

“这位是？”

“金漫漫你给我签个名吧，我很喜欢你。”唐韵之从包里拿出纸和笔递给金漫漫。她并非真心喜欢金漫漫，不过是想让孙轻扬高兴一下罢了。

白初瑶咬牙切齿，恨铁不成钢。宋文菲则一头雾水。

金漫漫在本子上签下了龙飞凤舞的大字，她笑着说：“这位小姐真漂亮。瑶瑶，你不介绍一下？”

白初瑶不理她，自顾自喝咖啡。

“你和金漫漫很熟？”唐韵之在桌子底下拉白初瑶的衣襟，低声问。

白初瑶的声音也压得很低：“宋子深的新情人。”

她说的是情人，而不是女朋友。唐韵之心中的疑问顿时都解开了。

宋子深是宋家唯一的孙子，英俊多金，风流倜傥，身边女人换得跟走马灯似的，而且个个是数一数二的美女。自从两年前和Vivilian分手，他换过几个女朋友，唐韵之数都数不上来。其中有风情万种的女明星，有纯情的小白领，有青涩的大学生……她们和宋子深交往时间最长的也不会超过两个月。

白初瑶不喜欢宋子深的这些女人，甚至可以说讨厌。她管她们叫“宋子深的情人”，只是情人而已。

眼前这个金漫漫，就是宋子深的现任情人？

唐韵之想起刚才金漫漫说过一句话，“我们迟早都是一家人”。这么说来，她很肯定她和宋子深会有一个结果？

唐韵之很想笑，金漫漫未免太自大了。对于宋子深这个表哥，唐韵之再了解不过了。他怎么可能会为了一朵花放弃一片花园，哪怕这朵花是国色天香的牡丹，抑或是娇艳可人的玫瑰。

在确定金漫漫的身份之后，唐韵之开始讨厌她了——因为Vivilian。在她和白初瑶眼里，除了Vivilian，没有人配得上宋子深。宋子深风流、滥情，但这一切都无法掩盖他的优秀，他和叶宙一样，足以让女人们疯狂沦陷。

四个人各怀心事，气氛冷淡，优美的旋律依旧流淌旋转，浪漫唯美。

金漫漫妩媚一笑："瑶瑶，你不必对我这样，我知道你讨厌我，当然，我也很讨厌你。可是没办法啊，谁让你是子深的表妹。以后见了面我们客客气气的，对大家都好，你觉得呢？"

"呵，你是在威胁我吗？"白初瑶冷嘲热讽，"我若是对你不客气，你能怎么着！"

"你这么讨厌我，不就是因为他那个叫Vivilian的前女友吗。难道你觉得她和子深还有可能？这都是陈年旧事了，你为了一个外国女人和子深怄气怄了两年多。瑶瑶，你真幼稚。"

"你——"白初瑶拍案而起。

她被唐韵之和宋文菲紧紧抓住，按回到椅子上。可她不服气："我幼不幼稚关你什么事，别以为自己长得漂亮就了不起。长得漂亮的女人多得去了，还不是一样被宋子深甩！你是不是觉得宋子深一副花花公子样儿很好骗？别天真了，他狡猾得很，我劝你最好别耍什么心眼儿，我舅舅舅妈也不是傻子，他们会看不出你什么企图？"

"瑶瑶你冷静点，不要闹了。"唐韵之使劲拉住白初瑶。

她这个二表姐心直口快，别人向来拿她没办法。也怪金漫漫自己倒霉，惹急了白初瑶她绝对不会有什么好果子吃，白初瑶可不是好惹的人。

宋文菲说："金小姐，要不你先回去吧，瑶瑶她脾气不好，抱歉。"

"好说，我的脾气可是很好的。"金漫漫拎起包，风情万种地扭着腰身走了。

唐韵之看着她走路像走T台一样夸张，对她的好感度又降了一个点。一想到金漫漫对白初瑶的态度，她管不住自己的嘴："金小姐，你点的咖啡还没付钱呢。"

金漫漫听到这句话，身子摇晃了一下。

桌子上，服务员刚上的拿铁还冒着热气，香气扑鼻。

"这么说来，你真的联合你二表姐，给了金漫漫难堪？"孙轻扬听唐韵之说完，不可思议地眨了眨眼睛。

唐韵之点头："也不算是损她吧，她的确点了咖啡没付钱啊。"

孙轻扬看着桌子上写有金漫漫签名的笔记本，拿也不是，不拿也不是，一脸尴尬。金漫漫是她近来最喜欢的明星，喜欢到了发狂的程度。唐韵之刚把签名给她的时候，她眼睛跟划亮的火柴一样，“哧”地燃烧起来。可是听完来龙去脉，金漫漫在她心中的形象一落千丈。

“真不敢相信，金漫漫是这样的人。”

唐韵之抿嘴。她承认自己有私心，她潜意识排斥宋子深之后的每一个女朋友。但金漫漫对白初瑶说的那番话也令她很诧异。白初瑶说金漫漫接近宋子深是有企图的，她能图什么？除了钱，还能是什么？

宋家在B市是有头有脸的大家族，官场商场都有涉足，宋子深又长得一张祸国殃民的帅脸，怎么会不令众美女想入非非！

“轻扬你就别纠结了，我看那金漫漫也不是什么好人。”夏彤接茬。

孙轻扬反驳：“不懂明星的人没资格说这话儿。”

“谁不懂啊，就你最懂！”

“我再不懂比你懂好吧！不知道谁说《鲁豫有约》的主持人叫鲁迅，是谁啊？”

“懂明星了不起啊，能拿奖学金还是能考上研究生？”

……

每次孙轻扬和夏彤吵嘴，唐韵之就选择性失聪。运气好的话她们十几分钟会停战，运气不好的话，很可能会吵上一个小时。

唐韵之戴上耳机听歌，把声音开到了最大。没听上几分钟，孙轻扬拉她的头发：“你的手机响了，怎么不接啊？”

“什么？”唐韵之拔了耳机。她放在桌上的手机正一边响一边震动。

孙轻扬把手机递给她，暧昧一笑：“你家亲爱的打来的。”

“你走开。”唐韵之假装生气，接过手机马上又换了一副温柔的表情，“叶宙，怎么了？”

“我到美国了。”

“时差还没倒回来吧？你好好休息。”

“好，你也好好照顾自己，最近流感比较严重。”

“你也是，不许感冒，不然就在美国别回来了！”

“好。”叶宙在笑。

虽然看不见，但是唐韵之知道他一定在笑。

昨天她去机场送了叶宙，叶宙说他大概四天就能回来。她本想去接机，可是很不巧，两天后是她外婆的七十大寿，她得提前一天赶去B市。

2

唐韵之早就料到，外婆的寿宴上她必然会再次遇到金漫漫，只是她没想到事情会闹得这么严重。

宋家虽然在B市很有面子，但是和政治搭边的人一般不愿意太招摇。宋家的宴会办得还算简单，只请了世交好友以及自家的一些亲戚。宋扬之和唐泽凯夫妇百忙之中从维也纳赶了回来，宋言之和宋文菲的父亲也在前一天赶到。整座宋宅充满了喜庆的气氛，比过年还热闹。

宋恺夫妇很疼爱唐韵之这个外孙女，他们难得见到她一面，唐韵之一来他们就嘘寒问暖，恨不得把她捧到天上去。唐韵之和叶宙的婚事，老人家自然也是知道的。长辈们纷纷拿她说事儿，没几句话下来，她的脸已经红得跟个苹果似的。

宋恺问她："叶宙怎么没有和你一起来？外公很想看看未来的外孙女婿，是不是配得上我们家韵之。"

"外公你放心，叶公子人中精英，配三个韵之都够了。"白初瑶插嘴，惹得大家哈哈大笑。

唐韵之红着脸，悄悄从身后掐了白初瑶一把。她装作无比乖巧地说："叶宙去美国出差了，下次一定带来让外公见见。"

"文菲已经成家了，韵之也有了对象。瑶瑶啊，你得赶紧找一个，外婆还想在有生之年看到你们一个个都结婚生子呢。"

"外婆，你外孙女一个个貌美如花，还怕我们嫁不出去啊？您老人家还是先担心担心宋……表哥吧，他最悬。"白初瑶把包袱丢给宋子深。

说到宋子深，大家这才注意到，他到现在还没有出现。

水晶灯将墙壁照得透亮，如同白昼。宾客们个个穿戴得体，在轻音乐中谈笑风生。亲戚朋友几乎都到了，唯独不见宋子深。

"子深怎么还没来啊？"

唐韵之说："可能有事耽搁了吧，外婆你别急，他一会儿就到的。"

她刚把话说完，大门开了。进来的一对男女马上成了寿宴的焦点，正是宋子深和金漫漫。

宋子深一身黑色西装，温文尔雅，灯光打在他俊秀的面孔上，宛如前来参加宴会的贵族绅士。金漫漫穿着镶着黑色亮片的晚礼服，脖子上那串钻石项链反射出璀璨的光芒，耀眼夺目。在场的一切，鲜花、美酒、音乐，以及宾客的目光，仿佛都是为他们准备的。

看到金漫漫，白初瑶很不开心，她嘀咕：“披着孔雀毛的山鸡，装什么高贵！”

“瑶瑶你少说几句。”唐韵之下意识地握住了白初瑶的手，示意她不要在这时候和金漫漫杠上。

白初瑶当然会给外公外婆面子，金漫漫还没有这个魅力，能让她给自己的外公外婆难堪。

“外婆，Happy birthday。”宋子深松开挽着金漫漫的手，给了宋老太太一个拥抱。

老太太乐得合不拢嘴，直夸宋子深懂事。

金漫漫自然是不会放弃这个讨好宋家长辈的绝佳机会的，她嘴巴甜，一口一句吉利话，把两个老人以及宋子深的爸妈哄到了天上。为了炫耀，她故意回头朝白初瑶一笑，一脸奸计得逞后的快感。

“什么人啊这是！”白初瑶握紧双手，气得脸都白了。

和长辈们寒暄完，宋子深端着杯子走到唐韵之和白初瑶面前。他轻轻晃着那半杯红酒，浅浅一笑，他的笑有着令人沉醉的魔力。

“韵之，瑶瑶，好久不见。”

唐韵之和白初瑶都不理他，低着头假装喝酒。

习惯了女人笑脸相迎的宋大公子被两个妹妹同时冷落，居然也不惊讶，他将杯中的酒一饮而尽，脸上依然挂着微笑。

看到宋子深，唐韵之没来由地想到了叶宙。他们都是几近完美的男人，但叶宙和宋子深是完全不同的两种人。宋文菲曾经说，宋子深就像是一颗流星，哪怕再虚幻，还是令人无比向往。

唐韵之觉得，宋子深不是流星，他是流星雨！

她很庆幸宋子深是她的哥哥，在她看来，很少有女人能抵抗得了宋子深的魅力。可是爱上宋子深这样的男人就像经历过一场流星雨，享受过极尽绚烂的美好之后，紧接着要面临的是无尽的黑暗。幸好她没有这样的隐患。

可是叶宙不一样。叶宙是恒星，他永远耀眼，永远不会消失。只要有他陪在身边，她就会觉得心安。

"韵之，想什么呢？"看见唐韵之面色潮红，嘴角还带着一抹若有若无的笑意，宋子深问她。

"没什么。"

"都快两年了，还在生我的气？"

"没有。"唐韵之为了表现自己真的没有跟宋子深怄气，挤出一个微笑，"你那么帅，你做什么都对。"

宋子深哈哈大笑："鬼丫头。"

热闹的气氛一直持续着，唐韵之和长辈们聊了一会儿就拉着白初瑶上楼了。她也是后来才听白初瑶说，早在金漫漫和宋子深好上之前，她们就有过节。白初瑶大小姐是牛脾气，她真要是和金漫漫吵了起来，老人的寿宴估计也毁了。

相比楼下的喧嚣，楼上就安静多了。宋家住的是老式的宅子，面积很大，客房也很多。这间房是老太太给唐韵之和白初瑶留的，她们每次来都住这里。

房间很宽敞，落地窗，白色绣花窗帘，床上面也是同色的帐子，很像民国电视剧里贵族小姐住的地方。唐韵之很喜欢这里的摆设，她一度想把自己家的房间也布置成这样。只可惜她太懒了，一拖再拖，所以直到现在还是没有把这个想法变成现实。

在佛罗伦萨的时候，她和叶宙相拥躺在草地上一边看星星一边闲聊，她对叶宙说起过这事。叶宙亲了她一下，说："等我们结婚了，婚房随便你怎么布置。"

她从来没有想过，冷酷严谨的叶宙也会说这样的话。他甚至当着董宛和Giordano夫人的面亲她，毫无顾忌。他会在电话里说，韵之，我想你了，毫不掩饰。

那可是叶宙啊，像冰山一样不苟言笑的叶宙！想想她都觉得不可思议。

"韵之？"白初瑶伸出五指在唐韵之眼前晃晃，"又发呆啊，想什么呢？"

唐韵之回神，脸一红。送叶宙上飞机之后，她总是时不时想他。他的眼神，他的喜好，他对自己的宠爱……

"想叶宙了？"

唐韵之点头。在白初瑶面前，她从来不会顾忌什么。

白初瑶暧昧地笑笑："真受不了你们，才分开不到三天就患相思病了？昨晚你们不是打过电话吗。"

"不说他了。瑶瑶，你好像很讨厌宋子深？"

"说不上，"白初瑶耸耸肩，"他好歹是咱们的哥哥，我和他没仇，我只是气不过他那样对Vivilian。还有啊，我很讨厌他身边那些莺莺燕燕。韵之你在A市所以见不到，那些女人一个比一个烦人。算了，咱不说他，说了就烦。”

白初瑶端起杯子，品了一口红酒。

窗户前面是一张小巧的黄花梨木桌子，上面放着糕点和两杯红酒。天已经黑了，她们坐在这里刚好能看见满天繁星。

有人敲门，白初瑶以为是宋文菲来了，说：“Ailsa姐姐你进来吧，门没锁。”

门被推开了，但进来的人是金漫漫。

唐韵之有种不祥的预感，她能感觉到白初瑶身上散发出的怒气。

“你来做什么？”白初瑶站了起来。

金漫漫踩着T台步走来，婀娜多姿，足下恨不能生出莲花来。只可惜她眼前的两个都是女人，任何一个女人都不会喜欢别的女人在自己面前显摆，哪怕她再善良。

“瑶瑶，韵之，我们又见面了。”金漫漫坐下，“我只是来和你们打个招呼，你们不用做出一副拒人于千里之外的样子，我还希望以后能跟你们好好处呢。”

饶是金漫漫的笑容能滴出蜜来，唐韵之还是看她很不顺眼。金漫漫来这里的目的，傻子都能猜出来。她刚才在宋家长辈面前赚足了面子，一副未来媳妇儿见家长的阵势。她觉得自己是继Vivilian以后唯一一个能和宋子深交往超过两个月的女人，嫁给他是迟早的事。她是想炫耀一番，好让唐韵之和白初瑶明白，即便是她们再讨厌自己，她还是宋家儿媳妇的不二人选。

“金小姐，你太不了解我哥了。”唐韵之叹了一口气。

金漫漫笑：“怎么说？”

“宋子深何其精明！想必金小姐也很清楚自己是什么样的人，你觉得他真的会娶你？如果你是真的爱他，就不应该生其他的心思，宋家的媳妇不是那么容易当的。上次瑶瑶也对你说过，我舅舅和舅妈都不是好糊弄的人。他们对你客气，是给今天这个寿宴面子，给我外婆面子，而不是给你面子。希望金小姐好自为之，你也是见过场面的人，这不是一场家家酒。”

金漫漫的脸色一分分沉下去。唐韵之这番话看似客气，实则把她涨起的气焰全部给打压了。一旁看戏的白初瑶听得非常解气，想拍手叫好。

不过演员毕竟是演员，金漫漫能红，演技自然不会差到哪去。才一会儿工夫，丧气的山鸡立刻变成了高傲的凤凰。她站起来，从容不迫道：“唐小姐，你很冷静。不愧是在艺术世家出生的，气质就是不一样。我可以告诉你，我爱宋子深，不管是他的人还是他的钱，我都爱。同为女人，你应该能理解我的心思，不管宋子深爱不爱我，我都会想尽一切办法让他娶我。”

“你们这么讨厌我，无非是为了Vivilian。这都是陈年旧事了，何必再提。你们真以为Vivilian有多爱宋子深？你们太天真了！西方人本就对感情的事看得开，谁知道她以前有过多少男人……啊——”

3

金漫漫的声音戛然而止，她使劲擦掉脸上的红酒，眼中的讶异远远多于愤怒。若是白初瑶泼她满脸红酒，那很正常，可现在拿着酒杯瞪她的人，居然是看起来温柔贤淑的唐韵之。

唐韵之有一丝恍惚，除了当初扇赵祈颜的那一巴掌，她从没做过这样的事。刚才金漫漫那番话勾起了她不好的回忆，她永远不会忘记她送Vivilian离开中国的场景，还有被她养死的小狗Baby……

对唐韵之而言，Vivilian不仅是宋子深的前女友，也是她的至交好友，她不允许任何人诋毁自己的朋友。

“把你刚才的话收回去。”唐韵之冷冷地说。

金漫漫擦干净最后一滴酒，冷笑道：“你没资格说我，你自己不也是一样，你敢说你和叶宙在一起的目的是纯洁的？”

“啪！”白初瑶伸手给了金漫漫一个巴掌。

“你敢打我！”

金漫漫的火气腾地蹿上来。她好歹是个明星，平时被人恭维惯了，还没有被人打过。她也不示弱，挥手想打回来，结果被白初瑶抓住了手腕。

“打你又怎么样？打的就是你！”白初瑶左手也抡起来，又扇了金漫漫一下。

接连被打了两个巴掌，金漫漫有些发愣，一时竟然不知道该怎么办。

唐韵之也傻了，女人打架的场面她还是第一次见到。然而接下来的一切让她更加惊慌失措。只见白初瑶端起桌上的未喝完的半杯红酒往自己头上倒，完了又飞快撕扯身上的裙子。吱的一声响，她的裙角裂开一条口子。

未等唐韵之反应过来，白初瑶凑近她，把她的裙子也扯破了。

“瑶瑶你干吗？”唐韵之完全蒙了。她们身上的裙子是宋文菲从国外带来的，价值不菲，才穿了不到一天就被白初瑶粗暴地摧毁，她心疼不已！

“你也倒点红酒。”白初瑶抓过桌上的酒瓶，打开盖子泼了唐韵之一身，然后又扯散了唐韵之的头发。

做完这一切，白初瑶冷冷扫了一眼金漫漫，嘴角上扬。

唐韵之是聪明人，立马明白了白初瑶打的是什么主意。不过显然金漫漫没有明白，她一脸惊讶地看着白初瑶，声音哆嗦：“你们……你们到底想干什么？”

“干什么？呵，我们想打你啊！”说完白初瑶走上前，扯住金漫漫的衣服，把她往墙上推。

金漫漫自然不会等着挨揍，她用力一推，白初瑶一下子失去了重心，摔倒在地。恰在这时，房门被推开了。

宋家二老，宋子深，以及他们的父母全都站在门口，目瞪口呆。

“我……”金漫漫百口莫辩，拼命摇头，“不是这样的，不是……我没有打她们……”

白初瑶和唐韵之一身狼藉，而且大家亲眼见到她把白初瑶推倒在地。这样的解释根本就苍白无力，还有欲盖弥彰之嫌。

“金小姐，你是子深请来的客人，你怎么能做出这样的事！”宋老太太眼角的皱纹挤成一团。看见两个宝贝外孙女被欺负，她又心疼又生气，身子微微颤抖。宋艺之和宋扬之急忙扶住了她。

白初瑶从地上挣扎了起来，一副弱柳扶风的模样。宋子深的母亲贺一心赶紧从浴室拿出毛巾，帮她们擦拭身上的红酒渍。唐韵之有种演电影的感觉，几大名角飙戏也不过如此吧。为了配合白初瑶演好这场戏，她装出一副受尽委屈的样子，看得贺一心和宋言之一阵心疼。

“金小姐，请问我女儿哪里得罪你了？如果真有什么对不住的地方，我这个做母亲的代她向你道歉。”宋扬之慢慢走到唐韵之身边，高跟鞋和地板接触，发出哒哒哒的声响，一声声像是敲在金漫漫心上。

宋扬之向来以温婉大气的形象示人，即便是在自己女儿被人“欺负”的情况下，她也不像其他人那样把心中的怒意表现在脸上。但她刚才的话令金漫漫备感压力，这比直接的谩骂管用多了。

果然，金漫漫吞吞吐吐，她明明是被陷害，但是被宋扬之这么一说，倒好像她是真的犯了不可饶恕的错误一样。而唐韵之和白初瑶一个字不说，站在一旁装可怜，她完全招架不住眼前的阵势。

“子深，这就是你请来的贵客？”贺一心别过头去看宋子深，听着平淡的语气中蕴含了无形的压力。

所有人的目光顿时齐集于宋子深身上。上楼之后，宋子深一直没有说话，甚至连眉头都没皱过。金漫漫凄凄惨惨地看着他，期望他能站在自己这边。

宋子深依然面不改色，他淡淡地开口：“漫漫，你玩得有些过火了。”

这句话一出口，金漫漫面如死灰，她愤愤地瞪了众人一眼，冲出门去。

白初瑶转过头，从只有唐韵之才能看见的角度对她露出一个奸计得逞之后的微笑。唐韵之会意，心想，原来当坏人这么刺激。当初若是有白初瑶在身边，说不定她就不用被杨晟和赵祈颜耍得团团转了。

“大家都散了吧。瑶瑶，韵之，你们到我书房来一趟。”宋恺表情严肃。

这会儿唐韵之和白初瑶才开始担心，她们惴惴不安地跟在宋恺身后，彼此互相交换了一个眼神，谁都没有猜出宋恺是什么意思。刚才在房间他就一直没吭声，看他的表情，怕是看出了什么。

“唉——”宋恺坐定，叹了一口气，“你们这两个孩子啊，让我说什么好呢！”

“外公……”

“瑶瑶，外公看着你长大，你是什么性子，外公难道不清楚？外公阅人无数，那金小姐虽说凶悍了一点，但要说她能欺负你，我还真不信。怕是你们两个丫头联手耍了人家吧。”

“外公你知道啊？”唐韵之小心翼翼开口，吐了吐舌头。

宋恺摇摇头，笑道：“你们这两个丫头啊，从小就喜欢胡闹！不过这样也好，算是帮了子深一个忙，他也老大不小了，是该找个正经女孩子结婚了。”

“吓死我了！原来外公你也不喜欢金漫漫啊，你怎么不早说，害我虚惊一场。”白初瑶马上活跃起来，“外公你是不知道那个女人有多嚣张，如果不是我出手，韵之还真要被她打了呢！我也是看不过去才想整整她的，她活该。”

“瑶瑶……”唐韵之拉了拉她的手臂，示意她不要再说了。

宋恺倒没有生气，他摸摸唐韵之的头：“韵之，改天记得把叶宙带来给外公看看。”

“嗯。”唐韵之脸一红。

晚上十点左右，寿宴差不多结束了，客人们陆续向二老告别回去。其他人也都睡下了，只有两个小保姆在客厅收拾。

才经历了这么刺激的事，唐韵之和白初瑶毫无睡意。她们太兴奋了，连衣服都没有换，手拉手出门在大街上瞎晃。由于喝了酒，两个人面色潮红，有了些许醉意。她们一边哼着歌一边散步，不知不觉就走到了闹市区。身后不远处，一辆银灰色的轿车跟了她们一路。

宋子深不想惊动她们，车开得很慢。他看见两个妹妹摇摇晃晃出门，马上就开车跟了上去，想确保她们的安全。三更半夜，两个女孩子在大街上是件很危险的事。

白初瑶嘟囔一句："该死的宋子深，跟着我们做什么！"

"让他跟着好了，走累了我们还能坐他的车回去。"

"也对。"白初瑶晃晃脑袋，开始断断续续哼歌，"一条大河波浪宽，风吹稻花香两岸……"

唐韵之很激动，她也忍不住接着唱："这是美丽的祖国，是我生长的地方，在这片辽阔的土地上……"

走累了，唐韵之索性脱下八厘米的高跟鞋。她走几步就像兔子一样蹦几下，看上去很开心，又像个神经病。

宋子深隔着车窗玻璃看她们，边看边摇头。他这两个表妹从小就是人来疯，长大了也还是老样子，不温柔不淑女。不过身为哥哥，他向来都很喜欢这两个妹妹，无奈两个丫头为当年的事一直跟他怄气。

过了跨江大桥，唐韵之累了，她在街心公园随意找了个地方坐了下来。

"瑶瑶，表姐啊，天好像在转……我们坐一会儿就让宋子深带我们回去吧。"

"韵之表妹啊，你真是天真。"白初瑶也晕乎乎说着醉话，"我们刚整了他的小情人，你不怕他翻脸啊？"

"不会的，要翻脸他早翻了。外公都能看出我们故意捉弄金漫漫，他一定知道。宋子深很聪明的，他从小就是学霸。"

"这倒是，没准他早就想甩了金漫漫呢，他应该感谢我们。我们成全了他，帮了他一个大忙。"说到一半，白初瑶发现唐韵之眼睛一动不动盯着某处。她推了推唐韵之："你看什么呢？"

唐韵之没有说话，她一下子清醒过来，身子微微发颤。白初瑶顺着她的目光看去，眉头皱了起来，一副难以置信的表情。

街心公园对面的西餐厅，一男一女坐在门口的座位，正交谈着什么。玻璃擦得很干净，站在公园中能清楚地看清他们的样子。男人长得十分英俊，表情却有些冷，脸上的轮廓如同用刀子在冰山上雕刻来的。

白初瑶见过他的照片，自然知道他是谁。她呆呆地吐出两个字："叶宙？"

"嗯，是叶宙。"唐韵之竟然出奇的冷静。

"那个女的是谁？"

唐韵之盯着叶宙对面的美丽女人——赵祈颜。半个多月不见，她比以前更漂亮更迷人了，她那一头卷发染成了巧克力色，松松散散披在肩上，妩媚至极。孙轻扬曾经评价赵祈颜，说她轻轻一个眼神就能让男人骨头酥掉。

男人皆好色，对美女向来是来者不拒的。可是叶宙不一样啊。唐韵之相信叶宙不是那样的人，尽管眼前的景象很难让她说服自己。

叶宙说他要去美国，过四天才能回来。今天是第三天，他应该刚上飞机，而他却出现在这里，和另一个女人在一起，这个女人还是赵祈颜……

唐韵之手脚冰冷，几欲摔倒。白初瑶及时扶住了她。

"怎么回事？"宋子深下车，大步走了上来，"韵之你怎么了？"

"没什么，我有些头晕，你带我回去吧。"

宋子深点头，他扶着唐韵之，不经意回头。他也看见了西餐厅那一幕，他皱着眉："叶宙？"

第十四章

一爱一生

关于爱情，每个人心底都可以埋藏自己的秘密。

如果有一天我爱上了你，我就把这个秘密告诉你。

1

敲门声响了三下，唐韵之翻身，揉揉眼睛：“进来吧，门没锁。”

宋子深推门进来：“已经十一点了，还不起床？”

唐韵之坐起身来，斜倚着枕头。半晌，她答非所问：“你昨晚没有回家？”

“这里难道不是我的家？”宋子深一挑眉。他的声音略微低沉，富有磁性。

“我是说你自己的家。这几年来。你好像没有在这里住过吧。”

从国外回来后，宋子深在素有“土豪小区”之称的碧台园买了套别墅，一直独居。

“小丫头。”宋子深刮了一下唐韵之的鼻子，“我是担心你。昨晚看你闷闷不乐的，有心事却憋在心里，问你也不说。你要是真的怀疑叶宙背着你找其他女人，大可以打电话问他。你在这里想再多，他也不知道你在想什么。”

“你为什么这么喜欢换女朋友？”

“这个嘛，不好说。”宋子深坐在床头，笑笑，“男人分两种，一种是专情的，一种是花心的。但专情的男人也分两种，一种人在找到真正爱的女人之前，他会不停地换女朋友，直到他命中注定的那个人出现；另一种嘛，在找到自己爱的人之前，他能够独善其身，宁缺毋滥。我是第一种，叶宙是第二种。”

“你的意思是说……你专情？”唐韵之憋着笑，等宋子深接她的话。

“韵之，眼见不一定为实，个人建议，我希望你能相信叶宙。我和叶宙打过交道，他心思缜密，行事果断干脆，为人正直不阿，是个可以托付终身的人。如果他有什么事情瞒着你，那一定有他的理由，我相信他是为你好。以后遇见什么事，你也最好相信他，不要胡思乱想。”

早在唐韵之和叶宙恋爱之前，宋子深就认识叶宙。他们是商业上的伙伴，私下也吃过几次饭。虽没有深交，但叶宙是宋子深最为欣赏的人之一。当他知道唐韵之的男朋友是叶宙的时候，他曾庆幸宝贝妹妹找到了一个可以依靠的男人。

“我知道了。”唐韵之眼中一下子有了神采。

叶宙在她心中就像神一样，她对他的感情不仅仅是爱，还有信仰。一个能成为她信仰的人，怎么会做出对不起她的事？宋子深的意思很明显，他是要告诉她，叶宙去见赵祈颜可以有任何原因，唯独不会是她担心的那种。

这么一想，她释怀了。

“哥，谢谢你。”

“傻丫头。”宋子深摸摸她的头，“快起来吧，我先去公司了。”

宋子深一出门，唐韵之才磨磨蹭蹭去卫生间洗漱。一大清早，宋扬之和唐泽凯就起床去机场了。唐韵之因为昨晚的事心情郁闷，没有去送机。

白初瑶也起了个大早去上班，唯独唐韵之轻松自在。她明天下午才有课，大可以晚上回去，明天早上还能睡个懒觉。外公外婆都知道她喜欢睡懒觉，她每次来这里，起床之前是不会有人打扰她的。

镜子里的唐韵之面色红润，也不知是昨晚喝了太多酒还是心情好的缘故。她穿着白色真丝绣花睡裙，宛如出水的莲花，清新素雅。洗完脸，她忍不住多看了几眼镜子里的自己，脑子里蓦地跳出叶宙曾用来形容她的词。

在佛罗伦萨的那个夜晚，叶宙拥着她说：“以前我怎么没发现你这么美好。”

“美好”真的是一个很美好的词语。唐韵之不知不觉笑了。

洗漱完毕，她顺便把被水沾湿的头发给吹干。半年前她烫了大波浪，现在已经不是很卷了。她的头发很长，过了腰，她想，是该去修剪一下了。

从卫生间慢悠悠地出来，她僵在门口。

她使劲眨了眨眼睛，又掐了一下自己的手臂——很疼。

这么说来，她不是在做梦？

望着眼前这个俊朗非凡的男人，唐韵之有一丝恍惚："叶宙，你怎么在这里？"

叶宙从椅子上站起来，走到床前："宋子深没跟你说？"

"什么？"

"我来了一会儿了，还跟你外公下了一盘棋。亲爱的，已经日上三竿了，我来看看你到底要赖床到什么时候。"

"你不是在美国吗？"唐韵之试探性地问了一句。

结果叶宙很巧妙地回答她："事情处理完我就提前回来了，顺便来接你回学校。"

"哦，那你等我一下，我去换衣服。"

唐韵之从挂钩上取了衣服，还没来得及转身，叶宙从后面抱住了她。她浑身发烫："你干什么，先让我把衣服……"

接下来的话被叶宙尽数堵回嘴里，唇齿间尽是他的味道。她拿着的衣服也都掉在了地上。

叶宙搂着唐韵之的腰，手慢慢往上移，在她背上摩挲。她本来就穿得很少，隔着薄薄的真丝睡裙，叶宙手上滚烫的温度令她又兴奋又紧张，一下没注意，她就被他按在了床上。

她脑子里"嗡"的一声响，瞬间清醒了不少。她很清楚自己现在在做什么，叶宙是个男人，而且是个正常的男人，她可以感觉到他浑身透出的欲望。她想要推开叶宙，可是叶宙将她紧紧压在身下，她根本就动弹不得。她的嘴巴也被堵得死死的，吻得缱绻缠绵，她的心跳加速，感觉心脏马上就要蹦出来。

叶宙的手在她身上游走，不知不觉已经伸进了她的睡裙里面。肌肤相触，两个人身上都是滚烫滚烫的，几欲燃烧。缠绵之下，裙子很快被扯了下来。可是就在这时，叶宙却停止了动作。

他从唐韵之身上起来，看了她一眼，拉起被子给她盖上："对不起。"

唐韵之双手护在胸前，声音小得几乎连她自己都听不见："我又没怪你。"

"那……我们要不要继续？"叶宙坏坏地笑了。

唐韵之又羞又气，嗔了一句："你走开！"

叶宙在她身边坐下，隔着被子抱住她，凑过去小声说："韵之，等你毕业我们就结婚好吗？”

热气喷在她脖子里，暧昧缠绵。她点点头：“嗯。”

叶宙没想到她答应得这么快，他惊喜地在她额头亲了一下。

他把地上的衣服捡起来递给她：“你先穿衣服，我去外面等你。”

回到学校已经是晚上了，唐韵之绘声绘色地把她和白初瑶整金漫漫的事情说了一遍，夏彤和孙轻扬惊得眼都直了。孙轻扬本来是极喜欢金漫漫的，偶像的光辉形象一下子破灭，她觉得又寒心又大快人心。

“你二表姐真绝，她适合去后宫生活，在《甄嬛传》中她至少可以活三十集！”孙轻扬啧啧称奇。

“那我呢？我能活几集？”夏彤兴奋地插嘴。

孙轻扬不怀好意地笑：“几集？你想多了，你应该问几分钟。”

“你……”夏彤气得噎住。

孙轻扬大笑。

唐韵之说：“轻扬你说得不对，瑶瑶她其实是一个很善良的人，每年不知道要给贫困山区捐多少钱呢。她的原则是‘人不犯我我不犯人；人若犯我，我必普度他重生’。金漫漫欺人太甚，换了我也会这样做的，我只是没有瑶瑶那么厉害罢了。”

“你二表姐的座右铭好强大，还好我没有惹她。”

“韵之啊，我还是对你表哥比较感兴趣。”夏彤一副花痴样。

“你不是已经有男朋友了吗，无药可救了！”

她们在唐韵之的手机里看见了寿宴上的照片，夏彤一个劲地夸宋子深长得帅，说宋子深是她喜欢的类型。为了让她安分一点，唐韵之还数着手指八卦了宋子深和他历任女朋友的情史，谁知她说了句“男人不坏女人不爱”。

聊得正欢，有人在外面喊：“唐韵之，楼下有人找你。”

唐韵之放下正在吃的零食，蹦跶蹦跶跑到阳台往下看。眉头一皱：“怎么是她？”

2

还是在上次和白初瑶一起喝咖啡的这间咖啡厅，音乐轻缓，气氛温馨。

唐韵之托着腮，漫不经心地搅着杯子里的咖啡。这家店的消费很高，可是唐韵之很喜欢这里，反正她现在穷得就剩下钱了。那天晚上宋子深载她和白初瑶回去后，给了她们每人一张卡，说是让她们零花。她查了下数额，乐不可支。果然是“零”钱啊，有六个零呢！不愧是宋子深，出手就是阔绰！

“你找我有什么事？”发了半天呆，唐韵之终于开口。

坐在她对面的桑希雅舔了舔嘴唇，吞吞吐吐：“我，韵之姐，我……”

“是杨晟的事吧？”

桑希雅点点头，满怀期待地等着唐韵之的反应。唐韵之只是笑笑，把头转向外面。

路边拿着气球的小孩子不小心摔了一跤，气球飞走了，他哇哇大哭，一旁的爸爸妈妈赶紧安慰他。爸爸拿了一颗棒棒糖给他，他马上破涕为笑。

看到这里，唐韵之叹了一口气：“希雅，你看那个小孩子，丢了气球他哭得多伤心啊。”

桑希雅不知道唐韵之说这话是什么意思，她往外看，隔着玻璃，她看见小孩子一边吃棒棒糖一边笑，脸颊上还挂着泪水。

“杨晟和我分手的时候，我就像那个小孩一样，非常难受。可是没有人安慰我，连我爸爸妈妈都不在身边，我只能自己舔舐伤口。可是杨晟呢，他待在另一个女人身边，嘘寒问暖。我好不容易忘记那一段过去，找到了我的棒棒糖，我不想再去回忆那个已经失去的气球了。”

“也许你会觉得我狠心，是，我的确是一个自私的人。我和杨晟已经没有任何瓜葛了，我也从来不认为分手了还能再成为好朋友，这根本就是不可能的事。我们现在只是校友关系，连普通朋友都不算，勉强相处只能让我们更加尴尬。杨晟是个善良的人，他对我有愧，那种感觉也不是一时半会儿能够抹去的，虽然我现在已经不怪他了。”

“你知道我想说什么？”桑希雅很吃惊。她想了想，还是决定把话说完，“你应该知道，他还是没有忘记你，他还是喜欢你的。我经常看见他对着你们的照片发呆。再这样下去，他根本没有心思去考研。”

“所以你来找我，是让我劝劝他？”

“不，我是希望……我是希望你能给他一次机会，我知道你也没有对他完全……”

“不可能。”唐韵之果断拒绝，“希雅，你不是我们，你不懂。我们不可能再回到过去了。而且我现在已经有了男朋友，他对我很好。”

桑希雅的脸色一白：“是叶宙吗？哥哥说你和叶宙在一起，是真的？可是上次我在医院见过你们，你好像一点都不喜欢他。”

“那是过去。我现在很爱他。”唐韵之挤出一个微笑，“所以，不要勉强我了，你让我去劝劝杨晟我能答应你，其他的我做不到，对不起。”

“我明白了。”桑希雅站起来，“还是谢谢你肯出来见我，我会好好劝哥哥的。我要在学校宿舍楼关门之前赶回去，再见了韵之姐，我去结账。”

“还是我来吧。”

“不了，韵之姐，今天是我找你出来，还是我来结账吧。”

桑希雅固执地要自己付钱，可是等服务员小姐报出消费金额的时候她惊了一下。她临时决定来找唐韵之，身上只有一百块钱，原以为足够付两杯咖啡的钱，不承想到这里的消费这么高。

唐韵之看出了桑希雅眼中闪过的为难之色，她回头和服务员使了个眼色，笑着说："对了希雅，我忘了跟你说，我有这里的贵宾卡，可以打折——小姐，打完折是多少？"

服务员很机灵，她马上猜出了唐韵之的意思，报了一个百元以内的价格。桑希雅松了一口气，对唐韵之说了声谢谢。

等桑希雅的背影消失在大门口，唐韵之从包里拿出宋子深给的那张卡，对服务员说："谢谢你，我没带现金，刷卡吧。再帮我打包两个黑森林松露糕点，我带回去。"

服务员笑着点点头。

桑希雅虽然看上去柔弱，骨子里其实是个很要强的女孩子，这或许跟她的成长经历有关。刚才她坚持要自己付钱，唐韵之不想让她难堪，所以她说了一个善意的谎言。她也是第二次来这里，根本没有什么所谓的贵宾卡。

说来也是她的错，她不应该选这么贵的地方。她纯粹是拿着一大笔钱没地方花，想体验一下暴发户的生活。那两个黑森林松露糕点是带回去给孙轻扬和夏彤的，她上次吃过，觉得味道不错。

这是一个没有星星的夜晚，唐韵之拎着装糕点的袋子走出咖啡厅。和桑希雅说完那番话，她轻松了许多，心情也不错。可是一想到桑希雅所说的杨晟的情况，她又皱起了眉头。他们毕竟有一段难忘的过去，杨晟的确对不起她，可是她不是那种绝情到说忘情就忘情的人。

叶宙仿佛和唐韵之心意相通，唐韵之一想杨晟，她的手机马上响了。她接起来，半开玩笑半较真道："你现在打电话，不怕吵到我睡觉啊，已经十点了。"

"哦？"叶宙的声音中带着笑意，"你什么时候把时差倒回来了？据我所知，现在应该还没到你的活跃期吧。”

“就你狡猾！你还没回家啊，我听见有喇叭声。”

“嗯，还有一个应酬。先不说了，晚点我给你打电话。”

“啪”的一声，电话挂断了。唐韵之有些莫名其妙，她刚才在电话里听到了喇叭的声音，隐约还有女人的说话声。而且这个声音很熟悉，好像是……

“祈颜？”没有经过大脑思考，这个名字飞快地从唐韵之嘴巴里蹦出来。

唐韵之吓了一跳。她使劲摇摇头，试图赶跑这个想法。可是最近发生的一切令她不得不相信这是事实。宋子深的话尚在耳畔，她清楚地记得，他要她相信叶宙——无论发生什么事。

此刻唐韵之的脑子里犹如装了一盘散沙，稍微动一下它们就哗啦啦往下漏，她头很疼。这里离学校不是很远，她三步并作两步往前走，想尽快回到宿舍，忘记刚才的一切。她越走越快，到后来干脆小跑起来。

一辆熟悉的黑色车子从唐韵之身边飞驰而过，她愣了一下，马上停住脚步。她一回头，熟悉的车牌号跃入眼中。

车子在唐韵之出来的那间咖啡厅前停下，一男一女从容地开门下车。尽管隔得很远，但是那两个人的背影化成灰唐韵之也会认得。一个是她曾经最好的朋友，一个是她如今最爱的男人。

刹那间，有如一盆凉水泼在唐韵之头顶，她全身冰冷。她觉得自己实在太倒霉了，人生最倒霉的事也不过如此吧。她不得不怀疑赵祈颜前世是被自己给弄死的，而且是以很残忍的手法。要不然赵祈颜怎么总是和她过不去，一个杨晟也就罢了，杨晟心软好骗，还有他那个讨人厌的妈妈在一边煽风点火。可现在是叶宙啊，这么聪明精明的叶宙怎么会被赵祈颜耍？还是说，根本就是她自己笨，被他们两个联手玩得团团转？

寒冰从心底化开，透心的凉！

不知不觉，唐韵之的眼睛湿了，她拿着手机的手开始颤抖，犹豫了好久才拨通了宋子深的电话，就像抓着救命稻草一样。

良久，手机接通了，宋子深低沉慵懒的声音传进唐韵之的耳中：“韵之？有事吗？”

“我……”

“子深，是谁啊？又是哪个女人找你吧。”柔媚入骨的女声在耳，异常娇憨。

“别闹，是我妹妹。”宋子深喝了一声，女人立马不说话了。他继续：“韵之，怎么了？”

“没什么，打扰你了。”

“你在哭？”

“没有，我先挂了。”

一个苦涩的微笑在唐韵之脸上绽放。

就在今天中午宋子深还装作很有学问地对她说：“男人分两种，一种是专情的，一种是花心的。但专情的男人也分两种，一种人在找到真正爱的女人之前，他会不停地换女朋友，直到他命中注定的那个人出现。另一种嘛，在找到自己爱的人之前，他能够独善其身，宁缺毋滥。我是第一种，叶宙是第二种。”

她现在是不是可以认为，叶宙其实两种都不是？他一边对自己专情，一边可以在外面有其他女人？

手机突然响起，唐韵之吓了一跳。看见是宋子深打来的，她急忙接听：“哥，我真的没事，你忙吧。”

“你这丫头，都这么大了还是老样子，脾气硬，嘴巴也硬。好好的哭什么，又是为了叶宙的事？”

“没有，真没事。”唐韵之再三强调，就差没把自己的心挖出来给宋子深看了。

宋子深拿她没辙：“那好，你不想说就算了，别想不开啊。”

“你才想不开呢！”

挂了电话，唐韵之想起唐泽辉对她说过的一句话：被甩了并不可怕，可怕的是被甩之后变成怨妇。

她已经闺怨过一次了，可不能再有第二次。

她抬起头，往相反的方向走去——那是叶宙家的方向。

灯亮了，房中的黑暗瞬间被驱逐，变成一片光亮。

叶宙站在门口，惊了一下：“韵之？你怎么在这里？”

“想看看你，”唐韵之转身，笑盈盈，“所以就过来了。”

唐韵之有叶宙家的钥匙，不过这是她第一次自己用钥匙开门。

叶宙走过去揽住她的腰，在她额上亲了一下：“明天没课？”

“没有。”唐韵之顺势抱住他。

两个人耳鬓厮磨了一番，深吻，缠绵。

叶宙一时没习惯唐韵之这突如其来的热情，还没等他开口，唐韵之先说话了，她笑得很甜："前面你给我打电话，怎么突然挂了，有急事？"

"嗯。"叶宙眼中闪过一丝犹豫，不过还是点点头，"和美国来的开发商有个应酬。"

"原来赵祈颜是美国来的开发商。"

"韵之……"叶宙眼中透出深深的不可思议，他的身子明显晃了一下。

唐韵之没有给他说话的机会："我相信你跟赵祈颜没什么，虽然我曾经怀疑过。我觉得自己很傻，你怎么可能会和赵祈颜在一起呢。你瞒着我和她见面，可以是任何原因，但绝对不会是我曾怀疑的那一种。"

"谢谢你，韵之。"叶宙松了一口气。这是他第一次在唐韵之面前感觉到无助，不过紧接着唐韵之说的话令他手足无措。

因为唐韵之说："叶宙，我们分手吧。"

"我需要一个理由。"叶宙试图让自己冷静，说出来的话却是，"韵之你冷静点。"

"来这里的路上我已经想得很清楚了，我知道说这样的话很不理智，但我还是想说，我们不适合……你先别打断我，让我说完。"

"其实，我不是第一次看见你和赵祈颜在一起，昨天晚上我也看见了。我和表姐喝多了在街上逛，你和祈颜在街心公园对面的咖啡厅里。当时我真的很难过，很想问你为什么。不过我想通了，我哥也让我要相信你。"

"叶宙，我一直都很相信你。你和你爸爸一样，纵横商场，精明干练，你怎么可能会被赵祈颜算计？可是我实在想不出是什么原因，我也不想知道是什么原因。后来我冷静地想了很久，就算没有赵祈颜，我们之间也迟早会出问题。"

"这不是理由，除非你说你对我一点感觉都没有，你还喜欢杨晟？"

唐韵之眼中含泪，却还是在笑："怎么可能？你未免对自己太没自信了，我不是傻子，你对我的感情我很清楚。很少有女孩子能够拒绝你的好，我也不例外。我怎么可能会对你没感觉，我不会自欺欺人。"

"那你是什么意思？在考验我的耐心吗？你明明就是在自欺欺人！"叶宙终于忍不住动怒，肩膀微微颤抖。他看着唐韵之，眼睛里尽是寒光，却多了一分无奈。面对唐韵之，他总是这样，即便是占着理儿也不能奈她何。

"我没有自欺欺人。"唐韵之说，"我很明白我的心。我爱你，叶宙，我早就爱上你了。"

叶宙怔住。他万万没想到，唐韵之会说这样的话。

"那你为什么要和我分手？"

唐韵之没有回答。他们对视了好久，气氛变得非常压抑。

唐韵之眼中含着泪花，亮晶晶的。在来的路上她想得很清楚了，她这么做很冲动，很不理智，可是她不会后悔。

无论他们再怎么相爱，若不能坦诚相待，到头来只是一场空。

她刚才又问了叶宙一遍，那也是她给他的机会，如果他如实回答，就不会有刚才这一幕发生。可是他没有，他依旧把她当作小孩子一样，有什么事都独自担着，根本不想让她知道。

她觉得她不像是他的女朋友，而是被他养在笼子里的一只金丝雀。她受够了这种被动的感觉，她想要的不仅仅是他的爱，还有他的信任，那种可以患难与共的信任。宋子深让她信任叶宙，她做到了。可是叶宙呢？他根本就不信任她，不相信她知道真相后还会坚定不移地陪在他身边。

最后，叶宙妥协了，他双手按住唐韵之的肩膀："你不要这样……"

他的语气是如此的软弱，像是失去母亲的孩子。

唐韵之身子一颤，内心充满了不忍，可是她还是推开了他："对不起，叶宙。我觉得我们需要给彼此一点时间。"

她没有给叶宙留下任何余地。她把钥匙放在桌子上，头也不回地离开了。

叶宙怔怔地望着床上的钥匙，眼睛里有了一丝模糊。

3

这一个月来发生了很多事，比如说校文学社那个长得比女人还漂亮的"诗人"死乞白赖地追夏彤；比如说朱帅体育课练跆拳道摔伤腿打了半个月石膏；比如说唐韵之和叶宙分手了……

唐韵之还记得孙轻扬和夏彤听到这个消息的时候，不约而同地说："怎么可能，你骗人吧！"

唐韵之笑而不答，关于她和叶宙分手的原因她坚决一个字都不说，孙轻扬和夏彤磨了半天无果，也就随她去了。唐韵之的性格她们再清楚不过，一旦她决定什么，九头牛也拉不回来。

相比之前和杨晟分手，这一次唐韵之出奇的安静。其他人偶尔提起叶宙，她倒是一点都不避讳，反而跟着一起叶宙长叶宙短的，好像叶宙普通得就像食堂那个每天给她们打菜的胖厨师一样。

十月底，天气转凉，再加上流感闹得人心惶惶，宿舍一伙人都没有怎么出门。夏彤每天躲避“诗人”的围追堵截，吃饭都不敢去食堂，天天叫外卖。

孙轻扬调侃夏彤，说她桃花朵朵开，碗里的这个还在，锅里的那个自己送上门来了。夏彤反驳的话令唐韵之很震惊，不知道该说她想象力丰富呢还是言情小说看多了。

夏彤说：“你瞧那‘诗人’长得一副同性恋样儿，他能喜欢女人吗？我看他八成是看上我男朋友了，所以故意天天追我，想引诱我红杏出墙呢。”

唐韵之见过夏彤的男朋友几次，确实是个很帅的男人。更奇妙的是，她也是后来才知道，夏彤的男朋友就是叶总编妹妹的儿子。世界如此之小！

“好啦好啦，不跟你开玩笑了。团支书说下午有一场很重要的讲座，我们该出门了。”

“可不可以不去？”唐韵之弱弱地问。

夏彤摇头：“团支书说刷出勤卡，一个都不能少。”

“反正我不想去！”

“刚开学那次班会，不知道谁跟男朋友溜出去玩，少了一次出勤记录，难不成你想再溜一次？”

唐韵之不说话了，夏彤说的正是她。上次和叶宙去佛罗伦萨，她可不是漏了一堂班会课吗，还很不巧地把出勤卡放在随身带着的包里，孙轻扬想帮她作弊都不行。

“好吧，你等我一下，我换身衣服。”

一走进报告厅大门，唐韵之就愣在了门口。她怎么都不会想到，叶宙居然会在这里出现。

差不多一个月没见，叶宙还是老样子，器宇轩昂，眉目英挺，最令人折服的还是他那永远充满自信的眼睛，只一眼就能让人不由自主地陷进去。

叶宙好像察觉到唐韵之在看他，第一时间转过头来。唐韵之避之不及，和他打了个照面，尴尬一笑，便拉着孙轻扬和夏彤在最靠近大门的地方坐了下来。

叶宙坐在主讲席上，低头若有所思，微微锁起的眉头更显得他帅气逼人。穿着红色旗袍的礼仪小姐们互相窃窃私语，不时地偷偷打量叶宙几眼，笑得很羞涩。

唐韵之也笑了，他总是那么受女孩子欢迎。也难怪，像他这么年轻有为的男人，只要是女孩子，都会被他吸引吧？当初她以为离开杨晟以后她不会喜欢上其他人，可她还是无法控制自己，慢慢对叶宙动了心。她曾是那么讨厌他。如果可以选择的话，她倒宁愿自己是讨厌他的。

“韵之……”孙轻扬一下子没了主意，“你要不要喝点什么，我去帮你买。”

“不用了，一堂讲座也就一个小时的样子，熬一下就过去了。没想到叶宙会来我们学校开讲座，真意外啊。晚上我们去吃九宫格火锅吧，我馋了好久了……”

唐韵之一个人絮絮叨叨讲个没完，强颜欢笑，傻子都看得出来她在心虚。孙轻扬没有去揭她的面具，她想掩饰，那她们就装一回傻子，配合她一下。谁让她失恋了呢。

校领导讲了一通废话，又大肆吹捧了叶宙一番，然后叶宙接过话筒，开始讲一些唐韵之认为很没有营养的东西，什么投资，什么理财，一堆陌生的名词。

好几次，唐韵之忍不住抬头偷偷看叶宙。叶宙好像有心灵感应似的，目光时不时向她飘来。有几次无意中对上她的眼神，他似笑非笑，表情很微妙，惹得唐韵之周围一圈女生都以为他是在看自己，一个个双颊通红——她们对叶宙本人远远比对他讲话的内容感兴趣多了。

被叶宙看了几次之后，唐韵之脸红红的，她再也不敢抬头，趴在桌上装虚弱。还好她在桌子上找到了好玩的东西，注意力成功被吸引走了。

桌子正中间，写着一行娟秀的字：我男朋友和别的女生好上了，真想杀了他啊！

估计是哪个听讲座的无聊的小女生写着玩的，连她自己可能都不会料到，八卦的力量这么大，有人在后面建了楼，接着往下写。

二楼：杀吧杀吧，顺便帮我杀个人。

三楼：要不我们凑合一下吧，我女朋友也刚被人抢走了。

四楼：可怜的桌子啊，它那么光滑，你们怎么忍心在上面写字。咳咳……貌似我也写了，爬走……

五楼：卖瓜子卖冰棍，大家休息一下再讨论吧。

……

唐韵之哑然失笑，还以为有人把天涯社区搬到这里来了。她眼珠子一转，从包里面拿出一支笔，在下面接了下去。

五十三楼：我刚甩了我男朋友，没啥原因，就是甩着玩的。

旁边的夏彤和孙轻扬瞄到，对唐韵之如此幼稚的行为表示无语。

听完讲座回来，唐韵之老老实实地坐在电脑前面核对学分情况。她惊讶地发现，她不知不觉中竟然把大学四年的学分全给修完了，还超出了一个。按照规定，超出的学分是要额外交钱的，虽然不多，但唐韵之还是觉得心疼，感叹个不停。

“你能不能消停会儿，烦不烦啊？”孙轻扬说，“听完讲座回来你就没有闭嘴过，不就是见了叶宙嘛，至于这么兴奋吗？你以前不仅见过，还摸过呢，哦，还亲过……”

“你你你……”唐韵之被呛得说不出话来，指着孙轻扬，有些颤抖，脸涨得比番茄还要红一百倍。

“算了，我不跟你计较。说正经的，我们学分都满了，课也上完了，以后是不是不用耗在这里蹉跎光阴了？我妈说让我有空去看看她，签证我都办好了。”

“你要出国？”夏彤一惊，“怎么没听你说起过？”

“多大点的事呀，我又不是不回来。萧凝现在也在维也纳，她总是黏在我妈身边，我还真怕我爸妈成她爸妈呢，你们就当我是争宠去了吧。我看看能不能订到便宜点的机票，谁让我多花了一个学分的冤枉钱呢，我得从别处省回来。真是心疼！”

又开始了！

孙轻扬和夏彤懒得理她，忙自己的事去了。

大学四年就快过去了，唐韵之觉得她完全就是在蹉跎自己的青春，这几年来，她除了吃喝玩乐谈恋爱混日子，什么正经事都没做过。唐泽凯和宋扬之鼓励她读研，她很干脆地拒绝了。

她曾在网上看见一个很有意思的帖子：专科生是小龙女，本科生是黄蓉，硕士生是李莫愁，博士生是灭绝师太，博士后是传说中的东方不败。当不了小龙女，当黄蓉也不错，她可不想向李莫愁靠近。

这个时候，包里的手机响了。唐韵之掏出来一看，半天没回神。她没想到赵祈颜会打电话找她，虽然她知道赵祈颜已经回国了。

“喂？”唐韵之的声音有些弱。

孙轻扬和夏彤也都竖着耳朵听。她们都误会了，见唐韵之魂不守舍的样子，她们都以为是叶宙打来的。两人偷笑，在她们看来，唐韵之所谓的分手不过是闹闹小情绪，明眼人都看得出来她和叶宙藕断丝连，刚才在讲座上还眉来眼去个不停呢。

唐韵之表情严肃，电话那头，赵祈颜的声音不冷不热，说了句“我在宿舍楼下等你”就挂了。唐韵之半天没反应过来，孙轻扬上前推她，她才恍然，急急忙忙拎着包下楼。

“韵之，有话好好说，别激动。”夏彤嘱咐她。

唐韵之知道她们误会了，她没有解释，踩着高跟鞋下楼去了。

她怎么也不会想到，她和赵祈颜的再次见面会火药味如此浓。刚出楼道，她还没站定，一个红色的身影从旁边闪过来，抡起手臂给了她一个耳光。

啪——

两秒钟之后，唐韵之看清了赵祈颜美丽张扬的脸，她想也不想马上抬起右手一个巴掌扇回去，在赵祈颜反应过来之前，左手又扇了过去。

赵祈颜本想出一口憋了很久的闷气，怎料唐韵之居然这么快还手，一时惊得说不出话来：“你——”

“你还是这么冲动，每次见面都只会用耳光说话。既然这样，我也学你一回。被人打的滋味如何？没事的话我回去了，你好自为之。”

“等等，”赵祈颜叫住她，“你就不想知道我和叶宙的事？”

唐韵之身子一僵：“我和他已经没关系了，你自便。”

“记不记得我说过，我不会输给你的。以前你能这么风光，将我的尊严践踏在脚底下，不过是仗着叶宙的光芒罢了。现在没有叶宙，你就什么都不是了。只要我想要的，就不会得不到，杨晟也好，叶宙也罢。唐韵之，我终究还是赢了你。”赵祈颜嘴角挂着一丝得意的微笑。

“随便你怎么说吧，我对你们的事不感兴趣。”

唐韵之一口气跑上楼，气都来不及喘一口。她不敢再在赵祈颜面前待下去，她不能保证自己不会流露出内心的真实想法。不管叶宙和赵祈颜的事是真是假，她不想再掺和进去了。

等唐韵之的身影消失在楼梯口，赵祈颜勉强保持的笑容终于垮了下来。她也不知道自己在争些什么，有句话叫“不蒸馒头争口气”，可她不知道自己和唐韵之在争哪门子的气。从小到大，她总觉得自己生活在唐韵之的光环下，现在她终于赢了一回，可是她怎么也高兴不起来。

为了制造唐韵之看见她和叶宙“约会”的“巧合”，她可谓是花尽了心思，也终于逼得唐韵之和叶宙分手。她和唐韵之一起长大，唐韵之什么性子她再清楚不过了。她记得唐韵之曾说过，她最不能接受的不仅仅是背叛，还有欺骗。而这两点恰恰成了她先后和杨晟、叶宙分手的原因。

尾声

归去来兮

//////////

从暗夜走到天光大亮，

我攀过山丘，路过泥泞，

而你，是黄昏过后的拂晓，是落日过后的黎明。

接到孙轻扬打来的电话，叶宙非常吃惊："什么时候的事？"

"就在接到你电话之后啊，韵之说回家去一趟，到现在都没有回来，打她手机也关机。把我们都急死了，我还以为她跟你在一起呢。"

叶宙皱眉："我的电话？"

"对啊，就是前天听完你的讲座之后。难道不是你给她打电话？"

"不是。"

"奇怪，我以为是你。不是你的话，那是谁啊……哦对了，韵之说去看她妈妈，她不会是去维也纳了吧？喂？叶宙你听见了没有？说话啊，不会真是你把我们家韵之给拐走了吧……"孙轻扬絮絮叨叨讲个不停，那边叶宙早就已经挂了电话。

夏彤凑上前："怎么样，他说什么没有？韵之和他在一起吗？"

"看叶宙的反应，他应该也不知道韵之在哪里。唐韵之这死丫头，都学会玩不告而别了！"

与此同时，叶宙急匆匆地从会议室走了出去。会开到一半，董事们皆是一头雾水。谨慎如叶宙，还从没有出现过开会开到一半就离开的情况。

叶宙沉着脸，拿出手机拨了一个号码。

“找我有事？”甜美的女声有些刺耳。

“你去找她了？你对她说了什么？”叶宙有点沉不住气，“这是我跟你之间的事，为什么要把她牵扯进来？”

“心疼了？我哪有对她说什么，我和她是老朋友了，不过是找她叙叙旧而已，你至于这么紧张吗？”

“赵祈颜，我的耐心是有限的。”说完这句，叶宙果断挂掉了电话。

没过几分钟，手机响了，是赵祈颜打来的。

叶宙不耐烦地接了起来，赵祈颜的话令他很意外：“我不会和你爸爸结婚的，我这么做只不过是为了证明我不比唐韵之差。现在我的目的达到了，可是我很不开心。看来我还是输给她了……”

“说完了？说完我挂了。”

“别……等我说完。”赵祈颜的声音弱了几分。她鼓起勇气，“有句话我一直不敢对你说，我知道，即使说了也没用。叶宙……为什么我没有在她之前遇到你？”

说到这里，电话里只有一阵忙音。

赵祈颜随手把手机扔进身旁的垃圾桶。她转身看了看窗外的蓝天，笑了。

叶宙的眉头拧得很紧。他从口袋里拿出一支烟点上，白色的烟圈飘出窗子，空中顿时弥散着淡淡的烟草味。

他知道，就算赵祈颜真的说了什么，唐韵之也未必相信。她只是痛心，痛心他对她不坦诚。

只可惜他明白得太晚了。

第一次，是他提出分手。因为他以为她喜欢的人还是杨晟，所以他给她自由。

第二次，是她提出要分手，他没有拦她。既然她心里不痛快，他就给她时间。

对她，他做得已经够多。但她还是选择离开他。

会议室在大厦的三十二层，叶宙站在过道的窗户边，望着楼下来来往往的行人和车辆，心中忽然觉得无比空虚。或许真的是他错了，他以为瞒着她是为她好，可是这样的好她根本不屑于接受。

早在和唐韵之和好之前，叶宙就知道赵祈颜是叶荣光的新女朋友，他不知道赵祈颜要了什么样的手段，居然能让叶荣光如此迷恋她。叶荣光离婚之后身边什么样的女人都有，可就是没有一个长久的。

叶宙知道，叶荣光始终没有忘记他妈妈。他送给唐韵之的那个四叶草项链是叶荣光送给他妈妈的定情信物。后来，妈妈给了他，他又送给了唐韵之。那一次他带唐韵之去见叶荣光，叶荣光看见四叶草项链，眼中的神情分明是怀念。

可是一转眼，叶荣光居然有了和赵祈颜结婚的打算，这是叶宙最不能接受的，尤其是赵祈颜和唐韵之还是那样复杂的关系。他自尊心太强，他不希望让唐韵之知道这件事，不希望让唐韵之蹚这浑水，这才有了他和赵祈颜之间的各种纠葛。

叶宙苦笑，归根结底还是因为，他和唐韵之是同一种人：骄傲，执拗，还很爱面子。

孙轻扬再次打通叶宙电话的时候，他在佛罗伦萨，去他妈妈家的车上。

“韵之呢，找到她了吗？”孙轻扬着急。

“没有，找到了我再联系你。”

“喂？”孙轻扬面对电话里的忙音，一阵着急。

叶宙丝毫感受不到电话那头孙轻扬的情绪，他刚从维也纳回来。维也纳是音乐之都，那座城市就像音乐一样干净而纯粹，他却没有心情去欣赏它。他找遍了整座城市，却没有发现唐韵之的踪迹。宋扬之和唐泽凯说，唐韵之根本没有去找过他们。可是令他费解的是，他查证过，唐韵之坐的的确是去维也纳的班机。

万般无奈之下，他回到了佛罗伦萨。

佛罗伦萨的乡下小镇一如既往的安静美丽。车子开得很慢，风吹过，花草的清香从窗外飘了进来。

过了很久，他总算到了目的地。经历了这么多事，他已经很疲倦了。他只想在这里多待几天，陪陪他的妈妈。

叶宙走进院子，董宛正好从里面出来。她愣了一下：“叶宙？你怎么也来了？”

“妈妈，”叶宙勉强笑笑，“想你了，就来看看你。”

董宛走近几步：“是不是遇到什么不开心的事了？是你爸爸的事？”

“没有。”

“你是我生的，你心里想什么我能不知道？你爸爸是你爸爸，你是你，你又何必为了他的事和韵之生了嫌隙。”

“你知道了？”叶宙眉头一皱，“你怎么知道的？”

“韵之她……”

“阿姨，我把他们接回来了，今天……”唐韵之的笑僵在脸上。

叶宙的表情也顿时凝固：“韵之？”

董宛掩嘴偷笑，很识相地拉着孩子们进屋去了。

叶宙和唐韵之尴尬地站在原地，过了半天都没人开口。

叶宙忽然觉得一身轻松，他看着唐韵之：“韵之。”

“嗯？”

“韵之。”他又喊了一遍。

唐韵之笑了，笑容如阳光般灿烂：“我知道你会来，所以在这里等你。”

“我去维也纳找过你。”

“我知道，”唐韵之一点都不意外，“我就是怕你去找我，所以到了维也纳之后我不敢去找我妈妈，而是马上去了澳大利亚。”

唐韵之脑中闪过最近这几天发生的种种，暗笑自己太傻，她就像一只作茧自缚的蛾子，不停地吐丝，结果把自己给困住了。

这一阵子她一直在澳洲，在Vivilian家度假。期间她想了很多很多，最终，她想通了。

她一直觉得，能被叶宙这样的男人喜欢是她最值得骄傲的事。她跟他分手，不是气他背着她跟赵祈颜见面，更不是不爱他，而是因为他不信任她。发生了那样的事，叶宙宁愿一个人默默承担也不愿意让她知道，他用欺骗的方式把她放在他的世界之外。

可是比起叶宙对她的爱，这一切又算得了什么呢？只要他是为她好，那就够了。因为她愿意相信他呀！

从回忆里走出来，唐韵之轻轻地笑了，她对叶宙说：“我生完气了。是我不好，我以后再也不对你发脾气了。”

“所以呢？”

“叶宙，我们握手言和吧。”

夕阳西下，染红了天边的云霞。

叶宙快步走上前，抱起唐韵之转了两圈。

唐韵之大叫："你干什么，放我下来！我说的是握手言和，不是让你抱我！"

"我乐意。"

夕阳的余晖把他们的影子拉得很长很长，在地上叠在一起。一阵风吹过，葡萄架上已经枯黄的叶子落了一地，落在了他们的影子上。

入秋了，可今天是个极好的天气。

（正文完）

番外一

惊蛰日，爱你之心已醒

阳光从窗帘的缝隙里漏进来，不偏不倚，落在了唐韵之的脸上。那样的亮光带着一丝微红，仿佛是眼睑的血色，透过了她的梦。

她从睡梦中悠悠醒转。睁眼，看到的是纯白色的窗纱，还有身侧睡得正深沉的他。

惊蛰，仲春，春雷起。然而今天却是一个阳光灿烂的日子，也是她和叶宙新婚一百天的纪念日。

遇见他之前，她从未想过自己会这么早结婚。

很多年前，她以为这个岁数的自己正在满世界游历。就像她的规划，在二十五岁之前走完半个地球，在二十七岁之前拥有自己的事业。

至于婚姻，她以为那只是为生活锦上添花的调味品。若拥有，当然很好，若没有，亦不可惜。

她不想吵醒熟睡中的叶宙。于是她小心翼翼挪开叶宙搭在她胸口的手臂，轻手轻脚地下床。直到走进卫生间，关好门，她才敢放松不敛住呼吸。

这一个月来，华昌内部动荡，董事们之间出现了很多小问题，叶宙几乎每天都在公司加班到后半夜。一向身体很好的他终于熬不住，染上了重感冒。他为了不传染给唐韵之，搬去望湖山庄的别墅小住了几天。

唐韵之放心不下，几次提出去别墅照顾他，却总是被他拒之门外。为此她憋了一肚子气，叶宙病愈搬回来后，她赌气不肯理他。叶宙又是道歉又是送礼物，各种花式赔罪，她才勉强翻篇。

她生气是假，担心才是真。她不指望叶宙能像寻常人一样经常抽时间陪她，叶宙这样的人注定一生不平凡。她只希望他能对自己好点，不要总是事事先为她考虑。在决定嫁给他的那一刻，她就做好了和他共同面对风雨的准备。

昨夜叶宙什么时候回来的，唐韵之完全不清楚。她睡得早，叶宙估计不想吵醒她，简单洗漱一下就睡了。熟睡中的她居然也没察觉，只是习惯性地往他怀里钻。

习惯一旦养成了，轻易不会改变。所以唐韵之很庆幸，她从一开始习惯身边有他，到后来习惯一直爱他。

水声哗哗，沿着唐韵之的头发一直往下，将她全身包裹。浴室内热气蒸腾，温暖却不闷热，很是舒服。她心满意足地享受着沐浴的快感，若不是怕吵醒叶宙，她都甚至想放开嗓子哼歌了。

她今天心情很好。宋子深来A市出差，约了她一起吃中饭。许久不见，她这位花心的表哥谈了新女朋友。她对宋子深的感情生活没有一丁点儿兴趣，但看在他在她为感情苦恼时给过她安慰的分上，她决定暂时放下对他的成见，好好尽地主之谊招待一下他和他的新女朋友。

时间还早，考虑到宋子深的女朋友无一例外全是有脸蛋有身材的大美女，唐韵之决定打扮一番再去见他们，输什么不能输气势。尽管她也不知道这种输赢比出来了有什么意思，还需要她焚香沐浴去认真对待。

唐韵之嘴角上扬，她关掉花洒，伸手去拿浴巾。谁知她不小心踩到了掉落在地的沐浴球，脚底一滑，狠狠摔了一跤。

“啊——”她惊叫出声。

“怎么了？”

浴室外，叶宙焦急的声音传了进来。

唐韵之疼得说不出话，她还没来得及回答，门从外面被推开了。叶宙见她坐在地上，眉头一皱，急忙扯了浴巾裹住她，打横抱了起来。

唐韵之脸色发烫。新婚至今，他们亲密的次数不胜枚举，可是这么不着寸缕地被叶宙看见，她还是会不自然。每次亲密皆是如此。

叶宙看出了她的不自然，揶揄道：“你啊，老样子。”

“怎样？”

“还真不怎么样。”

“叶宙，你故意的吧？”

“故意什么？”

“你心里明白！”

“我不明白。你解释一下？”

“你……”

叶宙笑了笑。他没有再说话，而是从梳妆台上取了吹风机，很认真地给唐韵之吹起了头发。

唐韵之前一秒还在生气，她摔倒了叶宙非但不安慰她，还这么直白地调侃她。可叶宙一温柔，她的气也就消了一半。她抱着膝盖，安静地坐在床上，任由叶宙翻弄着她的头发。水珠沿着发丝滴下，滑落在她背上。

叶宙很细心地将包裹着她身体的浴巾往上拉了拉，擦掉了水珠。不知是有意还是无意，他的指尖从她背上划过，带着温度，仿佛马上就要将她的肌肤灼伤。

唐韵之一颤，她屏住呼吸，不敢轻易动弹。然而她这么做并没有什么用，叶宙的吻还是猝不及防地落了下来，将她的唇狠狠封住。她被他引导，不由自主地抱住了他。

过了许久，她忽然清醒过来，一把将他推开：“头发，头发还是湿的！”

叶宙穿着纯棉的睡衣，才抱了她那么一会儿，他胸前已经被沾湿。

“衣服湿了，怎么办？”他低头看了一眼，笑得不怀好意，“要不干脆脱了？”

“要不要脸啊你！”唐韵之嗔他，“还不赶紧给我吹头发！一会儿我还得出去见我哥呢！”

“遵命，我的女王陛下。”

吹风机的声音再次响起，掩盖了窗外的风声。

二月节，万物出乎震。惊蛰日，爱你之心永在。

番外二

白露节，唯我此情不变

秋风起时，梧桐树的叶子沙沙作响，秋叶落了一地。

唐韵之站在窗台边悠闲地修剪花枝，CD机中的曲子缓缓流淌，是她妈妈宋扬之最爱的钢琴曲——《水边的阿狄丽娜》。

白露，孟秋，玄鸟归。花坛里的姜花开得正好，风吹来，香气四溢。

唐韵之每个月都会来望湖山庄的别墅小住几日，这是她跟叶宙的情趣。别墅离市区较远，为了上班方便，他们一般都住在叶宙的公寓。

水晶花瓶在阳光下折射出金黄色的光，唐韵之每剪一枝花就小心翼翼插进花瓶，雏菊、玫瑰、藿香菊、天门冬、洋桔梗……

叶宙每周都会给唐韵之送一束花。她本就是爱花之人，她从小受宋扬之的影响，对种花、插花，独有自己的见解，无师自通。

“咔嚓！”

唐韵之修剪完最后一束粉雪山玫瑰，插入花瓶。她满意地看着自己的作品，面带微笑。叶宙从身后环住了她的腰，耳鬓厮磨。

“喜欢吗？”叶宙的声音低沉，带着独有的沙哑。

唐韵之放下花剪，微笑："喜欢什么？你指的是花，还是你？"

"那就说一样你最喜欢的。"

"最喜欢的……"唐韵之卖关子，"你猜。"

叶宙松开手，刮了一下她的鼻子："不猜了。宋子深快到了，我们该出发了。"

由于生意上有合作，叶宙和宋子深来往得比较频繁。宋子深今年第六次携女友造访A市，身为宋子深的好表妹兼生意伙伴的夫人，唐韵之自然要宴请他。

宋子深是个爱面子的人，尤其是在他女朋友面前。因而唐韵之在A市最昂贵的"竹西佳处"订了酒席，给宋子深接风洗尘。值得一提的是，宋子深和他现任女友已经交往了半年，唐韵之不得不怀疑，他这次是动了真心。

宋子深的现任女友颜秋葳和他以往交往过的女孩不太一样，漂亮是漂亮，但跟他那些花枝招展的前女友比起来，颜值上差了挺多。要知道宋子深的前女友可是炙手可热的大明星金漫漫！

第一次见颜秋葳，唐韵之就在宋子深那儿听说了一些事儿。颜秋葳是个潜水教练，她在海边长大，从小就喜欢水，就像美人鱼一样，一入水就仿佛天性得到了解放。她在二十五岁那年就成了国内数一数二的潜水员，她去过国内外很多海域，拍摄过很多震撼人心的照片。是的，她还是个水下摄影师。

不仅如此，颜秋葳似乎远不满足于她的生活现状。从去年年底开始，她就跟随一支科考队远赴欧洲，在各大海域探索航海时代的沉船。她曾告诉唐韵之，每一艘沉船都有着不为人知的故事，每一次入海她都能得到新的震撼。

"韵之？"叶宙唤了一声。

唐韵之回神，点点头："走吧，宋子深也该到了。"

走到包间门口，唐韵之差点以为自己走错地方了。门口立着粉色的气球拱门，穿着工作服的服务员面带微笑，见到唐韵之和叶宙，他们纷纷鞠躬行礼。

"这……是我订的包间？"唐韵之质疑。

服务员做了个请进的手势："是的，唐小姐，您的兄长已经到了，在里面等您。"

"……"

唐韵之只记得，她打电话预订了包间，而后服务人员给她打电话确认，问她在这里宴请谁，她照实交代了一番。

可是……

服务员帮他们开了门，眼前的景象让唐韵之又吃了一惊。

包间门口的地上铺满了粉色的玫瑰花瓣，正中间用红色的玫瑰花瓣摆了英文“LOVE”。包间很大，室内的陈设非常有感觉，像极了中世纪欧洲贵族的居所，墙壁上挂着各式各样的油画。中间有一张大圆桌，桌上摆满了红色的玫瑰花，中间用花瓣摆成了一行字：兄妹情深，天长地久。

唐韵之愣在原地，忍不住狂笑。

宋子深和颜秋葳坐在一旁的沙发上，他们一直在观察唐韵之的反应。见唐韵之笑成这样，颜秋葳说：“韵之，你订的这里……我以为你要跟我求婚呢。”

唐韵之一脸无辜：“我也不知道他们会把这里布置成这样……”

宋子深：“妹妹，妹夫，你们……破费了。”

叶宙：“还好……还好……”

唐韵之：“我……去个洗手间……你们……先聊，先聊。”

唐韵之去洗手间后，宋子深和叶宙对视一眼，忍不住发笑。等到二人控制好情绪，宋子深做了个“请”的手势，叶宙颔首，在沙发上坐了下来。

宋子深感叹：“时间过得真快，三年了。”

“是啊，三年了。”叶宙附和。

三年前，宋子深刚认识叶宙，那个时候他就知道，唐韵之的爷爷有意让叶宙当孙女婿。然而，不久之后唐韵之悔了婚，她和叶宙的关系很长一段时间里到了剑拔弩张的程度。

宋子深曾经对叶宙说：“我妹妹没选择你真是太可惜了，我以为我们能成为一家人。”

“没什么可不可惜的，我一直觉得，想要得到什么就得全力以赴，哪怕不择手段。”

“哦？你是指？”

“没什么。”

那个时候，宋子深并不明白叶宙那番话的深意。如今想来，叶宙对唐韵之的心思从来都没变过。他很赞同叶宙的那句话，若是真爱，就应该全力以赴去争取。否则又有什么资格说爱？就像他对颜秋葳一样。旁人都道是颜秋葳上辈子拯救了银河系才能遇见他。然而只有他知道，为了追求颜秋葳他付出了多大的努力！他是真的很爱她。

宋子深莞尔一笑：“看来，你和韵之现在过得挺好。”

“是的，我们很好。”叶宙端起红茶喝了一口，他看了一眼颜秋葳，“你们呢？好事近了？”

颜秋葳笑而不语，回头看了一眼宋子深。

宋子深点头：“是。已经定了婚期。”

“恭喜你们。”

“谢谢。我们明年三月结婚，欢迎来参加我们的婚礼。”

“一定。对了，还有一个好消息想告诉你。”叶宙的眼神忽然变得柔和，他对宋子深道，“恭喜你，你要当舅舅了。”

宋子深表情一滞。顷刻间，笑容溢满了他的眼眸。

孟秋已至。这注定是个收获的季节。

鸿雁来，风起桂子香，西风夜凉，唯我此情依旧暖。

后记

这是一个几年前的旧故事，半个月前我完成了新版的修订稿。可我近来实在懒散，愣是拖到旅程开始才写后记。

是的，此时此刻，我正在摩洛哥的旅途中。

一大清早，我被窗外的鸟鸣声吵醒，下楼喝了个水，本想回房继续躺着，睡意却已然消失。住隔壁房的朋友在微信群说，她被附近做礼拜的诵经声吵醒，也睡不着了。于是我们相约，去天台坐坐。

难得早起的我迷迷糊糊，穿着睡衣，抱着电脑出房间了，脚步有些飘忽。这个时间点，国内已经是下午了，马拉喀什的天却刚蒙蒙亮，运气好的话还能在天台看到日出。

昨日凌晨，我们刚踏上马拉喀什的土地，朋友就说，这是个很有风情的城市。这里每天早上都有各种各样的鸟叫，我在睡梦中都能分辨出来四五种不同的鸟，真是久违的怀念。上一次有这样的经历，还是在遥远的三年前。

鸟鸣声此起彼伏，空气清新，宜写稿子。

我往沙发上一靠，打开工作文档前随意发了一组旅途的照片。很快，好多人来问我，你怎么突然跑去摩洛哥了？我说一时冲动，想出来散散心。

的确是一时冲动，在此之前我从未想过我要来这里。我最想去的地方不外乎意大利、芬兰、比利时、保加利亚……摩洛哥远在计划之外。以至于直到上飞机，我们才有时间研究详细的旅游攻略——朋友打印了整整十页纸的攻略。我们在飞机上一个城市一个城市地研究，红色的马拉喀什，蓝色的舍夫沙万，彩色的菲斯。

难以启齿的是，即便手握一沓攻略，我们还是在马拉喀什上演了一出“迷路惊魂记”。

马拉喀什的巷子全是红色的，红门红窗红墙红路。我们住的民宿在老城区，每条巷子长得都一样，至少对我来说是这样的，我的方向感很差，我的同伴们也好不到哪儿去。

更难以启齿的是，早晨出门的时候，我们之中没有一个人记得问房东民宿的地址。四个人在巷子里不停地绕不停地绕，明明有地图，可我们并不能看懂这张错综复杂的地图，打了几次房东的电话，然而始终无法接通。走到后来，大家都绝望了，一个个开始怀疑自己的智商……

感谢旅途中有随手拍照的习惯，我们好不容易靠着三张照片摸索到了民宿附近的巷子。可是这个时候，问题又来了。尽管临近民宿，我们还是找不到是哪一栋。谁让这里的房子长得都太像了呢！

情急之下，我们想了一个很蠢的办法，看到一个类似的门就拿出钥匙去试。一边试我们一边相互吐槽，如果开错门了，里面有人出来会不会追着打我们，要真是这样，那大家就一起逃命吧。

我们在一个种着很多植物的门口停下来，掏钥匙准备开门，隔壁门走出来一个穿白袍子的大爷。大爷很奇怪地看了我们几眼，说了几句我们完全听不懂的话。见我们没反应，他慢悠悠走到巷子口，和他的一个老年朋友一起看着我们，一脸惊讶。那个时候我就意识到，我们应该是开错门了。

前一分钟还异常雀跃，自以为总算找对地方的我们又被泼了一盆冷水。就在大家陷入绝望之际，一群小孩抱着球吵吵闹闹跑进了对面的巷子。朋友惊喜地指着他们喊，快看，是那群踢球的熊孩子，跟着他们就能找到家了！

因为，我们昨天一早就是被这群踢球的孩子吵醒的。

当大家像软体动物一样瘫在沙发上，我们忍不住吐槽，太丢人了，我们居然要靠这群熊孩子定位才能找到住址，真是太丢人了，亏我们还这么嫌弃他们！

回想起来，虽然丢人，但这也不失为一段美好的回忆。

《下一个天亮》在我的写作历程中是一个有纪念意义的故事，我忍不住想和拿到这本书的你们分享这段有纪念意义的回忆。

旅途也好，爱情也罢，几乎每个人都会有迷路的时候，等到时过境迁再去回想，这样的迷路未必是坏事。一如唐韵之，不也是在几经波折之后才找到了她的爱情终点吗？叶宙一直就在那里，甚至离得很近，可惜她在不停地迷路。

而故事的最后，他们终成眷属。

二〇一六年九月十七日 有星星的夜晚

云葭 于马拉喀什

图书在版编目（CIP）数据

下一个天亮 ： 典藏版 / 云葭著. -- 济南 ： 山东画报出版社，2017.4
ISBN 978-7-5474-2318-9

Ⅰ. ①下… Ⅱ. ①云… Ⅲ. ①长篇小说－中国－当代
Ⅳ. ①I247.5

中国版本图书馆CIP数据核字(2017)第038841号

XIA YIGE TIANLIANG DIANCANGBAN

下一个天亮 典藏版

云葭 著

责任编辑 李新宇
统　　筹 唐　瑜
策划编辑 彭朝霞
营销编辑 王冠军
封面设计 杨　平 杨晓宇
内文设计 杨　露
封面绘制 lost7
主管部门 山东出版传媒股份有限公司
出版发行 山东画报出版社
社址 济南市经九路胜利大街39号 邮编 250001
电话 总编室（0531）82098470
市场部 （0531）82098479 82098476（传真）
网址 http://www.hbcbs.com.cn
电子信箱 hbcb@sdpress.com.cn
印　　刷 湖南天闻新华印务有限公司
规　　格 169毫米×233毫米
16印张 1幅图 200千字
版　　次 2017年4月第1版
印　　次 2017年4月第1次印刷
印　　数 1-10000册
定　　价 28.00元